黄裳集

创作卷XVI

来燕榭集外文钞（下）

山东人民出版社·济南
国家一级出版社 全国百佳图书出版单位

学术顾问： 李济生　杨　苡　黄永玉　姜德明
钟叔河　郑　重

编辑小组： 陈子善　胡长青　李　辉　陈麦青
陆　灏　吕　浩　励　俊　凌　济
容　洁　容　仪

晚年的黄裳

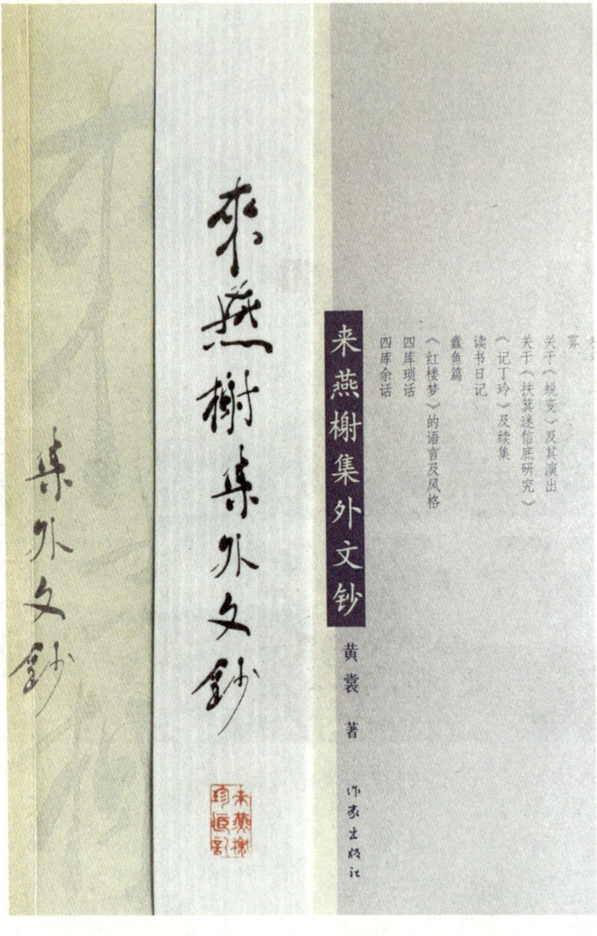

《来燕榭集外文钞》2006 年作家出版社版封面

来燕榭集外文钞（下）

《来燕榭集外文钞》，散文、杂文、读书记和剧评集，为作者集外文首次汇编本，2006 年 5 月作家出版社初版。

据初版本编入，但《〈数学与你〉后记》《〈一脚踏进朝鲜的泥淖里〉后记》等文不再重出。

目　录

[来燕榭集外文钞] 之三

芭蕉院随笔——“晚晴”

半年前在海上，曾经做过一个小工作，即是搜集旧体诗中包含有“夕阳”的句子。结果不恶，大约有数十百句。稍加分析，写出自己鉴赏的意见来，这样就有了一篇小文章。题作《夕阳》。近来旅居异地，手头无书，真是几乎连消遣之资都无，十分寂寞。后来正巧某图书馆新自桂林运来一批书，是四库珍本和四部备要，开箱之后，因为久受潮湿的缘故，书都作片片飞了，后来拿来广场上去晾，一阵风起，“纸灰飞作白蝴蝶”，令人感到十分寂寞。残余的书也还有那么一大堆，偶尔拿两本来看看，就变成了我消遣长日的好方法。

乡居无聊，唯一的去处是扬子江滨的一片高冈，我常常在晚饭后去散散步，这时往往就有着可爱的夕阳。山间竹篁丛生处，有一两间茅草小屋，浴在落日的余晖里，光景甚佳，不禁令人想起示寂了的弘一法师白马湖的居处，那叫作“晚晴山房”的地方。这出自李商隐的两句诗：“天意怜幽草，人间重晚晴。”这又是一个境界，与他的“夕阳无限好，只是近黄昏”的句子正好可以互相发明，也正可用弘一法师的遗札来说明：

> 朽人年来老态日增，不久即往生极乐。故于今春在泉州及惠安尽力宏法，近在漳州亦尔。犹如夕阳，殷红绚彩，瞬即西沉，吾生亦尔。世寿将尽，聊作最后之纪念耳。

这几句话说得十分好，可以看出一种平淡中和，然而积极的人生观来。法师所修本是律宗，而他的少年时代又过的是那种绚烂的生活，一旦澈悟，遂尔若此。这里边没有什么奇怪，正是他的一贯的诚敬的态度的表现。

这次所看到的有韩淲的《涧泉集》，过去曾看到他的《涧泉日记》，里边有不少道学语，他的诗倒有些颇清灵婉妙，如《寺中石上清泉可掬》的一首云：

碧障清泉占上方，
小留连久更相羊。
市声只隔门前水，
付与鸟飞带夕阳。

《涧上》云：

雨后蝉声占夕阳，
树疏林隙见云光。

栖迟转觉秋来好，
涧里西风分外凉。

这两首诗都颇能写出一种山居之乐来。其乐在“悠闲”，整日所接触的都是大自然的事物。宋吕南公《灌园集》中有句云：“春归旧堞多芳草，鸟聚荒陴正夕阳。”则更多荒凉之感了。吕集中多感叹离乱之音，在我们读来，正有许多惬心之处，他有两句诗云：“不知远境干戈意，但觉凭轩笔砚情。”这种情感，我们真是痛切地感到的。有时独凭轩槛，笔砚清疏，也真在烽火满天中有了一点平安之感，而觉得弥可珍了。

明谢晋的《兰庭集》中有《题芭蕉仕女图》一诗云：

蕉绿映纤裳，
沉吟对夕阳。
妾心无改易，
团扇又炎凉。

又“为爱夕阳成立久，不关逢客话多时”。在夕阳里徘徊留恋，爱惜着这刹那间的光景的也真不少。《剑南诗稿》中也有不少这种句子，像“莫怪夕阳独归后”“万里桥边带夕阳”“夕阳又是倚阑干”“小荷新竹夕阳明”“夕阳船尾每相衔”。“夕阳”在在都给人以温暖，使人觉得值得留恋。而这种时光却每每是不长久的。因而“徘徊”，因而“依恋”。

李商隐的“夕阳无限好，只是近黄昏”即最能明确地说出此意者也。

夕阳过后，即是黄昏。一天即便完了。光明从世界上隐没了去。这以后的时光自然也有它的可以依恋之处，然而能“依依灯火话平生”，或耽于夜读而觉得“灯火倍可亲”的能有几个人呢？

人生过了绚烂的华年，渐亲晚境，也应当是夕阳的象征了。放翁诗有《小园》云：“骏马宝刀俱一梦，夕阳闲和放牛歌。”又“薄酒不自酌，夕阳须汝归”的句子，都是综合的境界。老境侵寻，语言都消尽了火气，老人的可爱，多半是在这种地方。

往日曾见丰子恺先生所绘的一幅漫画，在长巷中有一挑担子的卖东西的人。题“一肩担尽古今愁”。那时看了心里很感到一种惆怅。因想这人应当出现在北平的小胡同里，或苏州杭州的小巷中，还要有一声长长的寂寞的叫卖声，即“货声”。北京的旧书店中曾有过一部抄本（或是稿本）题《一岁货声》，我想这种寂寞的调子，应当是在里边占一个很重要的位置的。又由我的联想，这与剃头师傅的弹铗声，算命的锣声，卖胡琴的单调而流利、不难听而没有什么韵味的琴声应当是一路。而时候呢，应当是春天的下午，或冬天傍晚，长长的影子，跟着这些寂寞的人。这就又使我想起卢纶的一句诗：“高树夕阳连古巷。”是的，这儿应当有高高的空心的古树，而巷子也应当是长长的一条，好像永远踱不完他们的悠长脚步。

苏东坡的一句诗："夕阳芳草乱平芜。"我读了觉得大有"众芳芜秽，美人迟暮"之意。放翁诗："瓜蔓水平芳草岸，鱼鳞云衬夕阳天。"也有这么一种烟水苍茫的感觉。严羽诗："枫叶满江色，夕阳终古愁。"东涧陈元润《金陵怀古》："北国只凭江水在，中原常对夕阳愁。"都令我有同样的感觉，像在台城的垛子上看那一片迷蒙的玄武湖时所有的那一种迷惘。

明钱子义《三华集》中有咏史诗，其《衣锦水》一绝云："虎符龙节气如虹，江水林峦锦绣中，往事转来成浩叹，野花空映夕阳红。"系咏钱武肃镠者。又有咏柳子厚的《柳州》一绝云："万里龙城客路长，槟榔初熟桂花香。蛮烟瘴雨罗池庙，箫鼓声中几夕阳。"万里蛮荒，现在去的人也有不少，野庙祭享，虽然仍不失其荒凉萧条之概，但是总不会那么孤寂了吧？

四库收有《诗学异裔》一册，似是宋末人所选的宋诗合集，其中颇有不少见于谢枋得选《千家诗》中者，选有芸隐施枢知言的《小楼》：

帘卷西风入小楼，
夕阳衔雁欲西流。
无人细说吟边事，
独有黄花共晚秋。

宋人的凝练之致，非常深厚。

郁达夫《娱霞杂载》中录有遵义郑子尹的一绝：

尽说邯郸歌舞场，
客车停处草遮墙。
少年老去才人嫁，
独对春城看夕阳。

特别为我所喜欢。邯郸在战国时代是极其繁华的地方，或可以比作今之上海吧？现在看了，当然仅是一望黄土，恐怕连长满了草的墙也都颓了也不一定。诗人看了自然要有感慨。现在是歌舞依然，而当时歌舞的人却不见了，这惆怅恐怕要更深一层。春城似海，恐怕也只有夕阳可看了吧？此我之读了此诗而大有感慨者也。

王渔洋的四首《秋柳》，典丽风华，曾很受当时人的赞赏。等到新文学的《八不主义》一出，又以堆砌典故之故而痛遭斥骂。然而这四首诗是否是单纯的咏物诗，大是疑问。昔人曾有《秋柳诗笺》一卷收在某丛书中，无缘一读，《东方》杂志中似乎也有一篇《秋柳诗的本事考》。虽所言未必尽确，然亦当不为无因。我用这种心情去读它，也就深深地喜欢了它：

桃根桃叶镇相怜，
眺尽平芜欲化烟。
秋色向人犹旖旎，
春闺曾与致缠绵。
新愁帝子悲今日，
旧事公孙忆往年。

记否青门珠络鼓，
桃枝相映夕阳边。

旅居异地，苦于无书可读，而偶尔在旧书摊上买到一本旧曾藏有而现已失去或不在手头的书，那高兴真是匪言可喻，古人云“如逢故剑”，的确有这么一种快慰。新近买到一册奉宽居士著的《妙峰山琐记》，是北平朴社出版的。如他自己所云：“居士颠沛流民，沧桑过客。”作者正是一位前清的遗老，这本琐记，记景色、风物，都极详赡有致，我所最喜欢的却是那记民俗的一部分，读了恍如重过京华，重温旧梦。如结末一段记云：

灵感宫外有卖绒彩蝠胜、花、蝶、抹额之类者，为“福儿”。回香人买戴头髻，谓之带福还家。戴、带，蝠、福，音同也……上山者曰“宝香”，下山者曰“回香”。不分何色人，见面每以“虔诚”二字相问讯。

后又有小注：

卖福胜，皆京城崇文门外花市四条胡同商客，并市桃根者，咸集宫之东垣外，下山之人，无不购买。无名氏都门打油歌咏妙峰山云：“人人相见问虔诚，桃杖微扶伛偻行，好是夕阳照山角，施茶歌里磬钟声。”

真是巧，在这里就又有了“夕阳”的诗句，不过这里的回香人全都是带福还家，喜气洋洋在夕阳山角里归去，没有什么不满足不快乐，真乃是“夕阳”入诗能脱去衰飒衰愁的唯一的例，真是难能可贵了。然而却引起了我的浓挚的“乡愁”。什么时候才能重回北京，什么时候才能重上“妙峰山”呢？

西行诗纪

自己知道并非诗人，可是不知怎样竟写了好几首旧诗，在这次旅行里。其中有两首是在上海时所写，不过离开动身也没有几天，而且情绪上也似乎是一个整个的东西。一路上经过了大漠黄沙，不禁觉得寂寞，躺在“架子车”上，任车夫拖了在沙土堆里跑。戴了口罩，戴了风镜，仰面看着黄黄的天色，实在无法解除寂寞。实在无聊了时就只剩下了回忆，有时一点影像，一点敏感，都会给自己造成炫目的梦境，我和 T 笑说：“无聊之时做做绮梦，聊以遣日。”等到稍稍安定下来，就会从心里飘出音响来。结果就是这些篇章。前面已经说过，自己并非诗人，希望人家也不要用看诗的看法来处理这些东西就好。

俱是风尘一代人，
得同绮梦本前因。
宵寒古店斋心坐，
相视何能等曲尘。

这是写给 T 的。当时还不曾离沪，不过悬想路上必定有此一境。不想在徐州的第一晚就真和当时的想象所差无几。晚上十一点车到徐州，下了车，出站，由一位朋友介绍的人领路走了不少家旅馆，几乎全是客满，最后是睡在一家旅馆的过堂里，两个人在一个铺上，用自己的毯子包了身子，上面再盖了铁片似的旅馆的被子。冷风从领口吹了进来，一整夜都没有好好地睡。

拈来绮语供婵娟，
人去花飞不记年。
剩有余情堪记取，
江南遗梦似风烟。

《张忆娘簪花图卷》（“灵鹣阁”丛书）里的题画诗中有一首同韵的，因为喜欢这诗的调子，所以用了原韵。

绝代风华绝世姿，
樽前宛语一通辞。
更何闲绪成哀乐，
每悔余欢笑语痴。
为爱湖山成小别，
岂堪风雨饯春迟。
华灯人语俱寂寂，
心事如潮不自持。

在离沪之前一月，那些最无聊的日子里，几乎每天流连在L地方。自己也知道无聊，不过后来竟至有非去不可的必要了。一种心理的影响暗暗滋长起来。一天，“南京”复映《大地》，和S赶五点半的一场去看。散戏后，徘徊在爱多亚路上，和S开玩笑，说他近来有点“心事如潮不自持”。S不承认，说：“你高兴就把全诗补成了。”回来以后晚上就补成了这样子的一首全诗，头一句不免失于感情作用。一位老师就亲自和我说过：“Y并不美。”美不美，谁知道？反正诗是这样写了。末两句自己颇自喜，L地方的电灯真够亮，还有音乐什么的，那许多人。然而我总觉得寂寞，无端的寂寞，也只有在这种寂寞感里才会体会到心潮的起伏。

唱断天涯梦里词，
灯前红叶系人思。
何堪更着珠衣舞，
月白风寒欲堕时。
——金陵作

到南京的那天，住在朱雀路的一家旅馆里，放下了行李，就出来在满天风沙的街上走。拿了张地图，走到贡院，秦淮，在那快倒下的木板桥上对了落日寒波，立了许久。在旧书店里买了几册《同声》回来看。灯下，想起昨天此时，他们给我和T钱行席上的Y是上好了妆的。淡淡的胭脂和浅红唇，比平常格外抑郁，不多说话。觉得无限哀愁。

南京的天气格外冷，虎虎的北风在窗外吹着，烧木炭的火盆半灭了。

无端姿媚泥人生，
琥珀调羹手自擎。
知是殷勤知是惜，
此情如水不分明。
——成都作

到了成都以后，住在春熙路上的春熙饭店里，这是一家具有北平旅馆风度的地方。不过不同的是种了大芭蕉而已。晚上早眠，忽为一种卖唱的歌声所惊醒，有胡琴配和着，猜想或许是父女吧？歌是一种回环着的俗歌，殆若凤阳歌也。反复地唱了许久。再也不能成眠，又想起了在家时候的事，一幕幕地在心里回环着。这一首是记一个光景的闪烁，当夜所想起的。

第二天在街上闲走，在提督东街的一家照相馆的橱窗外闲看。一眼看去，有一张着色的女像特别像Y。后来也曾指给T看过。

扬子秋潮作雨翻，
更无人处掩重门。
蜀江风雨来天末，
好引归桡向故园。

到了九龙坡，常居在万山丛中扬子江边。久雨不晴作此首。

历劫江南尚有春，
拂衣犹染上京尘。
梦回紫闼凭鸾镜，
舞罢兰闺藉锦茵。
常向画眉寻密意，
每从笑靥觉情亲。
兰台此日应无路，
凤纸它年寄性真。

在凤凰楼（一家茶馆）里作。外边正下着雨，白雾横江，烟雨凄迷，心境也同此迷惘。

《西行诗纪》续记

三十一年冬离开上海到内地来，路上写过几首旧诗，曾辑为《西行诗纪》。离开学校以后两年来行踪无定，生活极无规律，不是极度的紧张就是极端的无聊。人到了无聊的时候，自然免不了有些无聊的想头。旧习未泯，就不免还要凑一些七言句聊资消遣。

我不曾学过诗，手边更从来不备一册《诗韵》与《类腋》之类的书，所以这里所抄的几首难免不犯了四声八病失粘那些典范。因为既已露过了一次丑，所以再出一次乖也就不觉得有什么难为情，翻检日记，竟还有五篇可抄，因仿前例，附记时日并杂事，以为续记。

峦影空濛星影稀，
月华临浣失裳衣。
黛颦每忆芳春晚，
秋水应随艇子归。
书里斟寻仍脉脉，
梦中重见更依依。

嘉陵江水真醇碧，
许绾纤纤锦带围。

三十三年三月九日，在重庆北碚作。那时我已经离开学校，从扬子江头的九龙坡搬到嘉陵江上的北碚去。在黄桷树复旦大学里边受训。穿了灰棉军服，每天在夏坝江边走来走去，变成了坝上的一种“特殊人物”。那时生活极为轻松，每天虽然都有操课，但是却很少去上，终日在江边摇船吃茶。坝上更有不少美丽的小姐们，每日饭后，江边散步之风极盛，不过我们人地生疏，又兼穿了灰色的“两尺半”，所以毫无办法，只能对那些旖旎风光当作自然风物看看而已。那天晚上在“江天”吃茶吃到九点多，回来睡觉，爬上双人床去，却无论如何也睡不着。外边月色正好，想想江边的风景一定不坏，就又穿了衣裳跑出去，跑下几十级的石级，更跳到江里的一块大石上去。那时江水正枯，然而仍不时有水浪打在石头上，溅湿了我的衣服。我在那里坐了很久，江面一片迷雾，东边的明月峡和西边的小三峡都像罩在一层薄纱里，看不清楚，对江的北碚市上灯火星星，极幽静，暗黑的江面上，更不时飞过一叶摆渡的小船来，听得见咿呀的橹声和轻轻江水的啸声。

我一直坐到十点多，在等到夜风吹在身上觉得有些冷了的时候才回去，暗黑中在一张纸上写下了这些句子，第二天用毛笔写了一份寄回去。

嘉陵江的水色绿极了，尤其是站在北温泉的山上望下来，夹在两面峡谷之中的一道江水，颜色醇极了，我想这很像陈酒的醇。虽然在那天晚上看不出绿色，只是一片夹杂了细碎的闪光的青锦。

零落湘枝翦玉英，
杏花风雨送清明。
短檠共尽他年话，
絮盏重温别后醒。
每忆芳时春燕影，
惜君今日旧声名。
归来何必江南路，
寂寞深宵雨打声。

六月五日昆明作，那时在乾海子炮校。住在一间统舱一样的营房内。也是双人床，还保存了在学校里面的风味。电灯极亮，晚上无事，同事多玩桥牌，或唱京戏，我很想看书，却无书可看，进城在联大图书馆里借来了一大套《越缦堂日记补》，灯下翻阅，李慈铭先生的笔迹颇不容易看清楚，然而倒比读标点好了的铅印书有趣得多。日记中常有一片片涂黑的地方，大概是骂人的。不禁引起推寻根底的兴趣，颇有点看侦探小说的意思。他老先生常常用排偶句子发一些“鸳鸯蝴蝶”似的牢骚，动不动也写两首七律，那些记冶游的地方，更多妙文。《孽海花》里写他和×云的故事，大概不是虚造的。

昆明已经进入雨季，晚上就淅淅沥沥地落起雨来，灯下翻读这样的书，仿佛在看《金台残泪记》似的，颇使人有点惘然。再过了一个星期，我就飞到桂林去了。那部《日记补》还是不曾看完，劳朋友给送回去，好大的一包书，自己觉得颇不好意思。

在全县乡下的一所古宅（那是我们的司令部）里，一天，下着雨，坐在前厅里，赤了膊磨了墨写信，用从城里买来的笺纸，上面有张大千画的"殷勤问无恙，千里一纸书"的画稿，抄了这首诗寄到上海去。我想那封信大概没有寄到吧！C上校在旁边看着，看我表演这中国式的把戏，很感到兴趣了。问我要了一套信纸信封去了，信封上的画是"折一枝儿寄与谁"。

绿杨门巷忆青青，
梦里江南祇绪零。
念远羁情成怅触，
怀人兰芷动芳馨。
弦中意绪凭谁释，
画里真娘正妙龄。
绮思渐阑翻转挚，
宿酲如此未能醒。

三十四年二月十九日，印度兰伽作。时抵印已经五个月，住在军区里十分寂寞，过旧历年不过六天，天气却已经初夏了。晚上无事，除了去看电影以外，就常去外事局的会客室里听无线电。一包香烟，一壶浓浓的红茶，一坐就是大半天，我们常收听北平的广播，虽然有杂音，可是还可以听全部的京戏，听听谭富英言慧珠的《四郎探母》，猜猜配角是谁，很可以祛除一些寂寞。海外听乡音，真是值得喜欢的事。有时却也有话剧的播音，不知如何，我觉得像一批"京油子"在耍贫嘴，没有什么愉快的印象。在上海重庆看话剧，时常不满于演员的"蓝青官话"，而纯粹"北京人"的对白，却也使我不耐，真觉得自己会有成为"南腔北调人"的危险了。那时很希望听到上海的广播，可是无论如何也收不到。

我一个人独居一间大房间，那是一排很好的房子，窗前有大树绿荫，虽然有异于海上的法国梧桐，可是也够人怀念的。那绿色常引诱我做梦，梦见绿杨门巷的一角小楼，虽然那只不过是片断的，零碎的，然而在我，这的确是值得流连的梦。在那像止水一般的生活中，搅起来的一点点微弱的涟漪。

偶逢幽处便思家，
欲此蹇驴策杖斜。
幽谷乐居人似玉，
小岩霜染叶如花。
短檠茗盏输尘挽，
寒宵清梦绕天涯。

匆匆留此青山梦，
来与君游翡翠车。

十月廿一日，从昆明起身，到重庆来，取道“川滇东路”。这条路是不大好走的，在宣威停了一个星期，因为车子没有油。又听说路上不大安静，在旅馆里，看见被抢的人披了一条棉被在发抖的样子，实在使人不大好过，因为那些“剪径”的英雄们不但是行李钱物，就是连身上的衣服也不放过，只给留下一条短裤，而那时天气又正冷，真觉得十分尴尬，然而却也不能折回昆明，因为回头路上也是同样的不安静。

十月廿九日，离开宣威，虽然心里不免惴惴，也只好继续走，然而风景却愈来愈好。云南的红土盆地，在山顶上望下来，像一个天然的盆景，里面栽了可爱的青翠的菖蒲似的松杉。沿路都是松树，一片苍翠，人家极少，你可以看见一两个背了土枪的便衣的人物，听司机说这就是“老爷”了。他客气时就是自卫队，不客气时就会剥得你连衬衣都不剩一件。

车子因为司机们省油的关系，把滤油器用棉布塞住了，不时抛锚，中午忽然在一个山凹处停住了，无论如何也不能发动，看看路牌，却正是“老鸦营”。真是叫苦不迭，然而也只好嘿然默坐，安心欣赏风景。

下午过一个低地，地名叫“乐居舍”。有一条清浅的小河，两旁是杂树，黄叶满溪。有时在黄叶丛中，会有一簇红叶，色彩鲜明像一幅油画。这里有一丛小村落，人家三五，疏落地散布在树林里面，有两个女孩子走过，像是在学校里回来的样子。

当天晚上宿“黑石头”，一个小镇。我们住在一家新用木头造好的楼房上面，在昏昏的灯火里吃了丰盛的晚餐，物价便宜得出奇，有鱼有肉，还吃了点酒，酒后吃极大的梨，一百元可以买到五六个。

在朋友的背囊中抽出了一支“长剑”，是一把日本军刀，带了酒意，挥舞着那一柄笨重的凶器，看着刃锋上已经有两三个缺口了。

晕晕然在日记本上写下了今天坐在卡车上面颠簸中所凑成的一首诗。似乎成为一种习惯了，每次走过可爱的山水间就会想到将来也许有那么一天，和T到这儿来徜徉，游散，找寻旧日的梦，在褒城，在庙台子，在昆明、安宁、缅甸……

犹记当筵弦索声，
春灯昵语夜分明。
搴迟帘幔薰香起，
瘦损腰肢宛转行。
座上燕支疑未去，
园中花影自回横。
如何举世成痴误，
不及林师一字评。

三十五年一月七日在重庆村作。来重庆已经一个多月，住在九龙坡，时常进城来玩，这次运气比较好了，不像两年前住在宗江的“此路不通斋”里的尴尬情形。姒二从北碚进城，约我往晤。在春森路一家院子里找到了他，一同去坐咖啡馆，那里静无一人，暗黑得很，本来是极熟的朋友，因为两年不见，好像也没有什么话可说的样子了。我们说着在上海时候的事，他告诉我一些老朋友的近况，三年不见，竟有着那么多的变迁，暗黑中我们翻着一册杂志里的一篇文章，他翻了一下，就还用雍容的声口说：“大有进步了！”是的，我也有此感觉。

后来又到一家南京小店里去喝酒，大曲的清冽，盐板鸭的素淡，烛光摇摇，我们更没有什么话好说。三杯之后，他说今天晚上还有一个 Party，不能多吃了。就又走出来，摇着蹒跚的脚步，送他回去，我又到茶馆里吃了一会茶，走回重庆村，在晕黄的灯光下面，默坐，玩弄笔墨，觉得有无已的哀愁。

这将是我的“情感的游戏”的结末一章了吧？我盼望如此。

（一九四六年四月十八日《中央日报》“文综”）

缙云山纪游

来北碚已经一周了。今天才能写信，原因甚多，总括一句，大约可以说是生活的“闲而实忙”。一天好像并没有什么事情，然而时间给分成一块一块的。三十分钟的“空儿”，实在不好做什么。只能坐坐茶馆，看看江水过去算数，现在和朋友在图书馆写信，在一明一暗的煤气灯光下面写信，闻着煤油味，听着吡吡的响声，别有风味。这里有许多地方值得一写，如“夏坝风光”之类，然而暂且不想说这些，先报告今天到北温泉缙云山去的经过，所以我给自己定了一个题目：《赋得缙云山纪游》。

这里有两个温泉，一个是南温泉，一个是北温泉。相隔大约有一百二十里吧。南泉去过九次，北泉这是第一次来。从夏坝上船，在一条绿得可爱的嘉陵江里行舟，向着“小三峡”驶去。三峡没有去过，但是照片上见过，所以这里我叫它小三峡。那是在一条江水的远处，曲折转角处，重叠着无数重山，在想象中，江水要在里边做S形的转折，远山渐渐地淡下去，由深黄色渐渐变成了淡青色，这样的无数重山用一根绿丝线穿了起来，实在是上帝的杰作。我觉得这“小三峡”似乎比真正的三峡还可爱，因为从《水经注》里知道那真正的三峡是“两岸连山略无缺处，层岩叠嶂，隐天蔽日，非至亭午夜分不见曦月”的。（这还是小时候读过的，现在忆写，大概要有错。）气象未免太森严一点儿，难怪要“猿鸣三声泪沾裳”了。又从何其芳先生的文章中得知三峡的山大约全是“童山”，不长一些草木的，使人有“穷山恶水”之感，这里则生长了无数的松树柏树，青葱蓊郁，这使我觉得它更可爱了。

船行到转折处，北温泉到了。看看岸上的水车，车轮上滚下来的水在冒着热气，实在是“奇观”。我们下了船顺了石级爬上去。在一丛竹林深处，有不少石桌石凳，有着茶座。当时想想在这种地方拿一本武侠小说来看看实在颇有味道。再上去是一座庙宇。已经辟作公园，石子铺的路和青杉植成的行列，整齐得很。第一层殿里是罗汉堂，罗汉们的前面都用石碑围起来，我只看见了他们中间的两位，一位伸出了长得出奇的左手，同时那手也瘦得出奇，像一枝干枯的木柴。还有一位则在做一种狞笑，好像要笑掉对方的什么似的，看了很使人不舒服。这两位的本名在释典里大约可以查得出，大约他们都特别赋有一种异能。好像记得那位伸出长长的手臂的尊者，是可以把任何一只手缩入以加长另外的一只的。这在幼稚的儿时想象起来，实在是颇浪漫的神话。

再后面的一进大殿，里边陈列着不少古器，其中最特别的一件是一尊“汉洗”，柜子里有很详细的说明，说是可以有喷出四五尺水来的特性，但是因为曾经有人意图窃取，所以现在藏在库里了，每年在有数的几个节日可以售票参观该“洗”的喷水表演。无由得见，实在是憾事。

温泉在公园的左面，有砖石建成的浴室，外面写了“浣尘”两个大字。票子已经卖光，要等到下午才可以有空，所以只好先想法到别的地方去玩。有人提出了上缙云山去。于是就在一位向导的指引之下攀山了。这本来是有修好的盘山马路的，但我们嫌它太纡缓，所以就在一条峭壁的小道攀上去。已经有十年不曾登山了，江南是一片平原，没有机会。还是在校中时以童子军资格春假旅行，在北平攀过香山的“鬼见愁”。那一次是要去救山顶上不知道谁放的野火，一股幼稚的热情实在“不可多得”，现在不用说，没有了那一种热心，而且爬山的本领也大大地退了步。

费了很大的努力，拉着路边的树枝，踏了尖峭的石块，到底盘到了上面一层盘山马路上了。不用说，已经出了汗。路左有一座红砖的亭子，我们找到了休息的地方。这亭子是“白鸟亭”，前边有于先生的一块题额“绿水青山白鸟亭”。我们坐在亭子里的栏杆上下望。“啊!”“真是，好绿的水!”我这里想用一个杜撰的形容词来形容嘉陵江的绿，这真是“乳绿”。好像只有乳黄为人们常常说到。我说“乳绿”，是说那绿是像一坛醇、浓而腻的绿，是在绿水中混合了新鲜的牛乳的那样的绿。在两岸都是峭壁的情形下，中间夹了这样一条乳绿的江水，江水里有两三只小船，船夫们整齐地打着桨。真像两条椰谷。底下的寺院的红砖绿瓦，整齐的石路和绿杉，淡黄的山路像带子一样围在山腰。真是奇异的美丽。

前面又是山路。到处都是松林，竹林，我们只是在这当中穿过。踏着一级级的覆了黄土和松须的石级。我明白古人为什么登山要用屐齿了。我们都穿了平底的皮鞋。在这里，一根相思木的手杖是必要的，然而我嫌它太“老气横秋”，也没有拿。松须铺在石路上是滑滑的。这样走真吃力。好容易攀到一个地方，有人家了，竹丛里有人洗衣服，洗好了的红红绿绿的衣服就挂在竹竿上晒，更给深山之中添了生气，住在这地方多么好，可是也多么不方便呢！我们在这里坐下来歇了。

这底下的一段是一些平衍的土路，有山田，有沙堆，突然地觉得平凡。可是回头一望，多少重山都埋在雾海里了。太阳才出来。嘉陵江的峡流看不清楚。一片迷蒙里浮出几个重重浓浓的暗绿色的山峰。呀！这是米友仁的《云山得意》呀！我这时是一步一回头，被拖在后面很远了。

又恢复了正常的夹了松杉的山路，和山路并行而低下去的是一排好好的石级，有人在陆续地挑了长长的竹排在慢慢地走下来。这使我知道前面是一个住了人的地方。转过去，我们看见一座庙宇。因为赶路不能过去看。路再转，远远望见一排绿色的桥槛，底下是很好的石基。上面隐约有着字迹。看不清楚。在布满了牛粪的山路上急行，想看看这是什么字。走近了。看得见了，是“黛湖”。没有水，我们想知道这是怎样的一个湖。远远一阵花香，没有花呀，在疲乏中孕育了兴致，真像刘阮的上天台了。我开玩笑地说着，该不是天女散花来了吧。走近桥基，看见了，一对老人，是公婆俩，老太太手里拿了两束不知名色的黄色野花，老先生扶着她上桥，坐在桥上的石凳上。这一对老人，在这早春阳光下面，策了杖在这样的深山里徘徊，应该是“神仙人物”，我想。

我们也坐下来，脱去汗透重襟的棉衣。欣赏这“黛湖”。这是在万山丛中的一片小小的静静的池塘，水的颜色是黯绿的，万山倒影，影子也深浅不同，只留下中间狭狭的一条天光，静极了，这万古不变的沉潭。面对着黛湖，正坐着两位慈祥的老人。

从黛湖上去，穿过铺满了荒秽的小路，经过几个曲折，抬起头来可以看见双峰矗立，远远地可以看见黑漆的木栅门，上面有着一联红字的对额，是太虚法师的手笔，只记得上联是“双峰接引菩提侣”，觉得实在是很好的，不想出家人却能如此风雅地用了“侣”字，横额是“缙云山”，使我们知道这是缙云山了。也许这是寺门，也不一定。

接下去又是一片阴森的松林。对面有几位和尚的墓塔。那形势颇有些“险恶”，阴暗得使人感觉到一股森寒。

从这里下去，就颇为平坦了。只有不太厉害的坡度。左面是一片平旷的山田，再下去就是茫茫的云海了。远处有一个亭子，题着“望月亭”。在这地方望下去，如果有一轮满月的话，底下的烟峦云林，都可以很清楚地收入眼底了。有几个僧侣在亭子上面谈话，我们不曾进去坐，继续上去。路旁有不少断石，是正在修一条路。这样走得非常热，身上的棉衣再也穿不得了。拖了疲倦的身子走到转角处，迎面是两棵高耸的白皮松，一片干净得非常的松林夹道，旁边还有白石的座椅，我们就都坐下来休息。到这时，朝山算是告一段落了。身入佛国，这四周是别有一番气象的。高处的梅花盛开着。万绿丛中添上了这一片红雪，更觉得绚烂旖旎。红梅左面，隐隐地是一片粉墙，这就是“缙云寺”了。

最后还得经过一道石牌楼。已经覆了斑斓的土色和青苔的绿色，大概是寺中最古的遗物了。上面刻了天顺年号的圣旨。额：“迦叶道场”“万历三十年正月初九日立，化主正稳通俊书”。字写得甚好，简劲得很。牌坊的背面是“缙云胜境”四个字。

脱不了普通庙宇的格局，进门处总是有四个大金刚的。再进去是大殿。佛像在玻璃的佛龛里。左边是一些课桌，还有一块黑板。右面则是数十尊红锦蒲团，和一些木鱼之类的法器。这座寺现在称作“汉藏教理院”的。僧侣们都是修梵文的。他们大约都是廿岁左右的青年人。有几个在殷勤地做着课业。

再走进去，左右的僧寮，都写着教务处、事务处的牌子，实在是别开生面的办法。左面有招待游山旅客的。我们进去休息。明窗净几，长条桌上放置了颇精致的茶具。我们被招待吃缙云山特产的甜茶。这茶有着淡淡的颜色，吃了有一种隐隐的甜味。实际上并非外国人吃的加了牛奶砂糖的红茶。严格来说，恐怕也不是吃茶的正宗。现在实在没有那么些功夫来研究茶道，而自小吃惯了的花茶、龙井，虽然不坏，可是也不一定非此不可。这种“甜茶”既然具有红茶的好处，而又无其一般浓香的俗气，用中庸之道的眼光来看，该是颇合适的茶吧？

在一面休息一面吃茶当中，顺便看了壁上的书画。有任鸿隽氏的“山色常清净，溪声自广长”和章嘉活佛的“人定佛从心上见，天高月射海东明”。另外还有两幅石刻的拓本，是大苏的诗迹。觉得很好玩，也抄在下面：

> 我昔尝为径山客，至今诗笔余山色。师住此山三十年，妙语应须得山骨。溪城六月水云蒸，长蚊猛捷如花鹰。羡师方丈冰雪冷，兰膏不动长明灯。山中故人知我至，争来问讯今何似，为言百事不如人，两眼犹解书细字。

下边属“雪浪翁苏轼”。大苏的字我是很喜欢的。飘逸而不浮，有时极拙的笔致中藏有至美。这诗也颇好，特别是他形容此地的热，如同花鹰一般的蚊子，实在是很有点相像的。

本来还想吃点东西，知客却回答说是没有预备，因为山上不易买到食品的原故。厢房内也有两桌颇丰盛的素筵招待客人，那大概是相识的人才可以享受得到的吧？

老黄提议说既然已经攀到了这里，就索性来个登峰造极吧。于是就更穿出了祇园，穿出了梅林，踏过纵横着断木的小径，攀上狮子峰去。这里的山路更陡峭了，几乎是没有路径的路，前面也有一批客人在攀援，我们超过了他们，在悬崖的石级上跳跃前进，用手攀了每一个可以攀住的藤条。穿过一个凿出来的石门洞，已经是在万山的峰顶了。我无法形容这形象的伟大。左左右右那些峰头，生满了松杉的黯绿的山峰，被罩着一层雾的裙带的、远远地方的淡青色的远山，隐隐约约的嘉陵江，金黄色的层层梯田，突出在松林外面的庙宇，悬崖峭壁，奇松怪柏，都在左右了。再上面是一个石台——太虚台。上面有石头的方桌和圆礅。台的左右都是松树，那些松针几乎要拂进来的样子。这似乎是离天很近的地方了。仰面看去，金黄的日光，好像就是从近处洒下来似的。

前面山的峭壁的地方，有几块石头，好像是人工叠起来似的。听说是叫作相思石，大概总有出典的吧？

在这样高的地方，应当是可以发生奇想的吧？诗人们可以吟诵出伟大的诗篇来。我却记起了小时候听说的一段故事。那是出在《三国演义》上的。管辂告诉一个命该夭折的人去在南斗星君和北斗星君（他们一个是白脸一个是黑脸的）下棋的时候偷偷地献上酒肉去。等他们在不知不觉中吃了以后，就可以要求添寿了。果然，这两位糊里糊涂地吃了人家的酒肉，只得给他想法子，后来是由南斗在《生死簿》上的注明了的享寿十九年上面加了一个九字，那人安心地回去活他的长长的九十九年的岁月去了。

据说当时下棋的地方是在一个深山里，我马上就想到了这里的石头桌凳，好像觉得在布满星斗的晚上该有一白一黑的两位在这里下棋一般。

这时大概已经是两点左右了。空空的肚子，不许再做白日梦去。回头走下山罢了。在陡峭的石级上快速地下去，简直好像是在溜着，一不小心，就会滚下去的。上山时已经麻木了的大腿的肌肉，现在更是要努力地支持着身体的重量，让它不至于滑下去。更有一种特别的疲乏。

下山究竟是比较快的，大约一个钟头左右，已经回到温泉前面了。

洗浴的地方是石灰的池子，温泉从上面流下来。水的温度不太高，大约有华氏三四十度的样子。人躺在池子里，在爬山回来以后，感到完全的弛放了。

在夕阳的斜晖里，乘了船从峡口回去，下水行舟，速度是算并不慢的。在平静的绿波中徜徉，心里悠然。

煤气灯下两晚上完成了这封信，我也真写乏了，你有没有也看乏了呢？

匆匆

黄裳　二月廿八日

（一九四三年《万象》）

风雨·山林·鸟兽

——印度小夜曲

这是尼赫鲁的自传《走向自由》里的一章，我很喜欢这题名，它很能表现一点印度的风味，也多少能显示出我住在兰伽时的一些心情，虽然我不是像尼赫鲁先生那样的长久住在监狱里，然而有时也曾这么想，那时的生活委实是太干枯了，寂寞了。

正像长久住在多雨的地方要苦雨，我对那每天好好的阳光有时竟也有些厌倦起来，期望着暴风雨的来临。在我的日记里曾经这样说过，“期望有一个下雨天，下雨的晚上，好让我能够温习一下在桂林时的心情”，因为我那时正想描述在桂林时的一些生活，很希望能够有下着潇潇夜雨的晚上，像我在漓江江畔听雨的时候的潇潇的雨。

一个下午，三点多钟的时候，我骑了脚踏车去找朋友。那是一个很热的下午，空气低沉压抑，中午的红红的太阳这时已经变成银灰色。我在脚踏车上迎着对面来的熏风，和一阵阵的灰沙。走过第×场，这是一个汽车训练场，里面有几十部车子在转圈子。风起来了，摇着树上疏落的叶子，吹起了一天尘沙，银灰色的天现在已经变成了昏黑，四面望去，全是看不尽的黄沙。汽车像牛一样的慢慢地开过，后面跟了的是一阵沙旋，随了轮子的过处，还留下白色的路面。站在场上的人的头发被吹得向一个地方横去，他们的衬衣，饱满得像一个顺风的帆，他们几乎已经站不住脚了。脸上好像覆上了一层泥土的面膜。

我在脚踏车上吃力地踏着，上身伏在车上，迎着风，车子向左右两方面斜着，场里的S喊：

“快回去吧，大雨就要来了!”他站在场子里挥着手，我也喊。

“安心在这儿呆一会罢!”我继续地踏，踏过黄土路上为牛车轧出来的深轨，到了柏油路上了，是一段下坡路，我让车子滑下去，对面开来的汽车都开了灯，在一阵阵黄沙里，只看出来两点微弱的光晕。

车子又转了一个弯，顺风，这时我舒下一口气来看看天，天是黑色的，已经看不出一点淡色的云隙来。这时疏落的大雨点开始落了，落在脸上，觉得很舒服的一阵冰凉。

我赶到了门口，把车子推上去。站在走廊里看雨。这时风已经小了下来，雨打在芭蕉的叶子上发出清脆的响声。随了风势的忽紧忽缓，芭蕉叶上也好像传出很有节奏的一阵阵鼓声。

雨是安静的，不像风那样疯狂，雨才使人觉得像是世界末日的一种景象消失了，只剩下一阵阵的零雨，洗下了灰尘，减低了风吼，带来了清凉、安谧，和阵阵喷鼻的土香。

我想象着一个在沙漠里行旅的人，忽然遇到了漫天的风沙，多么惴惴然怕被沙埋了起来，忽然雨来了，带来了安静，和心里的平和。

前面花畦里的雏菊，在大雨点下面，委琐可怜。芭蕉叶上的黄泥，洗净了，露出了更可爱的鲜绿色。我跑下去，摘了一朵黄色的小花，细细的花瓣上留着水珠，我把它供在案头。天黑下来，点着了电灯，我静静地坐下来，对着这一点嫩黄的颜色，坐了许久。这在江南，恐怕是黄遍了篱落的时候了罢？

雨声静下来了，淅沥着，恐怕有一夜好下。又想起了“雨到深秋易作霖，潇潇难会此时心”的句子，好像真有些排遣不了的哀愁，写信罢，伸笔铺纸却写不出一个字。抽着烟，眼睛看着窗外的黑黑的一片，沉默着，像是会从那漆黑里看到什么来似的。

这样的夜晚，我曾经度过了整个的春天，同样的寂寞无聊。一整个春天我没有能写一点什么，都在抽着烟，望着高而黑的天空过去了。我并不觉得这样浪费着青春的时光是可惜的；在战争中，整个人类的生命不都是不知什么时候都会完结了的么？我觉得日子很长，这样呆着也是一种好方法。或者也因为一整个白天所积下来的疲劳，使我变得异常安静了。在夏天，天气热的时候，我倒有事情可做，把牛奶滴到冰块上去，看着它慢慢地被侵触，化成了冰水，加了糖，喝下去。再拿一块冰来，倒着牛奶……

我翻到了《走向自由》里边的一章，他，尼赫鲁述说着他在监狱里面寂寞的生活。他每天只能允许在门口的一块小天井里散步，本来是可以看到远处的山林的，后来连这视界也被关死了，只能望见一小角绿色。他们自己锻炼的方法是做着运动，好使身体不至于坏下去。他又提到了他所熟悉的鸟兽，这使我想起了一个晚上。当我一个人在灯下寂寞地坐着的时候，忽然窗外的厚厚的落叶上有着缓缓的步声，是那样的迟缓，好像一个老人在蹒跚着走路。这使我有点疑惑了。那个戴了毡帽，肩上一根红绳，挂了一把弯弯的缅刀，手里拿了一个木棍的俾路支的士兵，是常常在这里踱步的，不过这时他早该回去睡觉了。是什么东西呢？推开窗子，是一只白色的牛在那里慢慢地走着。我对这个深夜的拜访者颇感到了兴趣。一直看着它走出了篱笆，到柏油路上去。

听说有一个晚上，一个朋友走回宿舍去，黯黑黑的夜里看见前面一个黑黑的影子也在走动着，他有点激动了，赶上去一看，是一个猴子。

在寂寞里的人们，对这些动物，是也会发生感情的吧？在我的房子檐上住着一只松鼠，那更是我的一个很熟悉的朋友，每当我走进房门的时候，他就从树上一溜下来，顺着柱子爬到屋的檐里面去了。他那赭黄色的花皮，大大的尾巴，爬在墙上的时候，很不容易分辨出来。使我想起北方的故居的爬满了“爬山虎”的墙上的“蜥蜴”的影子，这在兰伽也是有的，不过不太多，只在墙上看见过两次。

一月四日夜

（一九四六年七月三日《中央日报》“文综”）

爱之术

兰伽实在是一个寂寞的小天地，我们住在那里的时候，除了白天有一定的工作可以免去无聊以外，一到吃过晚餐，就几乎无处可去。自然每星期有三次电影，也可以到俱乐部去听无线电，不过这都太远，走一走需要半小时。有时遇到毫无兴趣的片子，往往就半途走出来。我是颇喜欢跑书店的，刚到的时候，极想去附近发现一两家书店，结果却是失望。后来终于经朋友的指点，在一个小街角里，一家修理钟表店的隔壁发现了一家，从此自凡无聊已极或是电影不好看的时候，就往往踱了进去，翻翻看看，间或也买一两本回去。

这一家的门面极小，只有一间屋子，四周是书架，中间放了一个大桌子，上面放了新到的书籍和杂志，老板则坐在靠门的地方。这老板是一个年轻的印度人，我买过几次书以后就和他颇为熟识了，他的人还不错，有时很肯让一点价钱。不过后来他不常出来，大概是因为结了婚，要在家里陪太太闲话的关系吧。代替了他的是他的弟弟，是一个中学生样的人，生着卷卷的头发，两个圆圆的眼睛放出一种光来，使人颇不愉快。我不大喜欢和他交谈，只有遇见想买的时候才向他问价，而他又是绝不议价的，说出多少，即是多少。有的明明知道在他哥哥手中两个卢比一本的《袋鼠丛书》，他却非三卢比不卖，而且态度很不好，看你稍稍迟疑即便冷笑一声把书放回架子上去了。所以我对他很不满意，有时也曾有这种想法，几时来教训他一次才好。在印度的一般中国士兵常常不大看得起印度人，时常拿出“上国威仪”的架子来。我是很不赞成的。不过这一次，有点动摇了，觉得有时候非要厉害一点不可的，虽然宪兵正出着煌煌的布告，不许“骚扰商民”“私入民家”等等。

这店里面的书说起来是颇为可怜的。有几册字典，如《二十世纪英文字典》《简明牛津字典》之类，还有讲到印度文之字典，不过因为我不想学梵文，所以也就没有兴趣。文学书极少，偶尔有几册也全是英国出版的《世界丛书》之类的零册，实在没有什么意思。后来有批美国版的新书，如*BURMASURGEON*、*GLOBE*之类的东西，定价总在二十卢比以上，自然也没有买的兴趣。一些印度版的英文书价钱比较便宜，不过有一种加尔各答某书局出版的东西，则往往颇贵，那里出的书是以全文无节出名的，有《十日谈》《娜娜》等，其实后者倒也并无删节的必要。除了这许多以外，充满了书架的都是一些讲性问题的书，如同《结婚的爱》《结婚的艺术》等等，或讲性艺，或讲节育，有的还附了详细的图解，不过往往不彻底，最多也不过是一些削面图，看了索然无味。这里面比较最有意思的一册从古梵文译成英文的*KAMA SUTRA*，是一册讲爱的艺术的书，为一位印度的古哲人所写。

曾经买回来读过，可惜现在已经不在手头了。

每次到书店里去，总希望发现两本新书，不过是失望的时候多。然而也不肯就走，在那里流连一会，翻翻杂志，消磨时间。有一次在傍晚的时候，屋里只有我一个人，忽然看见一个美国军官走进来了，从袋子里拿出几本小小的册子来交给那个中学生样的店员，向他说："还有没有？"

那个"中学生"把书很快地藏在抽屉里，小声地回答说："明天吃过晚饭你来。"

那个美国军官很不高兴。

"他妈的。明天一定要有！"讲着走出去了。

我觉得这大概有点什么新鲜的花样，就不惜向那个觉得可厌的"中学生"盘问。开头他还假装正经，连说没有什么，后来却改变态度，先嘱咐我保守秘密，然后郑重地从抽屉里拿出来，一共有四五册，好像练习簿一样的本子，黄封面，已经非常破旧了，可见看过的人很不少。自然也是加尔各答某书局出版的。上面却写着是只限于卖给会员的。总名是《罗曼丛刊》。

我翻了一本诗集，做得真是挖空心思，想入非非。所说的自然要比那些《结婚的爱》要彻底些，所以那个"中学生"才会鬼头鬼脑，做出可笑的举动来。

这以后他也常常很神秘地拿出些特别的货色让我看了。有一次他拿出一包照片来想卖给我，那是一些印度女人的裸体照片，有许多还用了特别角度拍的，实在恶劣得很，这些大概是美国士兵的"杰作"，拿到照相馆去冲洗，他们就偷印了些出来零售，每张要十卢比。我自然没有买下来的雅兴。他又拿出过一册附图的*KAMA SUTRA*来，后面是六十四张图，全是性交的姿势，有些也真异想天开，如弯弓射箭，或者同时有五个人。这些在原书里并不曾说起过，我想全是妄人添上去的。那画法也异常恶劣，几乎没有学过画法，而且连生理学也恐怕不明了的。不过同样的题材我就见过两种不同的本子，足见销路是很不坏的。

又过了几天，和朋友王谈天的时候，他却大为神往，非要借来看看不可，吃过晚饭一同走到那个书店里，先翻翻别的书，找一个机会去问那个“中学生”了。

“《罗曼丛刊》有没有?”

“有的。”“中学生”睐了睐眼，“你明天这个时候来，我租给你。”

“为什么现在不可以租呢?”

“老板出去了。钥匙他带了去。”他非常冷静地回答，好像绝对没有商量余地的样子。

我和王都很气，跑了这么远，却被这个惹厌的家伙打了官腔。其实我知道什么老板带了钥匙出去全是鬼话。我至今不明白他为什么不肯当天借给我们而一定要等到明天。

我们自然不肯马上就走，翻着桌子上面的杂志。王翻着一本《老爷》（*ESQUIRE*）杂志，里面有几张彩色的女人照片，王很快地掀过去，纸索索地响着。

这时那个“中学生”走过来了，把杂志拿了过去，轻轻地一张一张翻给我们看。告诉我们要如此这般地看。这实在使我生气了。觉得简直是侮辱。过去对这个“中学生”的坏印象一起并发出来，我把他那本认为异常的宝贝的《老爷》一下子扔到墙角里去。拿起另外的一册胡乱地翻着，比上次还要来得响。同时大声地申斥着“中学生”，真不知道为什么会那么气，我们连嚷带拍桌子一起闹了五分钟。最后那个“中学生”退到了墙角，本来是黑黑的面孔，现在变成灰色了。

我又想起了一点，原来那些《老爷》《生活》……的美国杂志，全是海外版，只准在军中流通而不许贩卖的。我又警告那站在墙角的“中学生”说，这些东西，早晚是要给宪兵搜去的。

从这次以后，有一个很长的时期我不曾再跑到那个书店里去。后来从朋友的案头看见从店里买来的《皇冠》杂志，底下的一行用浓墨涂去了，封面的少女像也点上了墨迹，这使那朋友非常煞风景，原来那条涂去了的正是声明不得贩卖的一行。我知道这是我那次恫吓了一下那个“中学生”的结果。却并没有讲出来。

现在虽然手头没有书，不能译一点下来，觉得很是可惜。不过那本 *KAMA SUTRA* 的内容还约略有点记得，在另一本讲性爱的书里，曾经拿它和阿剌伯的《香园》（*Perfumed Garden*）相比，不过两书的方法则有不同，《香园》选了一百多则例子，说明各种姿势……*KAMA SUTRA* 则是分章讲解的。而且其中并不专门致力于姿势的说明，对于男女性格的划分，以至如何制夫、御妻，都有详细的说明。大概要分这些项目，

“拥抱”“亲吻”“求爱”……娓娓谈论，好像一个老人为新婚前的儿女讲解如何做爱，态度庄严而恳切，使人敬服。接吻里有所谓“斑马式”的，就是在这里看来的。

前几年曾经买到过长沙叶德辉的《双梅景闇阁丛书》，里边有《素女经》《素女方》之类的东西，大概可以算是中国古代的讲爱之术的书了。不过那里所描写的是怎样御女，而终极的目的则是“登仙”。不但把女人当作泄欲之器，而且还当作了“养生主”，是不但荒谬而且恶劣的，于是就更不能不对这本印度古代哲人所写的小书觉得特别可爱。他只是告诉人们怎样可以生活得舒适而已，此外并没有什么副目的。这的确是一册可以代表印度风味而有着“艺术的香”的小书。

（一九四六年七月二十二日《中央日报》“文综”）

关于废名

废名写散文，写诗，在文坛中是一个怪人，现在又深好禅悦，著书谈道，更不免为怪人。现在想谈一下这个“怪人”。

废名姓冯名文炳，湖北黄梅人。民国十一年入北京大学，直至民国十八年才毕业，倒不是因为低能的关系，实在是张大元帅将北京大学改为京师大学堂，废名因此失学。周作人的两位弟子（俞平伯与废名），都写诗与散文，而散文都晦涩不易懂。废名尤甚，其写小说，与散文并无太大分别，只是小说之散文化而已。他有过《枣》《桥》《莫须有先生传》《竹林的故事》等几本书，都是小说。读他的小说时，如嚼谏果，似有回甘，而这回甘又人各不同，正如读诗，大家所感兴的未必即是一样东西。废名后来多写论文似的散文，或者可称为小杂感之类，甚多妙论，不过只是发表在北平的《世界日报》的《明珠》上，而时间又短，可惜之至。然而他的诠释诗句，仍时有极可爱的妙语，如他说最喜李商隐的“一春梦雨常飘瓦，尽日灵风不满旗”，说得极佳。令人读了会心不远，大约有如司空表圣《诗品》的平衍化了罢！

废名有一册在北大时的讲义《谈新诗》，后来为沈启无偷印作为《艺文丛书》之一种，废名不晓得。这本书颇难得，在北方尚多，然而南方则颇难找了。我借来看过，细针密缕，时有华彩，也是好书。

废名对周作人的了解最深，战前开明书店出版了一册《周作人散文钞》，前有废名作的序。当胡风提出“霭理斯的时代”已经过去的时候，废名在林语堂主编的《人间世》上写了一篇长文《关于派别》。

废名曾撰对联一副赠知堂，“微言欣其知之为诲，道心恻于人不胜天”，善意地来看周作人的“历史宿命论”。周作人感激得非常，引为知音，在《药味集》序文中说，“拙文貌似闲适，往往误人，唯一二旧友知其苦味”。这里面的知其苦味的，废名可以算是一人。

抗战以后，废名即南归，隐居故乡，在小学里教书，还不时与周作人通讯。后来渐渐消息不通了，周作人对他致其怀念之情，写了一篇《怀废名》，其中颇有不少好资料可以引用。关于废名的容貌，说：

> 废名之貌奇古，其额如螳螂，声音苍哑，初见者每不知其云何。……废名眉棱骨奇高，是最特别处。在《莫须有先生传》第四章中房东太太说，莫须有先生，你的脖子上怎么那么多的伤痕？这是他自己讲到的一点，此盖由于瘰疬，其声音之低哑，或者也是这个缘故罢。

在照片上，我们看到的废名，的确也是“其貌奇古”的。平头，两眼平视，若作深思。真有些像是悟了道的样子。这也不为无因，废名后来学佛，渐渐走入神秘而不可解的路上去。读经最佩服涅槃经，曾写信与周作人论“道”，周不能懂，回信不谈及，于是废名大为失望。想想真是颇有趣的事。关于废名学佛的逸事，又有有趣的材料可以一抄：

废名平常颇佩服其同乡熊十力翁，常与谈论儒道异同等事，等到他着手读佛书以后，却与专门学佛的熊翁的意见不合，而且多有不满之意。有余君与熊翁同住在二道桥，曾告诉我说，一日废名与熊翁论僧肇，大声争论，忽而静止，则二人已扭打在一处，旋见废名气哄哄地走出，但至次日，仍见废名又来，与熊翁在讨论别的问题矣。余君云系亲见，故当无错误。废名自云喜静坐深思，不知何时乃忽得特殊的经验，趺坐少顷，便两手自动，作种种姿态，有如体操，不能自已，仿佛自成一套，演毕乃复能活动。鄙人少信，颇疑是一种自己催眠，而废名则不以为然。其中学同窗有为僧者，甚加赞叹，以为道行之果，自己坐禅修道若干年，尚未能至，而废名偶尔得之，可谓幸矣。

这种小事，只是可以当作茶余酒后的闲谈资料，不能增加对他的了解，至多可以看出战前这些藏在象牙之塔里的人物，于吃茶看小品之外，在弄些什么东西。

不过我有兴趣的还是废名在中国新诗上的功绩。他开辟了一条新路，在北大，汉园三诗人都是后辈，照我看来，全有废名的影响。何其芳虽然披了华丽的外衣，卞之琳较为朴实，路子原来都是一样的。我的私意，中国新诗这一路，很有成就，打个比方，正如佛家的棒喝法罢，一两句话，可以指出一个鲜明的境界，使人顿悟。我说笑话，这是中国新诗近于禅的一路，我最喜欢，远较其余诸派为可爱。

沈启无又出了一册《水边》（新诗集），上半是废名的诗，后半则是沈自己的。废名的甚佳，沈的则拙劣无比。如果没有妙语还是少学为妙。《水边》中废名的诗多未发表，如《十年诗草》比较一看，显然地可以看出路子的相同，或者可以称为北大的“汉园”的支路罢。

十月六坐雨写

这是我写的一篇读书记之类的东西，发表在重庆《大公晚报》的“小公园”上。当时对于这位自称哲学家的废名先生是还有其好感的。其实对他的认识还欠清楚，等到从通讯中得到废名先生的近状以后，却不免起了反感，好像这位诗人兼哲学家已经完全脱离了这个混浊的世界，这与他的老师走的正是一条路。周作人被关在狱中，已经为全国文艺界所不齿，废名先生仍称之为“躬行君子”，与之相互唱和，周作人曾寄《往昔》三十首给他。我又记得一位不识面的朋友写了封信给我，其中有这样的话，他说废名过京时，曾亲至狱中对周存问，犹有古人风义，比起傅斯年来，不可同日而语云云。这似乎也是一种看法。北平学生为抗议滥捕无辜的时候，同学们也去看了他，有一段访问记登在《北大快报》上，如后：

> 当记者敲门进去的时候，冯先生显得不胜其烦的样子，他说他一直没有弄清这事情是怎样的，因为在以前已经有几个同学去找过他，他们都愿意考试。当记者声明罢考是经多数同学签名由院会决定的，他表示已懂得我们的意思，他说师生之间不应分裂，所以他愿和同学取一致行动，最后并无限地感慨说："如今我已不能指导你们了，对于国家，我觉得很悲观，讲理也讲不清，不知道该怎么办?"记者告诉他这不是一两个人的事，而是整个社会国家的问题，他苦笑着点点头，最后，他希望同学不要懈怠了功课。

我们似乎可以看出他的烦恼。如果废名先生是学禅有得的人，总应该了解佛怎样对待那些不讲理的野兽。他的老师非常推崇投身饲饿虎的菩萨，在一首《往昔》中说，"往昔读佛经，吾爱觉有情"。我想那种精神应该是博大的，也可以说是一种大的勇气，为了真理，应该掌稳了舵，走上前去，哪怕真是投身饲虎。

另外一点，看学生后面告诉他的话，他似乎也颇有所悟，这年头，往往是青年人教育了他们的先生的。我看出废名先生在彷徨，彷徨之余也许是坚定，也许是沉沦。

（刊于《文艺春秋》，署名黄伯思）

谈何其芳

汉园三诗人中今日劳燕分飞，各奔前程。李广田、卞之琳两位仍然为文艺努力，而何其芳则已此调久矣不弹了。笔者今夏在渝曾与何先生一面，承告他为“文艺复兴”撰一散文，属稿已三月犹未杀青。算到现在，已经期年。不禁令人想起“手生荆棘”之说，感慨无已。

何先生今年三十四五岁。如果从《画梦录》中去想象，极易使人得一错误印象。我以前以为他必是一位丰姿潇洒，穿了白罗长衫，有如鲁迅先生笔下的吐半口血的公子型，扶了侍儿，到阶前恹恹地去看秋海棠的。而其实则大谬不然。何是一个小胖子，剃平头，戴近视玳瑁边眼镜，面团团，在重庆更加不修边幅，初见时疑为门房之一，通名后乃不禁诧然。

何先生现在重庆编报。因为他是四川人，所以预备留守故乡，最近是不想离开重庆的，除编报外，也还兼写社评。于此，我们可以知道作者“手生荆棘”之由。

提起《燕泥集》《画梦录》，我们的诗人不禁感慨。正如他自己在《黄粱梦》中所写，他现在是“梦觉十年”之身了。最近文化生活社出版了一册《预言》，是搜集他的旧作成集的。对于这事，他说事前无所知，书印成后也未接到一册，好像这些已经成为“身外之物”，听其生灭，不值注意的了。

对于这个，我听到过不少人的惋惜。我的看法却又少少两样。

我们的诗人，十年前在北平那个风沙大城里读哲学。住在公寓里，过着寒冷的冬天，却在幻想着热带森林中的大象。他写下了那些梦想者的美丽的语言。等到他毕业后，到天津南开中学教书，一直还是如此。他住在那个“制造中学生的工厂”里边的一间西晒的小房子里，窗外远处是一条臭河垃圾堆。他还在一夜里写出了《扇上的烟云》那么美丽的篇章来。这时他已经痛感人世的荒凉，想走出这寂寞的小天地去。否则，我们不能想象，这样一位空想的诗人将来会不会因为空想而发狂。

他终于走出了那家私人的“工厂”，到山东半岛上去。这时期他写了《还乡杂记》（良友出版时被误改为《还乡日记》了），我的私见，这一个集子该是诗人散文创作过程中最光辉的成就了。诗人的感伤，更加上现实的创痕，又还未失去了他的琢磨的技巧。这一连串篇什，如《呜咽的扬子江》，实在是使人永不能忘的。它比较《画梦录》充实得多，又不失于粗糙。

再往后。抗战起来，诗人与卞之琳都曾辗转随军于太行一带，也都有收获。在卞之琳是一册报告——《第七七二团，在太行山一带》，明日社版，早已卖绝，在内地也都不易买得了。在何其芳则是一些散文片段，由战地陆续寄至香港，陆续发表于香港《大公报》的“文艺”上。我曾问及这些稿子，他说因为已经没有一份，所以也不曾收入《星火集》中，这些断片，我都剪存，但不知全否。

照我看，这些东西都写于军马仓皇之中，失去了琢磨的机会，它们只像一块未琢的璞玉，厚实而缺少光泽。《星火集》群益出版，一九四五年印于重庆，封面廖冰兄制，难看已极，书用土纸印，更是难看已极。我问及这点，诗人说当时他在延安，出书的事全由朋友办，封面的意思与他的原意也不对，原意是“星星之火”，表示微不足道，而廖冰兄却给画成一个人在重庆的小房子中推窗望天上的星。

《星火集》分四辑，第一辑是论文与讲稿，有两篇论周作人的文章，对周的道路，无情地批判了。第二辑是一些片断散文，没有系统，都仍时有旧日风华。第三四辑中很多文艺理论，这更接近于他现在的路，极谨严，耐咀嚼。

还有一册诗集《夜歌》。

《夜歌》三十四年五月诗文学社版。也是土纸一册。从“后记”中我们可以知道诗人怎样在选择他的道路，这些诗也都是人民的号音，而不是红楼上，灯晕下，少年情人的歌唱了。

对于这些转变，我们的诗人是坦然的。极自由地变着了的。但是有些人却为他叹息。我曾经有一个经验。在昆明，华灯初上的南屏街上，书店里陈列着新书，一个少女，焦急地拿起了《夜歌》，翻开封皮，一会，当她读完了一篇后，叹息一声又放下了书。

我们可以看出诗人怎样走出了象牙塔而漫步向十字街头。塔里的人向他挥手惜别而街上的人熙来攘往，还没有太多人来迎接他，在这儿，我们的诗人还有一段寂寞的旅途。

一九四六年圣诞前夜

（一九四七年《文艺春秋副刊》

一卷三期，署名黄伯思）

怀昆明

——读《吾爱吾师，吾尤爱真理》

“历史”

两年前曾四次到昆明，对于这个滇南古城有着说不出的爱恋之忱。这有名的“花之都”的明媚的风光使我迷惑。四季如春，天气是那么好；滇南的儿女，孕育在这山明水秀的环境中，是那么的可爱。“滇南王”龙云十几年的统治，在社会上的毁誉不一，然而似乎是一种奇迹似的，他能给人一种“自由”的感觉，这位将军好像有些懂得“无为而治”的妙用，除了一二种有关政、经的举措之外，倒的确可以做到“不扰民”的消极的要求。一般云南老百姓提起他来往往称之为“主席龙公”，这似乎并不是云南的人民格外柔驯，也并不是他们喜欢咬文嚼字。一个能够不太使人民活不下去呼吸不成的人物在中国的老百姓眼中就往往是值得馨香顶礼的贤吏。

无疑，抗战初起时，云南人对流亡来归的下江人是颇为歧视的，然而这情形逐渐改变，一直等到美国人来了，昆明成为美国空军陆军最重要的基地以后情形更变得多。这是我要提出的一个很要紧的因素，西南联大的来昆，影响是最大的。龙前主席与联大的常委蒋、梅诸位的情感不恶，这颇可使这位老将军改变他的观念，他曾经在演词里说联大将高水准的文化带给云南。数年来相安无事，他对学校无所疑惧，学校对云南也的确有好影响。举举小例，联大的学生办了些中小学，与当地的青年接触；联大学生们之做家庭教师的更多，往往还与女学生缔结良缘，云南女孩子不反对嫁给下江来的大学生。联大之给予云南是无限的。而尤其使我向往的是成为“民主堡垒”的联大校风，虽然这名词已经成为滥俗，我仍甚喜爱它。

我不是联大的学生，然而旧同学中在联大读书、做助教的颇不少，这使我能与这个学校接触，熟悉。更因为居处的关系，常去学校走动，从图书馆借书，在教室瞻视名教授的风采，在民主墙上看各式的壁报，觉得自由，快乐。也许一向生活在这地方的人不晓得，然而来自全国其他各地的学生就会欣赏这份自由，羡慕这份自由。

昨天从书店里买来一册小册子，联大学生出版社出版的《吾爱吾师，吾尤爱真理》，翻读一过，才知道我与这个自由的天地已经十分辽阔了，我是在读一本“历史”。

一九四五年十一月到一九四六年五月

去年胜利后，我重回昆明，住在西站附近，等候返渝。意外地在那里恭逢杜聿明将军的第五军的表演，听了几晚枪炮声。有一次在联大新舍的饭馆中还目睹了一个小女孩被“流弹”打穿了屁股，那枪弹之幸而没有打到我真是其间不可以容发，后来跑出校门，看见两个第一军的勇士身背美式冲锋枪施施而来，还听了一些训示。又看到几位同学抬了血流满身的朋友急促地跑到医务所去，心情非常激动，在茶馆中“避难”，默念吴梅村的“乱梳云髻下妆楼……高家兵马在扬州”，忽有昨今之感。后来听说事态平定，局面统一，间关来渝，无多少时又听见“一二·一”惨案的发生，那时已经不能目睹，只能从报上看到一二消息了。

这本小册子，由编辑收集了一些值得留下来的文件，中分：（一）罢课期间西南联大教授会之文告；（二）复课后联大当局对工院自治会理事之处分；（三）东北问题；（四）对西南联大教授不履行“诺言”的反响。文件多出诸昆明报纸杂志、联大壁报，不易得见，得读一过，知道了一些知识，引起了一些感想。觉得颇有提出来的必要，这问题是并不轻松的。

在书中学生对教授提出了控拆。学生觉得同外来的反动势力相斗争是当然的，然而现在却要同同一堡垒中亲爱的师长斗争了，觉得伤心。这里，让我先引一点序文中间的叙述：

> 在“一二·一”之后不久，特务流氓暂时匿迹了，中央社暂时减少了造谣与叫嚣，反罢课委员会也消灭无声了。不过这些并不是表示反动的当局对于学生的屈服或休战，而只是他们改用了另一战略，雇用了另一批打

手。他们不再从外面做正面的袭击，而是从你们自己内部来施行破坏；特务流氓自然得退位了，代之而起的是堂堂为人师表的大学教授。

在“一二·一”惨案发生以后，联大的教授是同情学生的。然而不久情形突变，归纳原因，序文中提出了这样的人物：

这里恐怕得归功于一位于“一二·一”之后不久，与教育部高等教育局局长一同乘机由重庆飞到昆明的吴有训先生，前西南联大理学院院长，现任国立中央大学校长。虽然吴先生到昆明的事情对外是严守秘密的，然而那时他在忙于在各教授间（特别是联大理工学院教授）奔走的事实，在学生群中是一个公开的秘密。

至于经过吴校长奔走的结果呢，工学院的教授们都改了论调。“学生有背景”，并且有一位教授公开宣布，说：“你们不要以为我们不敢解散联大，联大解散以后，我们不会没有地方去！”当然，工学院的教授是不怕没有地方去的。如我在一篇文章中所报告，他们在抗战期间从美国人那儿就曾经很挣过一点钱，何况现在，这位教授已经预备接受“中央大学”的聘书了。

他们指摘的第二位师长则是联大常委的傅斯年先生。

“学阀”傅斯年

关于傅先生，正如我在另一篇文章里说过，在一些他的老朋友中间，周炳琳先生，陈雪屏先生，蒋孟麟先生都笑着说他是个标准的“学阀”。当时傅先生也曾经大为暴跳，深致不满，不过这究竟是朋友间的说笑，然而在这次联大的惨案中，经学生们的综合，傅先生的行动，就不仅成为“可笑”的了。

在“十二月七日罢委会通讯”中，有“傅斯年先生抵昆谈话”，中有一段：

> 下午（十二月五日）去看关麟征。我对他说，我代表学校当局，对于这次屠杀事件不胜其愤慨，我以前跟你是朋友，现在是站在对立的地位了。关麟征说，你怎么说是我杀了同学呢？我跟他争辩了一大顿。

这时期傅先生的态度是可爱的。傅先生年来的政治上的地位是唯一能面见主席，陈述事实的人。大家（包括教授）希望他能回重庆，然而傅先生说“现在我向蒋先生说不了话，因为学生还没有复课”。大家都相信了这句话，“担保的是傅先生慷慨的说话和他几十年来的名誉人格”。

慷慨的举动是什么呢？据“现代、剪贴、除夕、电子等壁报联合报”的《劝傅斯年先生》中说是“傅先生曾用头来担保李宗黄、关麟征的撤职”。

后来的事情大家是知道的，李宗黄升任党政考核委员会秘书长，关调成都军校教育长。于是在那一篇文章中说："现在有很多人都说傅先生是学阀，是教育界的害群之马，是纯洁学生的毒素，所以我们劝傅先生自杀，为教育界除一害。"

不料傅先生天天玩政治，倒劝学生不要过问政治。而玩政治的结果则是他自己的学生们要他"明水一盂，自刎以谢天下"，要他用头来兑现诺言。这样的事也诚然不及料，在政治协商会以来，傅先生以山东豪俊的作风纵横叱咤，以"好人"的姿态出现于全国人民之前。结果如是，是学生们的太意气用事乎？还是在这个局面中，"好人"难做欤？

这样的教授

在东北问题闹得如火如荼之际，也就是"一二·一"惨案三个月之后，李宗黄升官之后，曾做"诺言"说以去就力争的教授们（一百一十人）发表了一个宣言，这在学生看来是"对于官方的一呼，立即轰然应和"，"助纣为虐，奋勇当先，面对真理，顾而却走"。而给老师加上了不得已的不好听的字眼："奴性"。

这是不是又是学生们的敏感与鲁莽呢？剪贴社还对该宣言来了一个分析，有理由五点，将教授们一向对国事的持重，对民主的淡漠与此次的响应甚速，继中大教授起而签名，阵容赫赫。又转载了昆明《中央日报》的短评"可用的民气""不惜拼命一战"，作为旁证。列为反证的则是一向昆明教授国事宣言都严受检扣，一纸之传，颇不易易，而这次则官方半官方报纸竞为宣传、广播，实有同气连枝之感。

学生们的“敏感”，是有根据的。

在这个大波之余，是还有两个小插曲的。其一是向觉明（达）教授的声明，总择要是如下：二十三日冯文潜教授以宣言草稿征求向先生签名。向先生提出了“雅尔塔会议问题只字未提”，与“英美的字眼与英美责任问题”也只字无有。当加以附注，提议全文非重改不可。结果则是“宣言发表时只要我的名字，而不要我的意见”。

关于向先生，我曾经有幸地听了他讲过一次敦煌问题。在新舍南院的一个教室中，灯火昏昏，向先生穿了一件旧蓝布长袍，沾染了塞外的风尘之色；后来在联大被枪击的一天（滇省府改组的一次），又看见向先生在贩卖部里吃面，对这个专攻中古史的教授的朴实的风度，有甚深的印象，照我看，他也应当属于“对国事漠不关心”的一类的罢？然而这次却也提出了“独异”的声明，使如火如荼的好戏微生遗憾。实在也是颇可发人深省的事。再看向先生的理由，于英美责任问题加以注意，也实在还算不了什么“过激”。

好戏的开场是在东北问题的游行之前在联大操场开的“东北问题演讲会”，主讲的教授是在“一二·一”惨案中的“隐士”，雷海宗、燕树棠、查良钊、傅恩龄诸教授。

查良钊是联大的训导长。傅恩龄是南开的教授，十年前在天津念书时，曾往听过他的讲演，据说是“日本通”，他自己也是东北人。这两位教授的讲词都不曾有登载，无从拜读，绝妙的是法律系教授燕树棠的讲词。

关于燕教授，我是有颇深的印象的。从联大政治系的朋友口中颇能得知他的一二妙事。这的确是一位老教授，正如他自己所说，“我读了五十年书”，而且还反复地说着，他倒的确是书读得太长久了些的一位先生。又如他自己所说，“你们常常听见人说，北方人是高大粗黑，几年来，我因为营养不足，既不粗又不黑”。这位老先生的确在高物价的昆明，遭到了极大的厄运，几乎与洪深先生有了相同的命运。不过因为他所读的书是五十年以前的，所以学生们不满了，执教数十年的“国际公法”也就让给了一位新从国外回来的青年教授。据说燕先生有一次用他的河北腔发表了这样的悲哀的论调：“自从国际公法不教了，国际问题也就不谈了，而国际情形也就更乱了。”言际颇有他的国际公法的辍讲，颇有关于天下安危之意。不过这一次也真找到对国际问题发表言论的机会：“中华民国是中国人的妈妈……苏联侵略东北，就是强奸中国，就是强奸每个中国人的妈妈。妈妈被强奸，还要加以讨论，研究研究，看看法律条文才捉奸，然后送到法院，请法官审判，这是合理抑或不合理。……我感情太冲动不能再说下去，否则我的眼泪滴下来。”

这的确可以算作妙论了罢？有一篇《从妈妈说起》的文章，从法律观点对这妙论加以分析，弄得读了五十年书的法律教授体无完肤，姑不具引。继燕教授而起的是雷海宗教授，雷是历史教授，却先强调了一下东北地理的资源的丰富，然后回到历史上来，数说俄的罪恶，再从一本苏联小说《旅顺》中，证明了苏联是还在念念不忘帝俄时代在东北的特权，视东北为“祖国”，证明了帝俄与苏联是一样东西。

关于这位雷教授，上海人士大抵是不十分熟悉的。在前几年，在《大公报》中有一个叫作“战国策”的副刊。后来又出单行本的杂志，里边的主干有陈铨教授、林同济教授、雷海宗等诸位，他们提倡“大政治”“力的政治”，论英雄崇拜，向往于希特勒的业绩。不过后来这杂志功成身退了，林同济做了官，陈铨到了中央政治学校，只剩下孤单单的雷海宗教授，还寂寞地留在昆明，不时为党报做些别有见解的“专论”，获取一些稿费。这次机会正好，自然出来主持“正义”了。

在两位之后，还有一位化学系的高崇熙教授说话，他的遗憾则是“可惜中国没有原子弹”。

中路因循我所长，古来才命两相妨。劝君莫强安蛇足，一盏芳醪不得尝。

读《李义山集》，每逢读到这一首诗，总要不怡者久之。深深为这位晚唐诗人的身世哀怜。李商隐以一介才人，依违于牛李之间，命运多舛，弄得潦倒末世。这在现在，就又重新在教授群中看到了这相同的命运。

由新月派到独立评论，一直到最近的种种，我们也真看到了不少“洞房昨夜停红烛……”的娇语。虽然他们的运气不同，有的成为大官，有的顾问，有的秘书，有的大学院长，不过画眉深浅未必都能入时，有的就未免碰了一鼻子灰。赶来赶去，落荒而走，与一千年前的李商隐同其命运。事实教训了他们，于是不免彷徨。面对现实，不免依违却顾，念念不忘于“一辆包车，一幢洋房，两个老妈子，在书房里打一个电话，便可以叫书店送来一大堆书”的战前优裕生活。

在李宗黄第一天免职，第二天升官之后，关于这件事的反响，联大学生自治会曾经征询过各教授的意见，录下来一些“典型的意见”。现在我在这儿再加以归纳。李广田先生说：“李宗黄免职，教授会必有不同解释，认为‘满意’。因反对教授能操纵会场。中立者态度暧昧，而积极者不能发言。”这是提纲挈领的看法。作为“隐士派”典型代表的，可以金岳霖先生为例：“我也不满意政府的措置，但还是政治问题，个人不准备发表意见。因为我不过问政治，教授会如何表示则很难说。你们学生，如果气愤有任何行动，我也不过问。”袁复礼先生说：“关于这点，我没有什么意见，哈哈。”（总是这样说。）最后说“我们都上了当，你们还是直接与学校当局商量好了，我是没有什么意见发表的”。

至于如何上了当，上了谁的当，闻一多教授的意见是：“教授会保证系根据傅斯年以头颅为质的诺言，教授与学生都受了这学阀的骗，同学发宣言抗议时可以强调傅氏的责任。”

傅先生以后就成为无党无派的社会贤达代表，在政治协商会议上露面了。大倡两院之说，批注汉奸周作人的信，否认要出任教育部长，最后则是将要出国养病。作风还是不变其“你不信，杀我的头，好了！”标准的燕赵之士的慷慨悲歌。

然而我竟又想起了十几年前鲁迅先生的一篇杂文《新药》里的一些事：

> 旧书里有过这样一个寓言，某朝某帝的时候，宫女们多数生了病，总是医不好。最后来了一个名医，开出神方道：壮汉若干名。皇帝没有法，只得照他办。若干天之后，自去察看时，宫女们果然个个神采焕发了，却另有许多瘦得不像样的男人，拜伏在地上。皇帝吃了一惊，问这是什么呢？宫女们就嗫嚅地答道：是药渣。

“药渣”我们也不是没有看见过，而且并不少，本来是好好的学者，从政了，也曾煊赫一时，后来却终于打入了冷官，弄得不死不活。变成了“药渣”。

旧药成渣，新药登场。

至于新药的性味，据鲁迅先生说，是“要很激烈，而和平”。譬之文章，则须先讲烈士的殉国，再叙美人的殉情；一面赞希特勒的组阁，一面颂苏联的成功；军歌唱后，来了恋歌；道德谈完，就讲妓院。……攻击主人的敌手，也似乎并不满于他自己的主人。

是“日光之下，并无新事”呢，还是历史的进度太慢。总之，我是觉得历史不厌重读，而重读之余也的确有至味的。

“两代之间”

这似乎是人类的永恒的悲剧，一百年前屠格涅夫在《父与子》里边的材料，指出了年轻的一代与上一代的冲突。

这原则使用在这里，就是学生与教授之间的冲突。上面所说的话已经够多，问题似乎也不必再做深论。这里只想谈谈教授自己的问题。而且对于别有用心的人物也不想多触及，只对还想做做“隐士”的人们稍做勘察。

其中之一就是为人师表的资格问题。世风不古，师道沦夷，弄得饭都吃不饱的教授群，水准的低落是当然的。然而也还有执教数十年，门墙桃李满天下，而自己却落了伍的人物，如上面所提过的那位燕树棠教授，就颇不少。上海交通大学的电机学院院长张廷金先生，后来在敌伪期间晋升“校长”了。他是世界无线电学会的会员之一，资格极老，可是在真空管已经发明了三十年之后，他还在教着“火花式的无线电”。而学生们也还一声不响地抄着他的笔记。

这无关思想，不及政治，然而就是在“专家”的范围内也还成了问题的例子。

至于“专家”而一旦走出了“专家”的范围，问题就更不简单了。化学家要叹息手里没有原子弹，一个学数学的人说什么：“我看了许多外国杂志，都说联合政府不好。所以中国还是要一党专政。”（《“暴民政治”及其他》）

如此的高论自然使学生减低了他们对教授的信仰。在中国，英雄崇拜主义是并不落寞的。大家往往要听听“专家”的意见，即使是在说外行话也还加以尊重。奈何“好为人师”的教授们偏要自拆壁脚，造成笑料。

在现在“尊师”运动盛极一时之际，这似乎也是一个值得为人师者的自省的问题罢？

联大即将北迁，恢复原来的北大、清华、南开三校了。听说开始还有人提议说联大的学生仍要他们留在昆明毕业，复校后的各校再从北方重新招考当地学生，以免这批“中毒”已深的学生们回到北平，再将这不平静的浪潮带到古老的文化城中去。这似乎是一个颇为聪明的办法，然而却终于未曾实行。

联大走后，昆明当又恢复了它的平静，府学甬道前面的白皮松隙的日影依然，晴空中的鸽子的哨声也将响得格外寂寞罢？然而这里究竟有过一批年轻人活动的余痕，也有着“世故未深”者的血迹，与平静的翠湖的湖水同在，与明永历帝的灰骨处、陈沅死处的莲花池同在。写到这里，我无论如何也排遣不了我的飘浮着淡淡的哀愁的怀念之情。

（一九四六年《周报》）

兰伽书简

我很早以前就想整理这一束信件，可是总没有可以使我定下心来的环境与时光。我过了一大堆乱七八糟的日子，为这个为那个忙着。在一些无聊的人事纠纷中打转。当时觉得十分有趣，过后想想却是怃然。像我这样的人，难道说真的有什么“胜业”不成；颇有一点烦恼，当所谓“一灯独坐”或是“午夜梦回”的时候。

后来是袭来了“清闲”。

呀，我现在才知道，清闲比忙乱还不好对付。不用说，我这人离开“得道”还差得很远，正是刚坐下五分钟，就会觉得屁股下面有一根锥子在扎着一样的了。我没有话说，是年纪的关系。也许再过十年，我也可以一个人在房里床上打坐了罢。这是后话，到底怎样，我自己也不知道。

我每天坐在闹市中间一座楼上的一间大房间里。我面前开了一面大大的窗子，从窗子里正好望见海关的大钟和那漆了绿色金色的钟楼，再上面是一根旗杆。有时候，有一个两个黑色的风球扯了上去的时候，我望了那哭丧着脸的灰色的天，我觉得有一点骄傲，一个“先知者”的骄傲，比人家先知道这就要来临的疾风暴雨。我又有一点安稳的感觉，更探身子出去，看着那惊惶地逃进港去避风的大船小船帆船。我关上了窗子，等候着暴风雨的来临。雨脚慢慢从细线条变成粗线条，更变为碗口大的一点一点。我凭窗下望，看着那些没有目的奔逃着的人们。他们奔着，奔着，临时选择了一个房檐，躲起来了。雨还是落在他们的脚上，脸上。

我有一点自私。看我现在待在多么平安的地方。而且，天气又正凉下去了。

我有一点轻微的痛苦。我记起了，两年前，一年前，几个月以前，我自己也就是站在那一群人中间的，在雨脚下面奔跑着的一个。有时还立定了脚，就站在暴雨下面，不想逃避，也没有地方可逃。我仿佛觉得那时的心境，比我现在还平安些。

没有比这个再痛苦的了。你诚心诚意地爱一个女人，把她想象作你的最纯真的对象，想帮忙她，想和她一起过好的生活，使彼此更完美。事实上她却从来不曾想到过这个。

滥用想象的愚蠢呀，用一句老话，“自作多情”得可笑呀。在自我谴责了一通以后，我又原谅了自己。我还太年轻，还没有学会一个人在房间里打坐的本领。但愿“得道”对我不是一个很久远很渺茫的希望。

坐在我对面的人在“昼寝”，我很佩服他。两手一摆放在桌上，前额靠在手上，就此平安地做他的梦去了。十分安适，十分幸福，梦见了蝴蝶……

隔桌的人在看小报，津津有味，交际花艳史，××的丰姿……

我则又打开了我的抽屉。看看我那些未完成的“遗稿”。我翻出了一束信，我很珍贵我这些旧信。这都是两三年以前陆续写了下来的。寄出了一部分，这些是剩下来的不曾寄出去的一些。看看那“龙飞凤舞”的字迹，就想起了史迪威公路上面颠簸的车子。我怎样坐在那皮沙发上跳舞，写下了这些张纸。有几封的纸上还涂了密支那的黄泥和缅甸雨季的水渍。我想起了那一次“水厄”。

我想重新整理一下这些信件，聊以自遣。可是，我的心境是如此的荒寂，那一个月的旅游的梦，竟也是如此的辽远了。

这多可笑。我自己变得这么快。那时候我是一个标准的可怜的兵（我十分怕“战士”这个字眼），自己觉得是受尽了人间的苦痛和冰冷的。现在我却用了精致的笺纸，好笔，旧墨在重抄这一些小故事了。我十分为自己的安闲、风雅高兴。好像庄周在记录庄周与蝴蝶、蝴蝶与庄周的故事一般的安闲、自在。

我对过的人在做了一个好梦以后醒来了。两手高举，伸了一个懒腰，朝我来了一个“狮子大张嘴”，眼角还留着幸福的“迷惘”。

但愿我能够像他一样也有着“好心情”。

三十六年十一月十六日重录《代跋》于D处。

××：在这个印度的偏僻穷苦的角落里住了快一年

了。得到了命令，我们就要被调去雷多，在那儿等机会带领一批车子经由滇缅公路回昆明去。对于这事我有点高兴可是也有点忧愁。域外索居了将近一年的时光，能有机会重新回到自己的国土，自然是值得高兴的事。然而这并不就等于能在最近看到你，不过近一步总是要好一点的。我想象等待着我的祖国的战场是怎样的一种情形。一年的时光，我想一切不可能变得多。我自然不怕去面对那种现实，而且也有勇气去迎接新的磨练，然而我恐怕我这些努力却将是枉然的。还不如静静地蹲在这一个角落里安心做一点实在的事好一点。其次，我对于这个地方也多少发生了一点感情，我想在离开之前对这里的一切多少记述一点，我现在想先来看看在兰伽生活着的女人们。我想这对你应当是有兴趣的。因为她们是在喜马拉雅山的另一边的土地上生活着的姊妹。不过我想描写的对象并不是出现于美国的生活杂志上面的那些穿了漂亮的白绸纱里的印度贵族妇女。关于她们，我所知道的实在十分贫乏。我只在加尔各答停留了一个晚上。在街上看见了一些覆了面纱的印度女郎们。我只觉得她们是高贵得有些神秘了，因为我始终不曾看到她们的脸。其次即是我从在印度的大城里过了神秘的夜生活回来的朋友那里听来的关于她们的零碎知识，我也不想在这里向你说。现在出现在我的笔下的在一般印度人看来正是连话都不屑向她们说的一批人。然而我却对她们熟悉，因为她们就生活在我们的周围。而且，我对她们有着相当好的感情，因为她们就生活在我们的周围。

我记得我曾经向你描写过我初到兰伽时的住所。那是一座已经败落了的房子，是很奇怪的一所建筑。起初我们不知道这是做什么用的。用红砖搭成的一大排长条房子，外面有着走廊。还砌着颇为漂亮的花式的矮砖墙栏。在那房子的后门是一座地窖，长房间的另一头是一间厨房。我想这大约是一个军区里的俱乐部。长房间是餐厅，在餐厅与厨房之间的墙上有一个小窗户，烧好的菜肴就从那里递过来。地窖是藏酒的。我们就住在这餐厅里面。一排一排地放了十多张床。厨房还是厨房，酒窖就用来藏从指挥部领了来的白菜、绿豆芽、马铃薯。我们自己也买了几只鸡、鹅，就养在后园里。那片草地上一天到晚都是叽咕的声音。

每天中午，我从工作的地方坐吉普回来吃饭。这真是一段舒服的时候，在火热的太阳下面紧张地工作了五小时以后，走回自己的阴凉的房子里，把身体向床上一掼，抽一根烟，世界上真没有什么事比这再舒服了。不过那顿中饭实在引不起我们的兴趣。我们的勤务兵似乎除了在买菜时揩油之外就没有了别的长处。鸡、肉、罐头在他的手里全成了一样的味道。甚至红茶与咖啡由他烧来也都很难分辨。颜色是红红的，其甜无比。再想想每星期要发一大桶给养糖，这事情似乎也就无怪了。

是那第一天我回来吃饭的时候，我发现了走廊外面向我们窥伺着的一批不大安静的客人。

这就是我想介绍给你的兰伽的女性。

餐厅——也就是我们的寝室——的墙上开了许多窗，上面都有纱窗，也都挂了绿纱布的窗帘。从这绿色的帘栊中望出去，一切都是绿的了，那些女人们也是绿的了。

那一天我吃完了饭就走到走廊上去看一下这一批新来的客人。我刚一踏出门去，就给她们包围了起来。她们一起有六七个，领头的一个大概是母亲，她的古铜色的皮肤已经干瘪得一层层皱了起来，随便在什么地方用手指一捏，就会拉起来，在那皮肤与骨头之间，我想大约是没有了肉的。她自然也穿了“纱里”，在服装的裁制上我们分不出一个人阶级的高下，只有在服装的质料上可以看出来。她的纱里是用一种极粗的印了红花的白布制成的，龌龊得已经成为土色的了。她的敞开的胸部挂着两个下垂的乳房，就像一对垂在死蔓上的焦枯的丝瓜。她的黯赭色的前额上布满了暗蓝色的刺花的图案，大概不是出于高手的匠人，所以花纹的线脚完全是模糊不清的。她对她的“女儿”们似乎有一种无言的控制的能力，她将背上的竹筐向地上一放，那些年轻的小女人们就都靠了矮墙坐在潮湿的洋灰地上了。

她们一起是七个人。另外的六个是三个少妇三个小女孩子。这我可以从她们身体上分辨出来。而那三个少妇每人的背上都用布带绑着一个小孩子，等她们坐在地上以后，就有一个把小孩子解下来，抱在胸前喂乳了。

她们都有着一对深黑的活动的大眼睛，向我望着。这时站在我面前的是那个老女人，她的两个眼睛还极媚人，我这样说，你或许要笑我，不过那的确是一对非常灵活而带着深沉的情感的眼睛。这同样的眼睛生在少妇的脸上就更增加了热情，在那不失丰腴的脸上的笑容里面好像带了一种不安的疑虑在向我望着。

老女人在向我开始说一套听不懂的话了。她的手指指划划地在讲，我是一点也听不懂的。我觉得她好像是在向我介绍着她的女儿们。她的手轮流地向坐在地上的六个女人指去。少妇们露出了饱含了忧郁的笑，小女孩子则将低下去的头，埋到弓起来的两膝中间去。

最后她走了上来向我一拉，我吓得很，马上逃进门里去了。老女人发出大声的笑来。那些小女人也叽咕地细碎地笑了。

收拾了吃剩了的菜的勤务兵走了出来，看见了这情形，也微笑了。他把两个大面包拿了出来。老女人一下子抢了过去，将一个面包向竹筐里一丢，另一个分了开来，六个小女人马上每人拿了一小块仔细地嚼了起来，好像那白面包里面有着说不出的好滋味。

我借了这个机会在绿纱帘里仔细地看她们吃东西。我看着那个坐在墙角的少女。这实在是一个很美丽的女孩子，那脸很像记不起来曾经在什么地方看到过的一座希腊的铜塑，向后梳着的发黄的黑头发，一个高高的小鼻子下面是一个小小的隐藏着的嘴。她自然没有唇膏，可是嘴唇是带着健康的红色的。一对深深的黑而亮的眼睛流动地看着这个那个，看得出来她该是一个调皮的女孩子，可是在母亲旁边，她是一个等待屠宰的小动物。她的前额上点了一颗圆圆的深红的痣。还没有开始浪费的青春，在那圆圆的饱满的小脸上堆积着……

这是我的第一个印象。我只觉得这是一批过着十分怪异的生活的女人。我不知道她们是怎样生活着的。难道说是靠了从我们那儿施舍了去的面包吗？决不会的。那么怎么样呢？她们有家吗？是怎样的家？她们是不是佃农？我猜不透这是怎样生活着的一批人。

我工作的地方是战车学校的修理厂。我每天早晨得在那里办公。对着我的窗子的外面是一个广场，里边停放了大约十多种车子，坦克马达的声音寂寞地一刻不停地响着。

你该想象得出这是怎么的一个寂寞的地方，多么单调的风景，就是天空也都那么单调，连一点云彩都没有。我常常利用我的一点贫弱的关于热带的知识梦想着森林原野里边的奇异的风景。这时就往往有几个白色纤巧的影子走进我的梦境里来了。

四个白衣的仙女，提了一个轻巧的花篮，从远远的地方走来。她们走得那么慢，我简直看不出她们是在移动着。她们穿了白色的纱衣，鬓发如云，披散在两肩上，赤了的脚踏在广场上的灼热的沙砾上，她们走得那么轻盈，端稳，使我疑心这是舞台面上的受过良好训练的舞人。

她们走近了。我更可以看出那些端淑的脸上的沉重的表情，多么美，可是多么死的脸呀，该是在我所看到过的圣母像中最忧愁的脸。

对于这几个小女人，坐在旁边的美国军官的批评是：“死东西！浪费人力，食粮，这批饿不死的家伙！”

我回头看了看那个美国军官，我觉得他的这几句话也是有他的道理的。这真是一个强烈的对比。一个吃得像猪一样的，做事讲究效率的白种人；那四个则是“病态”的带着东方情趣的可怜的下等女人，虽然也是白种人（印度人的肤色虽然是黑色，但是也还是白种人），可是那差别就有那么远。

另一个美国军士向我眨了一眨眼睛，带了一种颇正经的轻薄向我说：“她们不错咧。你看那个，蛮漂亮。少校，我给你看几张照片。”他从他的皮夹子里面掏出了几张照片给我看。这是一个女人在野地里脱掉了衣服照的照片。他花了两个卢比就使一个下等女人在他前面露出了肉体，供给他拍了许多“艺术制作”。

这时那四个小女人放下了她们的“花篮”——一个大硬纸匣子。她们中间的一个用了纤弱的手从铅笔筒里仔细地选取了一团团用过的棉纱团，放到匣子里去。她拾取那些废料，就像在枝头选取最美丽的花朵。

这就是兰伽的女人们的职业了。说起来她们是比我上面述说的那一批光荣的，她们是工人。然而她们怎样用每天四个安那——一安那是一卢比的四分之一，四个安那只能买一个小面包，或吃一杯加糖的牛奶红茶的工资维持生活呢？这自然又是一个“谜”。自然，她们的生活是给压到最低的程度的了。你也许会觉得奇怪，那样小小的两片面包，在我们也许只够吃一次早茶的，在她们却往往是全日的食粮。这又使我想起了那坐在菩提树下悟得了大智慧的释迦，他的辟谷，他的干枯的形骸，正是现在印度人的现身。最显著的例子应该是甘地先生，他经常用绝食作为政治斗争的手段。不知如何，我总觉得这与整个印度民族的贫困是互相拍合的。甘地的斗争方式，在西欧人看来，未免太是东方的无为的了。而广大的印度人民，却正是普遍地采取着这种沉默的饥饿的生活方式。

有一次我和一个朋友到军区外面去散步。我们走到了一座铁桥，这桥是架在一条河上面的。这里的风景十分美丽，河边上是经过了开发的森林，到处都是灌木丛，那一条桥是漆成了红颜色的。我们就在桥旁边的沙滩上散步，赤了脚从枯水的河身里渡过河去。

在河中的三四块大石头上有四五个洗衣服的少女。她们都有着肥满的紫红色的皮肤，她们的饱满的脸上堆满了笑，响亮地彼此说笑话。洗衣服只用一点点肥皂，剩下来的工作就是用一根木棒在弄湿了的衣服上面捶。

一面工作一面说得高兴的时候，就彼此用水互相洒，着了水的薄薄的衣衫贴在她们的紫红色的饱满的胴体上面，她们笑成了一团。

我们都不知道水路。看样子，水流是十分湍急的，她们之中的一个年纪顶轻的，就高高兴兴地做了我们的向导。她将衣裳堆起来叠在腰际，招呼了我们随了她在急流里渡过河去。她轻巧地摇摆着身子，河水在她的坚实的小腿旁边旋成了水涡。我们也脱去了鞋袜，把鞋带结起来挂在肩上，挽起了裤管，在水里走。

她领我们弯曲地挑着浅水的地方渡过了河。向我们挤了一下眼睛，丢一个笑过来，嘴里喊了一声“沙龙”，很快地走回去了。

上了岸以后，我们赤了脚在沙滩上走着。踏进了松软的沙堆里，觉得实在很舒服。走了一会我们就看见了一大堆女孩子，都不过是七八岁到十一二岁的女孩子，然而她们也是在做着工的。她们的工作是滤沙，将混合了小石块的沙滤成极细的沙粒。她们排成了一长行，大约有十几个人一排，从沙堆排到滤沙的架子前面。慢慢地传递着盛了半满的一小筐沙，这样传到最末一个人的手里，再由她轻轻地向架上一倒，沙粒就从细铁丝网里漏过去了。

这如果让那个美国军官看见，该又得大喊人力浪费了罢。

我们坐在沙滩的高处看着她们在安静地工作。一个十二三岁的小女孩子，她用了一只小小的斗箕将沙架下面堆起的细沙送到远远的一个高高的沙堆上去。她每次必须从我们面前经过，每一次她都好像是踏着偷偷的步子逃了过去的。顺便向我们望了一眼，充满了畏惧。她的赤裸着的脚在沙滩上走过时战抖着，一滑一滑的，一直走过了一段以后，才看见她平安地放下了心来慢慢地走了。

这种情形使我非常难过。连本来预备好给她的一个招呼的笑脸也收拾了起来。我们没有坐了多久就离开了这里，这事使我深深地思索了一会，我可以想象穿了军服的我们这些异国的军人曾经给了她们怎样的“礼貌”。

我们慢慢地走了回来。经过了冈子上她们住的那个村落。如我的一个美国朋友所说，这正是一个典型的龌龊的印度小村庄。不，这还够不上说是一座村庄，只是一大堆贫民屋。没有一幢可以直着身子走得进去的房子。一眼看去，我几乎疑心自己是走进了暂厝的义冢堆。用砖头砌了起来的狭狭的四面矮墙，上面盖了破坏的铅皮，和压平了的美国军用食粮的硬纸壳。在那入门的地方挂着用麻袋包做成的门帘。各式各样的美国口粮罐子成了她们的食具。罐头的尖尖的开口处往往会把小孩子的嘴弄破流出鲜红的血来。在这些窝棚前面站着一些光着身子的两三岁的小孩子，在泥堆里玩。

小路上一片垃圾，就像是曾经在这里打翻了一部垃圾车。里边有很多美军用品的破烂的纸屑。

当我们重新回到桥上，远远望着浅碧的河流，两边的淡黄颜色的沙滩，深绿的森林，无际的晴空里变幻着的云彩，为这一片极阔大艳丽的风景迷惑了的时候，心里却永远忘不了那个地方。在眼前的风景里，那个破烂的村子不过是一小片焦污的斑点。那些工作着的女孩子小得像一堆蚂蚁。

今天晚上，我坐在俱乐部的餐厅里吃茶，写这封信给你。想向你述说一些我所看见过的兰伽的人物，不由自己的我想起了她们。我描写了一大堆的风景，不能使你欢然一笑，我觉得非常忧愁，连我的笔尖也沉重起来了。

从绿竹帘子里透进来圆圆的月亮的大红脸，衬了暗黑的树林子的阴影，越显得阴沉。

我凝视着面前的杯子里面红茶的血红的颜色，听着无线电里激动的印度舞曲，使我的血液都要沸腾起来了。我总觉得这乐声正是这个被压迫的民族的心声，照我的奇怪的联想，这就好像是在铁蒸笼里的螃蟹挣扎着的声音。我觉得非常的不安，我写不下去了。

我还忘记告诉你，我所描写的那些女人属于一种被称为“不可触”(untouchable) 的阶层的。在印度社会上的多少阶级里，她们没有份，是被压在最下面的一层的下面的。没有另一阶层的人肯与她们通婚和做任何社交上的来往，她们就是这样的一种最下等的人民，被奴隶们都否定了的人民。

我希望下一次能给你描写一点愉快的印象。

三十四年四月十五日于兰伽

三十六年十一月十七日上海重校改

（1947年《中国作家》第二期）

书城胜语之一

近日看报，常见有谈书的文字。不独说老书，而且谈新书，亦有间及于杂志者。读之深感趣味。朽人近来老态日增，每日唯闭门读书逍遣，四十年来聚书不少，然而并无善本足与当代藏家比并，然收集不分新旧，亦不以一己之好恶为去取之标的，有见即收，是以颇有足资博闻，可做掌故者。套一句老话，即《太上感应篇》与《金瓶梅》并列，实在亦并不见得不调和，五十之年，所好只此。是以亦不敢妄自菲薄。编者索稿，嘱谈藏书，而实无甚可谈，无已，翻旧报数册，拉杂说之，或亦足资读者轩渠尔。

随手取来几册旧报的合订本，这是在天津出版的《大公报》。提起此报，大大有名。在现在有津、沪、渝三版之多。虽然号称民间报，然而别有若干民间报所不可及之“优点”。甚至还得到了美国人的青睐，送给奖状。鄙人读报三十余年，在《大公报》亦可谓老读者矣。然而在我看来，它的可爱的时代是早已经过去的了。

政治且莫谈，现在仅就它的几个副刊来说一说，那不免使人有今昔之感。想当年在天津时，《大公报》除了有一个

《文艺》副刊外，还有许多周刊。现在先说这《文艺》，即已经有过了不少新花样。查这个副刊最初的名称是叫作《文艺副刊》的，第一期出版于民国二十二年九月二十三日，距今已有十三年零四个整月了。它是每逢星期三、星期六出版一次。通讯处是北平西单西斜街甲五十五号。真是好快呀，如果给沈从文先生看见了，大概又要写一篇小说了，取名《十三年》。话说这第一期，开路先锋第一篇就是启明的《猪鹿狸》，启明即现在关在南京老虎桥畔作《往昔》三十首的周作人。这篇《猪鹿狸》后来就收在《夜读抄》里。

这是纯粹“京派”作风的一种副刊。说起来，我是颇为喜欢的。我觉得它的第一点好处是广阔而不褊狭。因为那时的人似乎还比较老实，说“文艺”就还想到“文”与“艺”两者都该并重，它不像现在大公报的《文艺》，只是登纯小说纯散文与诗的。

空说无趣，还是举例吧。第五期中有林徽因女士的《闲谈关于古代建筑的一点消息》，附了梁思成君的通信四则。

林女士即是梁夫人。梁君则又是梁任公先生的公子，是一位研究中国古建筑的人。他们办了一个“中国营造学社”，出版刊物，那刊物真是丰富极了。每一期附有铜版图数百张，中国古代的建筑给他们介绍得很不少。如大同的云冈，他们印出过专号。上述的这篇文章是记述他们夫妇跑到大同与应县去为一座辽代的木塔做测量摄景的工作的。

此外又有程万孚君的巴黎素描，写塞纳河边的书摊的，是游记。邓叔存的《癸酉行笥杂记》则是一篇长长的南归日记。几乎还是用了文言文写的。然而从他的笔下所写到的儒林人物，思想，行动，无一不有趣，值得一读。

《文艺副刊》的主编人之一的杨振声（金甫）对邓说："北平如今是一位八十几的老翁，睡眠过分，应当有点补苴，聊以自慰。固然，如其言之无物，不如无言；如其言之不合时流，不如藏拙。你这种态度，也有你的长处。但是我们得努力，得挣扎，哪怕只能给这时代一点刺激，刺激也是需要的。现在有个文艺副刊，可以登载点不必趋时的文字。"

沈从文的运气不大好，最近给人家批评了一大顿，其实他们在十三年之前就已经在那儿向"趋时"的文学家们挑战了。也可以说是一种回光返照。正如林琴南写了《荆生》来反攻胡适一般。沈从文的勇气十年不变，至今仍旧与新文坛上的人物作战，可谓一位老战士了。如果大家希望我供给一点批判沈先生的材料的话，我还可以在这个副刊中找一点。这些文章后来虽然经过鲁迅先生的反击，然而原文刊出于北方，人家不易见到，又不曾收集，所以至今大有史料之价值了。

在第九期（二十二年十月十八日）中，沈从文有一篇《文学者的态度》，他先拿他家一个大司务（按即做菜的厨子也）的态度描写了一通，然后即分析中国古来的文人的写作态度即是"如票友与白相人"的作风，然后又提及"时下流行习气"。

沈先生认为要写出伟大的作品来的唯一方法是学他家的那个厨子，要作家"诚实"地去做，"此外'道德''社会思想’‘政治思想’‘恋爱观念’，凡属于这一类名词……必须了解”。

“他做人表面上处处还像一个平常人，极其诚实，不造谣说谎，知道羞耻，很能自重，且明白文学不是赌博，不适宜随便下注投机取巧，也明白文学不是补药，不适宜于单靠宣传投机渔利，这又是一件事。”

这无疑还是他十三年后所提倡的“从现实学习”的老套，他分析京派与海派有极妙的说法。关于京派，他说是“或在北京教书……教书的大约每月皆有三百至五百元的固定收入”。关于海派，他说：“或在上海赋闲……赋闲的则每礼拜必有三五次谈话会之类列席。”

结果他断定“希望他们（京海二派）来学我家中的大司务老宋那么守定他的事业，大约已不是一件很容易的事情”。

这些人在沈从文先生看来都早已没希望了。

在第八十九期里就又有一篇《从小学读经到大众语问题的感想》。沈先生将当时社会上的两种极端，拿来并论，其结论有云：“希望这个民族进步，且希望这个民族摆脱当前坠落崩溃灭亡的厄运，虽可以说是国内一切负责者说话者共通的意识，然而地位不同，观点也就常常大有区别。但欲摆脱厄运而力求进步，先决条件就在认清‘事实’，必须自己不迷信新旧符咒，同时也不把新旧符咒搬出使人迷信，方可有些希望。”结论是“国家与民族厄运也，不过在这些人统治交替中，多读一次经书，加深一层噩梦而已”。

这意思是极其明白的。他将新旧两种论事，一齐看作

“符咒”，这其实还是沈先生今日主张，“从现实学习”的基本观念。与“知堂先生”自说少信是同一的用意也。

多提旧账，不免太无聊了。还是回过来说这个副刊，它的第二个特色是可以代表北方文学者的那点朴厚的精神。在这里出现的作品，大多经过精细的雕磨，时间虽然经过了十多年，现在读起来却还是极有趣的。

卞之琳译的阿左林的小品，《晚了》……史密斯小品，吴尔芙夫人的小说，都最先出现于这里，现在这些文章都已收入《西窗集》内，不久以后又将在文化生活社的《西窗小丛书》中出现的。附带说一点小事，卞之琳先生所用的笔名是“林迟”“季陵”。

卞先生在文章后面很喜欢作小品的附记，这些小东西是特别值得喜欢的。《西班牙小景》之后有一段“译阿左林小品之夜”，后来没有收集，而这一小段附记又实在是极可爱的：

> “这是异邦呢，还是故国?”都是的，在我。我是中国人。译这些小品，说句冒昧的话，仿佛就是发泄自己的哀愁了。
>
> 一边想，我一边右手捏着一支毛笔，左手撑着面颊，坐对摇摇的灯影。这几晚都是点的洋蜡。“家”已经搬了几天了。据说电灯公司，忘记来补要电费，固然就有理由不装电表。没有关系，我们都是中国人；而且，“Semor 阿左林，这些小品可不是只会在烛影下译吗?”

风摇烟筒。这几天倒像冬天了。一阵阵冷气袭人，哦，炉火快灭了。可是我懒得添煤，尽呆着。

“硬面饽饽！”

此何声也？不错，前几年在《骆驼草》也读到《西班牙的城》的岂明先生前几天在报上谈北平呼声中正介绍过呢。想起四年前初来旧京，住在公寓里，深更危坐，扑的一声，就在墙角外的亦正是此声也。当时不知道叫卖的是什么东西，只料想吃起来一定有一股凄凉味，后来知道是卖饽饽，现在又听说“味道并不坏”。

打开门来，月光扑面，风急天高，从对面亮果厂口移来一个黑影，一盏灯。于是，四大枚换来了二大饼。今夜总算尝到了。

吃了就睡吧，可不是又太“晚了”。

正抄得有劲，而稿纸忽尽。呜呼，这又引起了我的旧京的“十年尘梦”来了也。

一月三十日深夜

（一九四七年作，署名方兰汝）

从《史地》到《文史》

在家藏旧报的装订册之中，有《大公报》的《史地周刊》一册，自民国二十三年九月廿一日至二十四年五月十七日止，共三十五期。

回顾旧报，再看看现在的《大公报》上在胡适博士主持之下的《文史周刊》，却也有一点感想，值得提供的。

首先我们可以看出，现在的《文史周刊》，是没有生气了的。

《大公报》中的朋友，自己叹惜处于左右的夹层之中，十分苦闷。他们自己也标榜着“自由主义”的金字招牌，然而这是怎样的“自由主义”，明眼人都可一望而知的罢。

政治的论文且莫谈。只以专门处理古董的《文史》而论，也很可以看出这个“自由主义者”的态度的转变来。

《文史》与《史地》，只不过是一字之别，内容是相差不远的。它们的重心多在“史”。在旧的《史地周刊》中，关于“地”的一类，只有两篇评论地图，与《旅行记》的几篇文章，其余的大约还都是史。而读史，却正是一件麻烦而困难的工作，那读法就很不一样，有时从断烂朝报与帝王家谱之中发现了天王圣明的神圣的根据。给统治者找到了不可侵犯的圣神之特点。或者像胡适之海外读书若干年，找到了中国的特务的家谱——《校事制》（其实在俞理初的《癸巳存稿》中是早经提及了的）。到了没有办法，只有“顾左右而言他”的份儿的时候，《史家》就只有考证《水经注》的源流，戴赵的公案，或某字如何读，某书如何校的一套了。在现在的《文史》里我们所能得到的“教益”，只此而已。我不反对做学问，然而于此，不能无个人的爱憎，而且这出现于“中央研究院”的历史语言研究所的专刊上与一张报纸上，也就有点不同。

于是我不能不抚故书而兴叹了。

在《史地》中，我读了吴辰伯先生的《晚明流寇之社会背景》《明宋的士宦阶级》《明代的锦衣卫与东西厂》，这些文字出于一位明史权威之手，深入浅出，使我们看出了社会变革的历史与黑暗来，正如一面镜子。我又读到了罗尔纲的《水浒传与天地会》、既敷的《大齐傀儡传》、洪煨莲抄存的《刘师培与端方书》，看出了这个“六君子”之一的丑恶的叛革命的样子。这些都是论文，然而都显示了历史的真实。

还有一种，《通俗读物》的试作，郑侃嬨写了《勾践报吴》，尹永芳写了《屈原》，这一种工作，有其价值，而在报纸上，尤其值得提倡的。

旧的《史地》的主持人之一，是用燕雏的笔名发表文章的张荫麟先生，研究宋史，有志于写一本通俗的国史的人，抗战之中，贫病死于内地，在土纸本的《思想与时代》中，有着张先生的遗作与追悼专号的。

在这两种性质相同而传统变异的专刊之中，我们很可以看出了《大公报》走着怎样历史的路。

（一九四七年八月一日《时与文》，署名方兰汝）

吴雨僧与《文学副刊》

过去我曾经谈过一点《大公报》初期的《文艺副刊》的故事，意犹未尽，现在想继续说一点，至于它的“前身”，或者是所取而代之的吴雨僧主编的《文学副刊》，本来应该先谈一下的，现在却想放在后面去再说了。

这个新出的《文艺副刊》，一开始真是有朝气，作者大抵是新月派的一批老人马，罗织北方的教授群，阵容是异常坚强的。刊名文艺，一直到现在的《大公报》上还不曾变，用意全在有别于学衡派的《文学副刊》，其实这里边有涉于艺者真是少极了。一开始还有林徽因到山西旅行调查古建筑的通讯，董作宾的谈“宝”，凌砚池的说墨，邓叔存的谈艺术音乐……的通讯。后来也就慢慢淡了下来，一直到现在，除了木刻之外，几乎没有一点“艺”的气息。然而一般人动辄说文艺，代替了文学的意思，说起来也是这一段小小掌故的遗泽。

久不写小说的冰心女士也写了并不预备发表的《我们太太的客厅》，为沈从文拿来发表。这篇小说后来收在一册《冬儿姑娘》集内，看到过的人却非常少。在第二期《文艺副刊》开始发表时，那文章的中间就夹杂了被描写的主角的一首新诗——《微光》，以现实的人物做模特儿，描写并非完全出于恶意，而更因观察细腻的原故，小说本身是容易成功的。这却使被描写的人很不愉快，当她从山西旅行回来时，带给作者两瓶山西的名产——醋。

这些盛世闲情，文人韵事，在现在看来，自然是没有什么意思的了。然而这也牵涉到作品的人身攻击问题。被用来做模特儿，自然也是无可抗议的。然而作者的态度却必须严肃，有哀矜而勿喜的心情才好。然而文人相轻，薄世绝少君子，我们的薄命诗人吴宓后来也做了一出滑稽戏的主角。倒是可悲的故事。

吴雨僧（宓）与毛彦文女士的恋史，大家都是知道了的。在《吴宓诗集》中更是随处都有着材料的。自然，这本身也是极“可笑”的事。在廿世纪，吴还做着十八世纪的佳人才子梦，正如在民国二十二年，他还在编文言的副刊，那失败正是命定了的。

吴氏极爱读《红楼梦》，抗战期间在昆明西南联大还在开着“红楼梦讲座”，自比贾宝玉而恨世无林黛玉。他又喜读《儿女英雄传》，尝言“想我吴宓才貌都不亚于安龙媒，奈何竟没有何玉凤”。在昆明西仓坡，同学曾开设茶馆，名“潇湘馆”（其地即闻一多先生遇刺地之左近），开幕之前，吴曾亲去劝说不可用此名，以免唐突了林妹妹。这一些都被认为极怪谬可笑，然而我却觉得他那真实的态度是极为难得的，正是非二十世纪所有的了。如果说吴宓是诗人，他起码是有着诗人的真诚的。

在北平时，报上有译吴的情诗“我未负卿卿负我”为“我不要她她要我”者，这的确是“神译”，然而正可以看出一个人做人态度之分别了。

末了，我想在大本的《吴宓诗集》中抄几首诗，以见“一斑”。

徐志摩坠机开山，吴挽之以诗云：

牛津花国几经巡，檀德雪莱仰素因。殉道殉情完世业，依新依旧共诗神。曾逢琼岛鸳鸯社，忍忆开山火焰尘。万古云霄留片影，欢愉潇洒性灵真。

后又有《再挽徐志摩》一首：

君亡三载我犹存，异道同悲付世论。碎骨红颜知己泪，呕心诗卷爪泪痕。名山路险轻孤注，情海冤深甚覆盆。离合是非都不省，明星灿灿远天繁。

在《故都集》下卷又有仿沙克雷所作反《少年维特之烦恼》的《吴宓先生之烦恼》四首，今录其二：

（一）吴宓苦爱□□□，五洲人士共惊闻。离婚不畏圣贤讥，金钱名誉何足云。（三空白字可参考前文）

（二）奉劝世人莫恋爱，此事无利有百害。寸衷扰扰洗浊尘，诸天空漠逃色界。

诗虽不佳，然可见吴氏的真诚则一也。

（一九四七年十月二十四日《时与文》，
署名方兰汝）

关于闻一多

上次写了一点旧报新谈，将鄙人所藏三十年来的旧报，少少翻动，即有一大套废话好说。匆匆一月，编者催促续稿，只好又钻进旧纸堆中，东翻西找，结果又看到许多有趣的材料，值得一说。现在，我想谈一下闻一多先生的一篇文章。

在重庆时，当闻先生殉难之后，《萌芽》要我写一点纪念闻先生的文字。可惜当时因为忙而心绪也过于杂乱，没有能执笔，回沪以后，闭门检书，居然零零碎碎发现了不少闻先生发表在报章杂志上的文字。曾经随手抄过一个目录。后来在报上看见了闻先生遗集编辑委员会的“书目”，知道已经有不少人在从事遗著整理的工作了。将那目录与我所开的目录对照一番，好像有几篇为他们所遗漏。然而也不能一定说，因为有时或录总题，或标纲目，十分难于确定二者是否即为一文。现在世乱益亟，也没有余闲做这种“名山事业”，恐怕只能留待将来再说了。

话说这一篇文章发表于《文艺副刊》第五十二期，民国卅三年三月廿四日出版，题目是《类书与诗》，为《唐诗杂论》之一。

我常说，中国近代损失了两部光辉万丈的中国文学史。一部是鲁迅先生的，一部是闻一多先生的。中国文学史作者不少，然而大约全不可观。而抄录旧纲便成新作的一类尤可厌恨，文学史不过仅为人名录，或者用《录鬼簿》的名字更为合宜。我想这起码要有一种见识——不是说“语不惊人死不休”的那一类——断代，断得给人一种明晰的印象；其次，要有美丽的文藻。如鲁迅先生的《魏晋风度及文章与药及酒之关系》即兼具二长。然而天不假年，以五十之龄，即便逝去，是一大损失。

其二便即是闻先生，即为罪恶的黑手攫去的一事，也是极可愤怒惋惜的，官气之足如冯友兰，亦沉痛地说过“国家应爱惜人才”的话，真是如何如何！

我读闻先生的《高唐神女说的分析》及《屈原问题》，便深切地欣赏其文字之风采与见识之明锐。这次偶尔又重读这篇《类书与诗》，乃更叹人才凋落之可惜。稍加介绍，以为后来想写中国文学史者的参考。

这文章所论的是“说是唐的头，倒不如说是六朝的尾”。在这篇短文中，他提出了这种意见：“寻常我们提起六朝，只记得它的文字，不知道那时期对于学术的兴趣更加浓厚。唐初五十年所以像六朝，也正在这一点。”

他提出了“选学”。所以说道：“唐初的人们对于《汉书》的爱好，远在爱好《史记》之上。在研究《汉书》时，他们的对象不仅是历史，而且是记载历史的文字。”

由《兔园册子》《北堂书抄》《初学记》等类书的研究，

他得到了文学与学术研究合流的绪论：“文学被学术同化的结果，可分三方面来说。一方面是章句的研究，可以李善为代表。另一方面是类书的编纂，可以号称博学的《兔园册子》与《北堂书抄》的编者虞世南为代表。第三方面便是文学本身的堆砌性，这方面很难推出一个代表来，因为当时一般文学者的体干似乎是一般高矮……”

他很风趣地说明这一时期诗的特色，说除了崔信明的“枫落吴江冷”一句之外就很难找到一句诗不是类书中的材料。

这样研究唐诗的，我们尚未见过。初盛中晚的硬分法，我们已经领略了若干年。李白时代杜甫时代的分法我们也不见得能有多少清晰的观念。而初唐，人家却一扫而过，更有谁来给以说明加以批判呢？可惜的是我们仅闻绪论，未读下文，这《唐诗杂论》不知究竟写了几篇？

其次，我想谈一谈现在在文坛上引起非常注意的钱锺书杨绛贤伉俪。早年在廿二年顷钱君即以“中书君”的名字在《文艺副刊》写过一篇《论俗气》，这文章后来是否收入《写在人生边上》，恕我老病衰颓，不再到书堆中去翻了。总而言之，钱君在当时即已表现了他的广博的学识与灵俏的文笔。

正如《围城》中的人物，出口成章，引经据典，上起古昔，旁及海外，这一篇《论俗气》即已使我们十分倾倒其英国小品式的文章的精炼与风华。

至于他的夫人杨绛女士，当时以杨季康的名字发表小说散文，在《文艺副刊》中即有好几篇。读者大约还记得在

《写在人生边上》的扉页中有献给季康的话，那就是了。

我最爱的是季康的一篇《路路》。这是写一个生活在燕大（也许是清华）的女孩子的故事，一个富家的少女，有两个情人，其一是有钱的胖小王，其二是穷化学。路路两者都觉得可爱，然而因为社会、家庭……发生了矛盾，终于弄得两方面都决裂了。小小的篇幅，有那么可爱的精巧的场面，文字如此俏皮，又含蓄着那么一种轻微的忧郁。到后来，路路在万念俱灰之顷，说了一句话："路路有什么可愁的。"原来她要出国去念书了。

我想起了刘别谦导演的电影。

这一篇后来收在《大公报》的《文艺丛刊小说选》中，有精装、平装两种，精装用米色纸印，红封面，烫银，是极精美的一册小书，为林徽因所选。

这篇小说后来起了很大的影响，在《文艺》上，接连着出现了一串写同样题材有同样笔调的小说，《青》《黑》《紫》……作者名青子，后来收在一册《虹霓集》，商务印行。

然而为我所爱者，仍是那一篇《路路》。

（一九四七年作，原题《旧报新谈》，署名方兰汝）

关于傅斯年

傅斯年先生是山东人，山东人有山东人的特点，豪爽，耿直，这都可爱。傅先生在这一方面是表现得很显露的。如过去昆明的“一二·一”事件发生后，傅先生以常委资格赶回昆明，马上就发表了这样的谈话，如果凶手不被严惩，他可以割下头来。在政治协商会议中，讨论将来的政体时，傅先生就当场大发挥其精彩的“两院制”，后来很有些他的学政治的师友在笑他这“大炮”的胡乱发射。东北问题发生了，他听了一位才从东北回来的人物的几次谈闲天以后，马上写了与东北共存亡的文章。这次在北平，当清查团碰上了沈兼士的时候，他马上就出来打抱不平，卷入漩涡与别人大开笔战。飞回南京，又刚好遇到“独立评论”派健将蒋廷黻被迫下台，又动了肝火，大大地牢骚了一番。说宋院长的不满意于蒋署长是为了他不会做生意云云。

从这些事看来，他是个不大瞻前顾后的人，他自己努力做一个像胡适之所提倡的那一种“好人”，或者也还暗中以有着光荣传统的“燕赵自古多慷慨悲歌之士”自许，想做一个“山东大侠”的罢？然而时代毕竟变了，二十世纪的确没有往古时期的单纯，我们的英雄终于在若干地方退缩了，萎脱了，甚至有些地方躲躲闪闪，出处可疑。他骑了马执了投枪，遇到了风车却只虚晃一招便走，我们的新堂吉诃德先生虽然并未受伤也仍旧威风凛凛地拿着他的枪，却终于失却了大众的爱护。真的，做堂吉诃德也真不易也。

傅先生现在是"中央研究院"历史语言研究所的所长。在他看来，这是一个好地方，值得牺牲了大学教授去加入的。傅先生在所里所管的是事务方面的事，他是一个能干的人。当抗战初起内迁之顷，别人都弄得丢三落四，他却将所里的全部藏书藏器安全地运到了内地。现在又要去再一件件一本本地搬回来。能者多劳，这一次北大复员就又借重了他。果然不差，北大在北平不再穷而最阔了，傅先生的官气也随之而大长，血压也高起来，要出国养病去了。

傅先生出身北大，是新潮社时代活跃一时的人物。与俞平伯同班。出国回来以后，他不再写"幼稚"的启蒙期的文字了。除了在"独立评论"以及报上间或放放大炮以外，他所写的大约是考证的文章，是完全"京派"的。我在《"中研院"史语研究所集刊》上接读讨他三篇大作，不料却发现即使是做学问，他也褊狭得可以，俨然揎拳撸袖与人争一日之短长，那是发表在该刊第六本第四分册里的《谁是齐物论之作者》一文。

兹抄"附记"于下：

“余之蓄此说也，几近十年矣。人事鞅掌，东西南北，每思写出，而逡巡不果。……此文写成后，同事陈钝先生……举……‘励学’中王先进一文，名‘庄子考证’……示余。”一看之下，才知道“王先进先生所持之说与余说全合”，如何是好，于是就对自己再做了一下考证。“余之初为人道此说也，始于民国十六年春”，后来告诉了胡适之顾颉刚冯友兰……诸人。更举多证，证实王先进是抄他的成说而不加说明，以为“然此亦不足深论也”。

虽然“不足深论”，然而我实在已经十分感到那燎人的火气了，殊与学院之风违谬。后来的一转则更妙，“此意蓄之十年，以为不移之论，一日写成，转觉可疑”。哓哓争辩得面红耳赤的宝贝结论，却原来是靠不住的。

我举这样一个例子，正可以看出他无论在争什么事，虽然激昂万状，以为真理在是矣，结果不免还是有问题。我想他是一个“为辩论而辩论者”。

好辩，好管闲事，在“大炮”之外，还得了个“学阀”的美号。在同学间认他是个“伪善者”，是个“骄子”，在一册昆明西南联大学生出版社所出版的《吾爱吾师，吾尤爱真理》中很有几篇文章对傅先生不敬，同学们所分析的我觉得是很有点理由的。傅先生下机伊始就劝同学好好读书，不要过问政治。同学们就怀疑傅先生天天都在玩政治，尚且没有跟得上政治潮流，如果叫同学在这政治急转的时代里，埋头读些同现实毫不相干的东西，将来离开了学校以后，是叫人去做老迂腐呢，还是叫人去做别人的阶梯？有了这样怀疑的同学结末就称他为学阀。

在另一面，他和一些师友在一起谈闲天的时候，也不免被称为“学阀”。虽然这是说笑话，傅先生当时却是面红耳赤地又要大争辩一下了。

我不难想象他在玩了一下花样以后，在同学的心中跌成了什么样子。在联大的壁报上的《劝傅斯年先生》文中，同学提出“现在有很多人都说傅先生是学阀，是教育界的害群之马，是纯洁学生的毒素，所以我们劝傅先生自杀，为教育界除一害”，“傅先生的年龄依大多数中国人的寿命来说，再多活十年也就差不多了。现在傅先生的信用已失，也就失了人的尊敬，傅先生如慷慨一举，既可挽回信用，又可重新受人敬仰”。

我们不同意这些话，还不想那样看人，在我们这个国家里，造就一个像傅先生一般的“社会贤达”又岂是易事，不过我们究竟希望傅先生珍惜出处，如果不算不通的话，我想这样说一句，“堂吉诃德的时代”是已经过去的了。

傅先生面色红润，团团如盘，两只小眼睛在圆眼镜后面做一条线状，照联大同学的看法，正是像孔先生一般肥胖肥胖的了。他有着血压高的毛病，听说今年底或明春将去美治疗。他喜欢抽板烟，在重庆时，到朋友家里闲谈，将桌上一包“Bond Street”都吸光了。吃起东西来也颇可惊，当用人要将一盘将尽的菜移开时，他就从那人手里抢了回来，放在面前，说：“我还没有吃完哩！”

十一月一日

（一九四六年十一月二日《文汇报》）

怀冯友兰先生

今天我们发表了解斯先生的“人物志”《冯友兰》，因为原文过长，不得不分两天登完。读毕原稿，很引起了一点回忆，现在就写下来。

是在去年七月间，我滞留在重庆，刚巧那时在复员期间，飞机都用来运官，也兼运富商与姨太太，但是没有我们的份。(后来在南京我拜见了一位管理此事的长官，他告诉我的理由却使我恍然，他的不使飞机加班为的是安定京沪的物价，免去大量拥来了有钱人。）有钱的当然走了，走不了的是我们这批无钱无办法的，其中有一部分即是联大复员去平道经重庆的教授们。他们等了两个月了。住在上清寺的一所破房子里，下雨时房里全是水。他们的一点复员费和变卖衣物得到的钱，已经快花完了。我常去看他们，几位先生苦笑着对我说他们是在这里“避暑”。

正巧这时，闻一多先生在昆明遇刺了。我又到了那儿，小天地里一片惊惶之色，教授们交头接耳在讨论着什么。我还记得前一天与我大谈周作人的姚从吾先生——现在是河南大学校长——这一天见了我望望而去，现出一种奇怪的表情。

（他知道了我是本报记者。）闻先生两位公子眼睛哭得红肿焦急无目的地跑来跑去，一片乱糟糟。我知道他们要开教授会，有点表示。然而难得很。他们的主持人就是冯友兰先生。

我想去访问一下。

原来冯先生并不住在这个贫民窟中，住在九尺坎天府煤矿总经理——冯先生亲戚的宅子内。

一天傍晚，我与运燮一起去拜访。走进九尺坎，在重庆的昏暗灯光下面找到了一所大房子，一个大院子，里面是一所楼。在重庆这是难得的邸宅，与孔祥熙的范庄差不多的。经过了用人的眼色的打探，经过了名片的传递，好一会，我们被招待进去。冯先生穿了白布裤褂，三绺美髯，手摇折扇，飘潇出尘，有如一位有道之士。

他将我们的两张名片看了一下，就与运燮详谈了。因为他在一家半官的报纸里服务。我只在旁边听。

冯先生的悠然的姿态，不慌不忙的语气，可怕的炎暑也因之而失色了。他回答着关于内战，政治，一连串的问题，总是不即不离的几句不着边际的话。我们问到他教授的行程问题，他把这些完全付托了能与主席直接谈话的傅斯年先生。而且说国家待我们不薄，飞机原有要用，教授本该避嫌的。

提到闻一多先生的被刺事件。他说："应该为国家珍惜人才！"

后来谈到他的哲学大著，外边有很多批评，他听了以后表示淡然的奇怪，问我这些文章载于什么杂志、报章。我告诉了他，他也淡然置之，表示不预备回答。好像天下本无事，一答辩就庸人自扰之了——现在我发现这确是一条“真理”。

最后，他自然很高兴地谈到了赴美讲学的问题。可是当我们问他要去讲些什么时，他才淡然地说，“美国人不过是好奇心”，好像不过是去敷衍一通而已。

他又提到他的儿子，做翻译官被送去美深造了，这次大可父子异域重逢，可巧我们两个也都是翻译官，不过没有资格去美深造，而且因为没有办法“换季”，一直还穿着印度的“老虎皮”。

谈话完毕，揖让而退。走到街上，热气突然袭来。跑到店里喝了一瓶“上海啤酒”，出了七千五百元。

关于冯先生的印象如此。至于感想，已经写在一篇《怀昆明》中的“中路因循我所长，古来才命两相妨……”段中，兹不赘。

十五日

（一九四七年一月十六日《文汇报》）

失题

不久以前报上有一段新闻。一个烟纸店老板一生积蓄的银元宝、锞子、袁头……共一百多两给警局搜了去。结果发给两张万元大票，可惜，现在这又变成小票了——这叫作“强制收买”。一个新闻记者访问了那家烟纸店，老板娘哭丧着脸拿了一包香烟说：“连一包烟钱都不够咧。”这的确是颇为精彩的一条“花边新闻”。看了十分有趣，如果看过笔记小说的人，一定会记起一篇民间故事，一个财主把银子埋在地下，不知是做了什么坏事，晚上看见有几只小白兔在地上逃去，第二天掘开一看，罐子里的银子都变成了清水了。

上海又有谚语曰：“眼睛一霎，老母鸡变鸭。”似乎也有同等的意趣。

因而我觉得这总不及这一件社会新闻的有趣。因为故事毕竟是故事，神话也往往不过是骗人的幻想，有趣固然有趣，但是缺乏真实性。这一案件之妙即妙在是在白天大日头下面发生的实事，所根据的是若干年前即已颁布的法律。看来虽似荒唐，说来确有道理。果戈里笔下的人物与事件之所以不朽，其道理也不外乎此。

马戏班中的魔术师不过是三路角色。他只能从布下变出一碗金鱼来，供看官之哗笑，连煮了来吃都不成。比较聪明一点的就想借一只能点铁成金的指头向社会敛钱了。这方法在汉朝即已发明，明人小说中有篇《夸妙术丹客提金》，就说的是这样一件故事。不过那丹客说只要用水银就能炼出银子来，不过事先也还得用一点“引子”，即所谓“银母”，也还是银子。炼来炼去，最后还得放出绝色的小妾来与出本钱的老板勾搭，破坏了大事。其术虽妙，可惜手续纷繁，实在麻烦得很。

大手笔是绝不肯做这种笨事的。一架印刷机即可治国平天下而有余了。不知不觉之间就完成了好事。每一个人的钱袋虽然都已胀得非用麻袋不可了，可是那脸色却由红而转白了。

这也就是为什么魔术师只能蹲在马戏班中，而“经济学家”却必须留学欧美不可的道理。

十二月九日

虎与狼

中国是一个很富于浪漫气氛的国家，这事实从过去舞台上的戏文与坊间的小说上很容易可以看得出来。旧戏有《白水滩》，那主角的绰号就叫青面虎，这只不过是一个极普通的例子。如果一翻旧小说如《水浒》，则其中的绰号是以野兽为名的更是所在多有，不足为奇。近代的英国文坛泰斗威尔斯，以善作科学小说著名，其实其中有一部分则是利用了想像所写出来的神奇小说。他有一部《野人岛》，描写一个解剖学家在荒岛上实验活体解剖，将一些野兽改造成为人化，结果出了毛病，演了悲剧。这小说在英国或全世界都可以算是颇为奇特的著作，然而在我们看来，却并不稀奇，在《西游记》与《封神演义》中，是早已有了人化的兽类在扮演着种种的故事了。

然而两者之间的分别还是有的。威尔斯的小说是用了科学的方法将野兽改造成人的，不免含有一种冷静的观念，表现出来也颇少人间味。中国人则不然，因为毕竟是东方的民族，他们在小说戏曲中所表现出来的则是人情味多于自然，无论是牛鬼蛇神，只要一出现在舞台上，他们所扮演着的，也不外是人间的悲喜剧，有时几乎已经泯灭了原有的痕迹了。

日本战犯，在中国的新闻记者笔下，也都成了“常熟之虎”“江滨之狼”，这里自然免不掉有点掉文，然而在习惯上倒也是异常合适的，这样，他们的残狠马上就可以看出了。

不过这种固有文化的习惯称法，加之于待决的战犯头上固然没有问题，而且加诸江洋大盗，不但不成问题，而且还会使受之者沾沾自喜，就像《打渔杀家》里的锦毛虎倪荣是连他自己出台报名时也还要用力喊将出来使全体观众咸得闻知的。可是这不能应用于一般官员身上。台湾的魏道明长官不久之前就发了一大通牢骚，说是“有人称陈前长官为虎，本人为狼，余是否豺狼，尚待动物学家研究”了。

我看这是不必研究的。台湾又不是威尔斯笔下的野人岛，哪里来的虎狼，不过因此更令我想起《刺汤》中汤裱褙称赞严大人（嵩）的一句话：“他虽非虎狼，却有狼虎之威呀！”

略论所谓“顽固”

“父与子”的冲突，恐怕是永远不会消灭的一出悲剧。年轻人看上一辈的人总不大顺眼，反之，老头子看小伙子也觉得过火得要不得。于是冲突无已时，间或有伟大的教育家如蔡孑民先生出来，他能兼容并包，没有门户之见，就造成了像“北大”那样的自由学府。

不过，我们得斟酌一下所谓“顽固”的定义。政治上的看法容有不同，学问上的宗派容有殊异，这原都无碍于他们的教书。但是，这些必须是合乎道理的，必须是出诸良心的。就像眼睛里不允许有一粒沙子，这里也掺不得一些假。

王国维因为“殉清”，自沉于昆明湖，这是他自己的问题。他不曾喊口号，要青年去“复辟”，他的著作中也没有这一套，所以我们至今还是爱读，尊崇。

可是眼看着自己的女学生被人侮辱，差点自杀，还主张“忠厚”，怕有损“邦交”，这里我们不能以“顽固”视之了，这是在禽兽道中也找不出来的例子，无法使人默然。

在喊“师道凌夷”的人们注意了，年轻的学生是还没有学会出卖自己的灵魂的功夫的，怎样能使他们钦佩你们这种“嘉言懿行”！

一九四七年十一月二十二日

这是看了一篇燕京通讯《美式教授论》以后的杂感。

编校时记

印度人的生活

在印度住了不到一年。走过的地方也很少。差不多全是局促地住在兰伽——一个中印度北部的小城。说是小城也许不大适当，因为那本来是一个乡镇，不过有一个像城堡一样的地方，里边全是营房与军队驻扎的处所。从前是英国人训练兵员的地方。太平洋战争发生以后，中国的远征军从野人山渡过来，到了印度，就被送到这里来整编，受训。从此，这里就又借给了中国人作为训练兵员的地方。

兰伽的那一省区是印度最贫穷的地方。普通国人对印度人的印象，大约得自公共租界时代马路上维持交通秩序的那些“红头阿三”，其实这是不确的。那只不过是印度人中间的一种。在印度，他们也是担任警察的职位的。至于我所日常接触的印度人，大抵全都瘦小，枯干，像是从集中营中放了出来以后的人一般。

在英国人统治下面的印度人，过着这样的生活。在那里，人的生命是有着定价的。因为是军区，军用汽车与战车经常从那个地方开到外面去练习行驶，所经过的地方则是贫苦的印度的农村。我经常有机会经过这些地方，每一经过，那些小孩子与妇女跑了出来看，也有一些年轻的女人逃到田里去了。他们身上披了一块褴褛的破布，小孩子都挺出赭色的大肚皮惊异地望着这些蠕动着的爬虫。教官时常警告小兵，要他们当心，如果轧死一个印度男人，要赔偿六十个卢比的。但一个女人只要三十个卢比就够了。当时我很奇怪，因为不要轧死人的理由不是为了要爱惜别人的生命而是为了要节省一笔偿金。

有一次，我随了一位朋友到军区外面的地方闲走，渡河上岸，经过一围丛莽而走上了平原。我们听说这地方是有着卖淫的女人的。但是却不知道真实的情形怎样。当我们走近一个村落的时候，有几个牧童来招呼了。他说着听不清楚的话。但是有一个字是可以听得很清楚的，那就是“女孩子”。这个字眼我们从一些军官与小兵的口中常常可以听见。我们随了他走到一座矮小的白房子外边。这是用泥土造成的一个小房子，外面涂了白颜色的涂料，从窄小的房门口望进去是黑漆漆的一片，房子里面的地是泥土的，发出一种特别的气味来。我们踌躇了一会走了进去。房子里面简单得很，没有什么陈设。只有一个占了一半地方的土炕，炕上面一个印度人睡在那儿，坐在炕旁边的是他的妻子。那个印度人说他是生了胃病的，他会说一两个简单的英文字，指着他的腹部，表示那里不舒服，呻吟着。他一面呻吟，一面向我们介绍他的妻子，说是好好的女人。一个卢比。女人自己也拍了胸部说是“好好的姑娘”，做出手势拉我们到外面的森林里面去。那个男人还说：“下次请带些阿司匹灵来给我！”

这一幕景象使我永远不会忘记。印度人的男女关系，夫妻关系是这样的，而他们要求的“价钱”是这么“低”，好像这只够吃一盆蛋炒饭。

这一种人在印度的社会上是被看不起的。称他们为“不可触阶级”（The Untouchable）。我看到过的贵族的女人，走到街上，脸上罩着一绺黑纱，慢慢地在走着，或者坐了马车，在下意识上我觉得这应该是另外一种“不可触”，阴森，可怕，像古代流传的女人为罪恶的象征一般。

这一种“不可触”的人在军区一带特别多，一大半是女人，她们的身上刺了花纹，青霉色的花纹，在脖子下面，手臂上，腿上都是。又戴着镀了珐琅的银器，穿了极坏的印花布的纱里，白底上都已经沾满了污秽的泥痕，她们每人背上负了一个竹筐，预备捡垃圾用的。在军营的宿舍左近走来走去，然而她们的“副业”则是卖淫。价钱比了外面的贵一倍。美国宪兵的吉普每天经过几次，从她们中间冲过去，赶她们出去，这些女人们惊呼着逃掉的情景是很可以使那些宪兵们喜欢的。这些人都是一些无业的“游民”，靠捡拾吃剩下来的面包和卖淫为生。至于那些有职业的，也是极为悲惨的。我从来没有见到这样被浪费的人力，这样低廉的工资。

在我的办公地方的外面是修车厂，从那小窗子中间我每天可以看见四个印度少女穿了白色的纱里，端了一支木匣子，每一个人提一只角，用每分钟五尺的速率走着路，来收用剩了的揩机油的棉纱团。每天我只看见她们走过来两次，又走回去，其余的时间她们就坐在地上与美国小兵调笑。我不明白为什么要用四个女人来做这样一件“小事”，等到我知道她们的工资的时候就更疑惑她们怎样能够维持生活。她们每人每天的薪水是四个安那，一个卢比的四分之一。

在这样殖民地的资本主义下面生活的女工，除了卖淫以外，还有什么方法可以维持她们可怜的生活！

英国人与印度女人发生了性的关系而生下来的孩子，叫作“英印混血种”（Anglo Indian）。这种人有着相当白的皮肤，黑色的头发，蓝色或绿色的眼珠，女人们尤其美丽。他们在印度人中的地位极其特殊，印度人看不起他们，英国人当然更看不起他们。但是这种英印混血种的女人的出路倒是极好的。她们的职业从办公室的女职员到“交际花”，慰劳盟军者，以至卖淫（公开的）都有。她们在这方面的“价值”比起印度女人们来是高得多了。

印度的地方，在我看来实在是很富庶的。铁路网不必说，公路网之密尤为可惊，而且那些全是极好的柏油路。矿山、工厂，随处可以看到，农田、茶园、果圃也多得很。这些都是印度人辛苦地造出来的，然而看看这可怜的主人罢，有着惊惧的眼色，穿着褴褛的衣服，瘦弱的身体有如木乃伊。我永远不能忘记印度人的眼睛里面透出来的光。那是无情的，冷的，含着如许仇恨的光。他们不说话，只是睁着大大的眼睛在望着你。要他们做事时，他们那一种“绝对服从”的动作，我也觉得十分可怕。这正像一架高速度的机器，转动那么圆滑，可是这是无情的圆滑，我不知道什么时候这架机器就会整个爆裂开来。

中国军人在印度是极受印度人欢迎的。因为他们给起小费来特别慷慨。有一件我自己看见的事，使我发觉自己用钱的尺度的确是太“松”了。在加尔各答的车站上，同车厢的一位英国军官，带了一件大皮箱，一个大旅行包，还有两件小包，要一个印度人替他拿出站去。我看见那个干瘦的老头儿，头顶上放好一个圈，将皮箱顶上去，由别人的帮忙，在皮箱上面再放好旅行包和小包，慢慢地顶了出去。我真担心他那细弱的头颈会给压折了。等到走出车站以后，老头儿将行李送到汽车上，满是汗水的微颤的手从英国军官那儿接过来的是两个安那，稍有迟疑，又加上了一脚。

印度人就是这样地在生活着，至少我所看到的印度人是这样。我还没有机会去拜访印度的贵族和有着世界上最大钻石的富翁，所以也不知道他们活得怎样，据我猜想，大约也不会十分愉快的。

（一九四七年三月十二日《文汇报》）

多余的辩解

——答何其君对《关于美国兵》的批评

朋友见告，说《时代日报》的“文化版”上有文章批评《关于美国兵》，颇为高兴。及至找来一看，却又大为失望，提不起一点兴致来写一篇答辩的文章。拜读原文，我觉得何其君如果是为了私人恩怨，想断章取义来骂我一通，理合沉默，听其发挥；不然就是他的理解力太可怜，我几乎要写一篇“笺注”来解释这一本小书，这工作却不免太乏味了。

我对这一本小书的出版，原不免过于草率。既未加以订正，也未能将一些不曾写进去的材料加以补充。前既无序，后也无跋。这原不过是一份报告，我描述了我过去生活之一部。牢骚虽多，判断却少，这原非一册论中美关系的书。我的责任不过是报告这样的一件事实，按语是要由批评家来加的，我所记载的事实我当然负责。这里，我有写一点说明的必要。

我开始写这一篇小文章，是三十五年春天的事。那时我在重庆，刚旁听过政治协商会议。北平的军调部刚刚成立，整军方案也刚签了字。那时大家对于美国军人的印象，是颇不错的。《周报》要我写一点文章，我就挑选了这一个题目。老实告诉何其君，我对于美国兵的厌恶，不始于“吉普车的横冲直撞，无理殴人；强奸女同胞”的时候，我可以保证，对美国兵的恶劣认识得最清楚的人是翻译官们，是有着好面子的习性的中国翻译官们。我在这本小书中虽不止一次地提起过。当时的评论界对于美国兵的印象不如今日之劣，我开始着笔时就很怀疑，是不是能写得出如何其君所说，“对美国兵，极尽赞扬能事”的文章来。这在那篇“叙言”中，是说得明明白白的。我说：“要说的话，牢骚多于称颂，感慨溢于谀辞，恐未必有合于敦睦之道。”我不知道何其君为什么要非说我给美国兵做种种解释不可的道理，我一点也不明白。

何其君挑了我这么几句话，“我相信美国人是中国人民的朋友，他们有伟大的同情，而愿意帮助我们……都是可爱的”，而加以讥讽。我在这里负责地说：我现在的意见仍然如此。美国人民是中国人民的朋友，这话一点也没有错。何其君把每一个美国人都当了范登堡、胡佛、赫尔利，这是非常武断也非常危险的事。如果世界还需要和平，人类不需要战争的话，我们应该爱憎分明，认识敌我，我们应该争取广大的美国的善良的朋友，一起去打击那些反民主的军人与侵略导演家。现在已经是廿世纪五十年代，何其君还保留了义和团的头脑，凡是毛子都该死的概念。我觉得是危险的了。

我们接触的美国朋友们，小兵多于长官，下级军人多于上级军官，我的确在这里面发现过真正的忠实的中国之友，我不忍心一笔抹杀了，造成那种盲目地反美国人民的印象，如何其君所希望者。

底下是关于《美国兵与女人》的一章。如果不是存心歪曲的人，即使是小学生，也会看明白我那篇并不深奥的文章的原意的罢？对于美国兵在中国的种种“艳事”，豪门贵族逢迎洋大人的无耻，我们的女同胞的悲惨命运，我已经写出了我的愤慨与抗议。然而何其君却说我与“处女膜未破论”同其“无耻”，我真想笑。我写到这里，真怕我这文章会成了废话。如果是为了私人恩怨在那里乱骂一通，我又何必回答；如果连这文章的原意还看不清楚，那我这回答的文章就将更为无用。我很惭愧我不是政论家，写不出一板三眼毫无回旋的直爽的句子。何其君恐将终于不会了解，弄得更糟也说不定的。

至于我说他们对两性关系的看法比较单纯，我负责的，照我观察的结果，确是如此。何其君又说我对美国兵的“养尊处优”“羡慕不已”。的确，一点也不错，是很羡慕。在《咖啡与战斗力》一章中，我的原意是抗议中国将军们贪污、专横，不顾在做抗日战争的中国小兵的生活。当然，我在抗战中亲自看到了中国士兵的艰苦，我自己也曾大吃其苦，我为什么不抗议！美国人对作战的美国兵的优异的重视我怎么不羡慕！

“金元文化”我是歌颂的。现在我还是歌颂的。如果中国不内战，好好地建设的话，我赞成在富庶的国情下每一个中国少女都穿了自制的尼龙丝袜。在现在的情况下，我们要求不饿饭，情况好转了我们要求每个国民都吃肉，吃冰淇淋，难道这不应该吗？

我说“大腿，鲜丽的肉，奇异的衣服”，我是在批评“金元文化”里面的腐败的分子，我说小兵们“眼福不浅”，这话也有其分量在。何其君却要求我在这下面加一括弧，注明：“请读者注意，这里说的是反话！”非徒千古文章，无此一格，而且也太麻烦了。“每一个稍微有见解的”都不需要这美丽的“评注”的，然而我却不得不笺注给我们的“批评家”何其君。真是多无聊的浪费的工作。

我真感到抱歉，给上海出版公司找来了无缘无故的麻烦。有劳何其君两次声明，“不懂”他们为什么在此时此地出这么一本书。我早已预先说过，这本小书中所说的一切都已成为“历史”。而“历史”是并不因为时代改革而随之换颜色的。我所写的多为“事实”，意图使读者知道曾经有此一事，说不上什么“缓和对美感情”之类的大用。不料我们的“批评家”却要求“焚书”，使不得见天日，其“错误”“荒谬”，也只有希特勒可以媲美罢！

写了这么许多，我觉得真不免为“废话”。我重复说一遍，如果何其君是含有私人的恩怨而断章取义地骂我一通的话，我理应沉默，上边的文章根本不应写。如果他是看不懂我那最浅显的小书的话，我这一篇文章小有用处。然而也真无聊，真乏味，对我们的“批评家”说这些“国语入门”之类的东西。

三十六年五月廿日夜

编者按： 本版“新书话”一栏，专为介绍新书而设，其动机只是略述内容，帮助读者的了解，至多也不过叙述一点读后感，并不是什么批评。《关于美国兵》这样的书在今天出版，客观上会引起什么观感？“金元文化”是否值得我们正受金元血洗的中国人民来加以颂扬？我想大家会有正确的意见的。我们愿意何其君和别的读过这本书的人来做进一步的探讨。至于因见解的不同，而附和于私人的恩怨，或是自高自大，目中无人，这样的作风我们不打算在这儿再加以倡导。

附：

关于美国兵（何其君）

我不懂上海出版公司为什么会在此时此地出这么一本书——《关于美国兵》。当善良的中国老百姓所闻所见的只是：吉普车的横冲直撞，无理殴人；把中国人的人命当儿戏的烂水手，调戏、强奸女同胞的种种野蛮行为……这里却是对美国兵做种种解释，说他们都是天真的，活泼的，对中国人怪友爱的。当山姆叔叔从太平洋的彼岸运来了大批的军火，用以屠杀中国人民，这里却在回忆，感谢美国人在抗战期中援华的“功绩”。要不是书末标出了是周报社丛书，由于它过去有过光荣的历史，不然的话，我真以为这本书是企图缓和中国人民对驻华美军恶劣到极点的印象，使愤恨的心情转变为感谢的心情的！

一上来，作者对美国兵就极尽赞扬能事：“我相信美国人是中国人民的朋友，他们有伟大的同情，而愿意帮助我们……都是可爱的。”（原书第八页）我们看惯了占领军式的面孔，在这里却看到了“诚实”的、“天真”的、“可爱”的、“富有同情心”的美国兵。

在《美国兵与女人》一章中，有着这样的叙述：“美国是比较在性方面有较大的解放的民族，他们的看两性的事件比较单纯，并不像我们那样的神秘，所以在一般的应付这种事件上面，也特别的平淡而坦白。”也就是“特别的平淡而坦白”，无数的女同胞遭受了与沈崇女士、陈招弟女士同样的命运，轻描淡写的，无耻的程度，简直与“处女膜未破论”者不相上下。（作者在执笔时，沈女士事件虽未发生，美军强奸的事件却早已层出不穷。）

其次，作者对于美国兵“养尊处优”的生活也是羡慕不已的，在《咖啡与战斗力》一章中充分表现出来，那种心境与看了好莱坞电影后疯狂憧憬着舒适的生活的心理，是一模一样的。

对于“金元文化”的歌颂，作者也是不遗余力，什么“美丽”啦，“丰富”啦，“富于教育意味”等等集优良名词之大成，对于“大腿，鲜丽的肉，奇异的衣装”（原书100页），作者却认为这是小兵们的眼福匪浅，“有这么许多东西可看的小兵的精神生活，是多么丰富呢”（同上）。每一个稍微有见解的都能指出其中的错误、荒谬！

让我再说一遍，我真不懂过去有着光荣的历史的周报社，为什么要在此时此地出这么一本书？

（一九四七年五月《时代日报》“文化版”）

拟书话三则

先知

——晦庵先生“书话”续稿未到，试拟一题以寄延伫之意——

叙利亚哲人凯罗·纪伯伦（K. Gibran）用叙利亚文与英文写过不少书，其最为人所知的一册是《先知》。蕴东方味的哲理于清丽的文词，一九二三年出版以来，极受读书界的欢迎。这一册用英文写的散文诗，经冰心女士译出交新月书店出版。

三年前，太平洋战事发生，上海成了混乱的恐怖世界，大家拼命将书卖出，这些书大抵都归于劫火，去造还魂纸，或竟成了老虎灶的燃料。那时我终日无聊，也跑跑旧纸铺。一天薄暮，在一家店里看到一批从某氏处散出的书及杂志，赶紧买了回来，其中有一册即是《先知》。

这是初版本，一九三一年九月出版。黑布面，米黄色道林纸印。里边有仔细的校改，扉页有冰心女士的识语：

这本书送给文藻，感谢他一夏天的工夫，为我校读，给我许多纠正——这些纠正中的错误，都成了我们中间最甜柔的戏笑——我所最要纪念的，还是在拭汗挥扇之中，我们隔着圆桌的有趣的工作。十一，十七夜，一九三一。冰心。

书中附插图十一幅及作者像一幅，均从英文原本复制。新月印书，错误甚多，而这本书中除了对标点误植的改正外，还有文句上的修正。后来曾以此册示李林师，他说《冰心全集》出时当借此一校。后来我离沪，林师更以英文原本相赠，以为纪念。现在我又回到家里，这两册书都还无恙，安静地立在我的书架上。而林师的墓草已青，人琴之痛，如何可已。查英文本扉页，林师以此册相赠，盖一九四二年三月末一日，去今四年零七个月也。十一月卅日，一九四六。

（一九四六年十一月四日《文汇报》）

佛家哲学通论

寒夜过忍远兄寓庐，邀饮酒家，归来煮茗快谈，偶抽架上，得线装书一册，为《佛家哲学通论》，江绍原译。江氏研究民俗学有名于世，初不知其尚究心佛典也。书为民国十六年三月初版，版口有阑，大类佛经，用洋连史印，卷端有江氏手题。读之颇有趣：

梦麟先生：此书于十三年春译成。那时曾写信给先生，说谨将它献给先生你和穆藕初先生。且蒙你复函承受了。发行者酬赠本，今日从北京转寄到，翻开来看，始知底稿中的献书页竟被商务馆删去未印，这实在使我非常抱歉。但新近我写了一本十万字的创作（《发须爪：关于它们的迷信》），由我自己印行。且在半年前已校印完毕，只缘刊资付不清，书至今还在北京志成印书局里面躺着。现拟再将这个新作品恭献与先生，略补今番的过失，想来可以蒙先生悦纳。至于出版之期，啊呀，天知道！绍原十六年八月廿六日于新杭州。

江绍原是蒋梦麟先生的学生，赠书之时，蒋已因张大元帅入京，避往南方，任浙江省教育厅长，卜居杭州。《发须爪》后归北新印，题语中所言，盖是初版本。此书本无足异，今得此跋，可知《发须爪》出版故事，亦可珍也。

百喻经

鲁迅先生曾捐刊《百喻经》，孙伏园先生首先在民间杂志上提起，周作人在《关于鲁迅书后》（《瓜豆集》）中又提起，然终未能见到。今日读者王君以原书一册送柯灵先生转赠景宋先生，我因得以寓目，记之如下。

原书木刻本一册，为金陵刻经处所刊。竹纸，白口，签题于“百喻经”下有“卷上下”三字。卷上凡廿九页，卷下廿七页，各五十则。题尊者僧伽斯那撰，萧齐天竺三藏求那毗地译。盖是六朝时人所译，文字风格与《洛阳伽兰记》正同，佛典文之至美者，百喻者一百个小故事，如《伊索寓言》，结果是嘲讽凡夫的愚行，使人知所解脱，文字通俗，而取譬亦不避俗趣。今择其最短者一则，这是“为二妇故丧其两目喻”：

> 昔有一人，聘取二妇。若近其一，为一所嗔，不能裁断。便在二妇中间，正身仰卧，值天大雨，屋舍淋漏。水土俱下，堕其眼中，以先有要，不敢起避。遂令二目俱失其明，世间凡夫，亦复如是。亲近邪友，习行非法，造作结业，堕三恶道。长处生死，丧智慧眼。如彼愚夫，为其二妇故，二眼俱失。

这大类《笑林广记》中的一则，然而写得那么诚敬，正是非常难得的事罢！

末叶有题语云：

> 会稽周树人施洋银六十圆，敬刻此经，连圈计字二万一千零八十一个，印送功德书一百本，余赀六圆，拨刻地藏十轮经。民国三年秋九月金陵刻经处识。

这金陵刻经处，在南京延龄巷，近杨公井处，在京时时常走过，好像里面已经杂住了不少人，不知还在刊刻不？这本经，好像也只初印一百册，大约也卖得不剩一册了罢？

十一月廿二日深夜

（一九四六年十一月九日《文汇报》）

鸿博诗话

孟心史先生早已死去了。他在北平沦陷之后，还闭门作“香妃考”，廿七年一月十四日病逝，还没有下水以前的周作人，曾经作了一副挽联曰：“野记偏多言外意，遗诗应有井中函。”好像还很同情孟先生晚节的辛苦，以郑所南的铁函心史相比，孟先生的三辑《心史丛刊》，我都爱读。现在却想起他的另一篇发表于《张菊生先生七十生日论文集》中的《己未词科录外录》来。那本书已经没有了，但是还有旧日的札记留存。翻检一过，乃疑心这不是二百六十多年前的事，实在新鲜得很。

根据刘廷玑的《在园杂志》，康熙十七年正月二十三日上谕，皇帝想要振起文运，辟发经史，润色辞章，于是要想法罗致海内的“奇才硕彦”，使各省督抚布按，与三品以上的京官都设法推荐。后来一共弄到了五十九名，算是“博学鸿词”科。好像现在的“社会贤达”一般。

这些学者到了京师以后，“户部给与食用”，除老病不能入试外，应试者五十人，先行赐宴，后方给卷。出的题目是“璇玑玉衡赋”与“省耕二十韵”（诗）。结果经过御笔批阅以后，录取一等二十名，二等三十名。都要他们去纂修明史去。已有官的，各照原官；还没有入仕的，也都给予中书衔，翰林待诏衔，连不曾考过的也给一个司经司正字的官做。真是圣恩高厚，连我们现在看来，也还有点羡慕咧！

查了那名单，真是洋洋大观。名人多得很，汤斌、施闰章、彭孙遹、汪琬、陈维崧、朱彝尊、潘耒、徐釚、毛奇龄等都是当时有“名”的人物。这一次开科真是“漪欤休哉”！“人材”网罗得真也不少，可惜有一点美中不足，有几个老头儿，都偏不肯做官，康熙皇帝倒也开明得很，每人给了一个“中书舍人”以后都放回去了。这里有九位，有材料可查者，是傅青主（山）。

在《霜红龛集》里有傅山的一篇《与人书》：“以七十四老病将死之人，谬充博学之荐。而地方官府即时起解，篮舆就道，出乖弄丑。累经部验，今幸放免，复卧板舁归。从此以后，活一月不可知，一年不可知。先生闻之定当大笑。”

难怪《霜红龛集》被列入禁书，这种话实在不大受听。当时的皇帝的拉客手段也真认真得很，看那即时起解篮舆就道的情形，遵奉命令，可谓彻底。而傅青主这老头儿也僵得可以，一定死赖在一块木板上，不肯下来。可谓辛苦，在现在，到底方便多了，特快车后挂一节专车，去的去得快，不去的只要称病就好。在这种小事上，也可以看出今人之不及古人的淳朴。

据说当时一般老百姓对这一出戏也觉得不太好，群呼这批学者为“野翰林”，有人还作了一首诗云：“自古文人推李杜，而今李杜亦稀奇，叶公懵懂遭龙吓，冯妇痴呆被虎欺。宿构零锛衡玉赋，失粘落韵省耕诗，若教此辈来修史，胜国君臣也皱眉。”对于这诗与作诗者，刘在园的解释是“或多宿怨，或挟私心，或自愧才学之不及，而生嫉妒，或因己之未与荐举，而肆蜚谗”。在我看来，实际情形，恐不如此。如毛奇龄、朱彝尊等都是有名的文人，让他们来修史，我想该是胜任的。至于皱眉的道理，恐怕还在别处了。这只要一看傅青主的话就可以明白：

> 轻薄子以如今两起排胜之争作对曰：博学鸿词，清歌妙舞。吾颇不谓然。博学鸿词，焉敢与清歌妙舞者作偶？果有一般青阳繁华子，引觞刻羽落梁尘，惊鸿游龙回艳雪，真是令人死而不悔。复安知所谓学文词者博杀鸿杀，在渠肚里。先令我看不得听不得。想要送半杯酒不能也。

这里的打油诗还是别人代作。自己赋诗的也不是没有。最容易想起来的是吴梅村。他已经赶不上这一次“鸿博”的开科，在八年前（康熙辛亥）就已经死去了。不过也不曾幸免，在顺治时就已经给征调了去了。“行状”云：“本朝世祖章皇帝素闻其名，会荐剡交上，有司敦逼，先生控辞再四，二亲流涕，办严摄使就道，难伤老人意，乃扶病入都，授秘书院侍讲国子监祭酒。”

吴梅村这一次官做得不大舒服，几乎留下了终身的憾恨。

旁人虽然还原谅他，自己却“自叹”起来了：

> 误尽平生是一官，弃家容易变名难。松筠敢厌风霜苦，鱼鸟犹思天地宽。鼓枻有心逃甫里，推车何事出长干。旁人休笑陶弘景，神武当年早挂冠。

现在看来好像颇有点歇斯底里，他在那儿总疑心会有什么人在笑。对于侯方域，他也说出了“死生已负侯嬴诺，欲奠椒浆泪满襟”的话，这样一直到死，还留下了一阕《贺新郎》的绝笔，有这样的句子：“故人慷慨多奇节，为当年沉吟不断，草间偷活。……竟一钱不值何须说……”

这已经是旧话了。到现在也已经有了三百年左右的历史。流风遗韵，不但没有消沉，反而更加来得兴盛了。我不能不叹息中国文人的风雅，曾琦赠诗梁众异明志的故事不必提了，最近“第三方面”又有很多人在大作其诗。有许多话是很难直说的，弯弯曲曲，作诗一首，既可明志，又是风雅，真是绝妙的方法。佳作虽多，压卷却还不得不推青年党的“失踪”党魁李璜的“七律”，委曲宛转，用一句旧套，正如“秋晚哀蝉”，或“孤舟嫠妇”，徘徊掩抑，令人不忍卒读。看看别的几位的诗，就比不上。这里我不禁恍然大悟是多少年前王静安说过“隔与不隔”，朱光潜谈“隐与显”，文学之“美”，全在“隔”与“隐”中，必须如郭沫若先生所说，须得“犹抱琵琶半遮面”才有味道，如果“青蚨飞去，卖笑人来”，如《孽海花》中所写的那么“爽气”，倒反而逊色了。

四马路的野鸡之不及“长三”妓女，其故也在此。

方虚谷作《瀛奎律髓》，分律诗为四十九大类，度人以金针，我遍翻原书，终于寻不到这一种调儿，觉得不胜遗憾。旧诗的生命其实并没有终结。君不见六七百年以后，乃又新增此一变体，不说它是“文艺复兴”。不可得也。

附：李璜：《赋诗明志》

漫说人间是与非，
廿年回首寸心违。
孔仁孟义韦三绝，
翟茧田原愿两违。
攀折讵怜看叶尽，
播迁须忆失枝依。
湖山虽好增惆怅，
点点霜枫下夕晖。

十一月廿九日

（一九四六年十二月六日《文汇报》，署名黄伯思）

京尘杂感

最近因为私事又到南京去了一次。南京本来还是那个样子，不过人事的变化太快了。遂不免有点丁令威化鹤归来的感慨。这在我这曾经在南京做过记者的人，更是显然会感到如此。

半年多以前，在南京住了大约有两个月的样子。因为跑新闻，常去的地方有要人的邸宅，美大使与特使的行馆，励志社中宣部一些地方，也还有中共办事处的梅园新村与民盟办事处的蓝家庄。这些地方不免全对我有一点感情。虽然感印是异样的。

譬如官方的所在，门禁森严，规矩甚大。尤其是马帅（马歇尔）的行馆，做记者的根本没有进去的资格。记得当时和谈正在紧张之中。大家对于马帅的行踪与访客的来往十分注意。那就只有一个办法，在行馆的门口窥探。一见有汽车来，即便记下号码来。这方法自然太笨，又不能常常如此，否则将被认为行迹可疑而有遭受麻烦的可能。

有一位女性的同业，每次前去总向站在马帅住宅门口的中国宪兵同志接洽，总能得到一二线索。后来渐渐弄熟了，那宪兵一见她来，即笑脸相迎，很有些不免过分的亲热。然而为了跑新闻竟不得不牺牲点儿。

像这种地方，自然很难使我们发生兴趣。

在蓝家庄，我有与梁漱溟先生长谈可珍的记忆。在那时正是美国货吃香的时代，街上走走，几乎每人全有一根玻璃皮带的时候，然而我却发现奇迹似的发现了一位戴水晶眼镜，穿山东绸裤褂，著双梁布鞋的老先生，曾经使我幼稚地说好像发现了中国的文化，南京的文化。

这些显然已经成为陈迹了。

这次重来，我只有游玩古迹的心情，没有重过"今迹"的雅兴了。梅园偏处一隅，我不曾再去看一次。蓝家庄虽然几次路过，却也未曾走进去过。我到鸡鸣寺去喝了茶。豁蒙楼开放了。这似乎倒还不失为一个好消息。

半年以前，我坐在豁蒙楼外面的大殿中的茶桌上，曾经忽发雅兴地写了这样一首诗：

眢井空遗六代祠，
美人风雨泣燕支。
明珰留忆他生梦，
笺擘犹传绝妙词。
玉树歌残春似水，
景阳钟断梦成丝。
旧情更向何人说，

惆怅城头落照时。

这自然是“无聊”的，没有什么意思。使我发“思古之幽情”的是中国有这么许多的古迹、名胜，香艳如胭脂井，却全带有血腥气。内战也好，外患也好，总之，好像中国人是天生喜欢好勇斗狠似的。杀伐不休，没有一个“和平女神”之类的遗迹供人追忆，实在遗憾得很。

这回住在一家旅馆里，靠近秦淮，在四象桥畔。四象桥即青溪中桥，从书本上看来的故事又使我联想起那鸡鸣寺前胭脂井畔的事。原来张丽华与陈后主孔贵嫔逃在那井中又为韩擒虎捉了起来以后，牵到青溪中桥，给杀掉了。那位妖娆的女人，就是在这桥畔死去的。后来曾有“青溪小姑祠”奉祀她，但这祠在清朝已经没有了。在旅馆中，挑灯夜坐，又得一诗：

咽尽清波水不流，
女儿十五弄箜篌。
珮环凄断三山雨，
烟树空笼六代愁。
子夜梦回寒似水，
碧桃心事总如秋。
年年河上花空发，
寂寞无人问蒋侯。

更是无聊。

然而现在的南京除了怀怀古以外，也实在没有可做的事。鸡鸣寺下的美丽的宫殿中，正住着那擂鼓三通大骂宋子文的英雄。我没有兴致再去询问他是怎样深夜草露布的情状。老虎桥上的周佛海已经免了死刑，预备着尽终身以报答宏恩，我也懒得去致贺。

比起这些过去的与现在的“新贵”来，倒还是身蹈眢井终于捐生的张丽华值得怀念的罢！

四月十八日，上海

（一九四七年五月《雪风》）

听歌偶感

很久没有踏进歌场了，这对于我似乎是一种难堪的寂寞，从小生长在风沙之中，习惯了戏台上乐人吹打出来的最高音，并不担心会给震破了耳膜。试想在西北风中，惊沙扑面，衰柳枯号，野台子戏的看客需要的是怎样的一种音响，这当然不会是浅斟低唱的吴歌，只有能够压低了呼呼的风声的急管哀弦……

其实我这里所说的也已经是古老的事情了。自从南方的士大夫带去了楚语吴讴以后，锦官灯下，红氍毹上，就慢慢添加了《牡丹亭》《桃花扇》的成分，以迄于今成了目前的形式。虽然旧日的情调还多少保存着，这总是另外的一种东西，正像昆曲在北方成了“高腔”，也就是“弋阳腔”，有殊于南曲。

三年来的旅行中，走过了河南安徽四川云南，也领略了这些地方的地方剧，似乎只有川戏留给我较深的印象。那澈越的情调，那凄清哀号着的“海螺”着实震动了我的心，不过这大多是出发于长江上，丛山中，与平沙列万幕的地域的民间音乐也还是不相同。

流离中听京戏的机会也不是没有，不过那经验是不大好的。在重庆一次走进实验剧场，坐了五分钟就不能不跑了出来，颇感到了悲哀，看了也还是客满的情形，也还有一大批人在欣赏着的东西，我竟无法忍受下去，自己的趣味真是已经与大众如此悬殊了么?

从此就不轻易走进剧场里去。这一回却偶然和朋友们去看了李世芳袁世海的《别姬》。说偶然也不全是偶然，提起来也不免有些感慨，因为这个戏班里差不多全是富连成的人。十几年前，在天津念书时，曾经有一个时期每天下课后去赶看他们的戏。那时他们还都是小孩子，我十分喜欢李世芳毛世来的《花田错》，当时的心目中，这真是一对璧人，散戏后，在后台看见下了装的他们，一个个委琐可怜，剃光了头，瘦削的面庞上有一对大大的含满了惊惧的眼睛，灵活地害怕地看着人。非常奇怪，在台上那么光耀的活泼的原来就是这么一批小可怜儿。

现在他们都已经是红角，在舞台上叱咤风云，赢得如许彩声，如许欢迎的眼色，“舞低杨柳楼心月，歌尽桃花扇底风”，我所忆念的倒还是十年前的那一些影子。极可感谢，他们还多少保留了当时的规矩，幼稚和未臻圆熟的调子，在有的人看来这是缺憾，在我只觉得这些尤其可亲可怀。

《霸王别姬》不算一出老戏，它的编成迄今还不过廿年，大约出于齐如山之手，是为杨小楼梅兰芳编的。杨小楼已经死去了七八年，舞台上再也看不见那一位老伶工，他的高高的身材，特别适合霸王身份的激切而高的声调，繁复而美的身段，一个人在舞台上，就造成了九里山前千军万马之中的幻影，在情况变化之中三次呼“酒来”，每一次都各有不同的凄清、激越、苍凉，他又是怎样善于描绘霸王的躁急、豪直，这一些都造成了可爱的性格，在观众身上汲取了大量的同情。这一些却只能留在想象里了，现在就还只留下了一大张杨梅合摄的彩色大照相，和六张留声片子。在那张照相中，杨小楼不过是站在那儿，一个呆相，可是那是多美的形象，我可以幻想他会走出来，他要发出怎样的号令来，多么活生生的舞台照。

袁世海自然差得远，可是从他的努力摹拟中，我处处可以寻出已经不能再回来的杰作；在他明知不能学而藏拙的地方，可以用记忆中的印象补充，这出戏在我还是一个完整的杰作。像一本名手临摹的法帖，虽然已经十分不像原本，可是它能使你处处提起原来的记忆，这就是它的好处。

戏给我的又不只这些。它使我记起了历史。

那也是一个乱离的时代。在一大批逐鹿者群中，项羽是一个杰出者，刘邦的唯一的劲敌。他带了八千子弟兵，东征西战，所向无敌，他的成功与他的失败，历史上没有清楚的讲出来，不过有一点，“四面楚歌”一向都被认为是韩信的诡计，可是项羽在听了以后也不能不疑心“莫非刘邦已得楚地”，一个得到群众拥护的领袖，是不会有这些疑惧的。他们的争夺的目标，有什么主义，这些现在也不必管，甚至与王芸生先生那些论客也“此亦一是非，彼亦一是非”地辩不清楚。可是有一点可以认定，项羽的八千子弟兵是逃亡殆尽了，这大抵绝非韩信请了几位唱“汉戏”的朋友们一演奏即可生效的事，是很明白的。

扮老军的孙盛武（丑角）说了几句冷冷的话，赢得了满场的彩声。他以一个八千子弟兵的身份听了四面的楚歌之后，想要归守田园闭门思过，“好将来再见我们的青天白日呀!”小丑的冷讽，或者可以谥为“奴隶的语言”的罢？使我想起了“梨园史料”中的刘赶三，在戏台上当面讽刺李鸿章而被捉起来的故事。

也就是这“民意”被帐外散步的虞姬听见了，报告了项羽，才使他感到“大势”已去了的。

虞姬是可爱的，在舞台上，她的轻微的叹喟，轻盈的舞步，随了大王东征西战，自然是标准的中古骑士的美人。她也曾劝过霸王不可出兵，可惜项羽听信李左车的话：“臣闻汉军正在缺粮，大王不可失此机会也。”而一连声喊打，“兵变沛郡”，不可收拾了。这结果就又是虞姬的眼泪，将霸王的愚蠢从观众的心中洗净了。

再下去就是一些那么美丽的场面。美人步月。四面楚歌，英雄的悲哀，把乌雅牵了来发了一顿牢骚，又是饮酒消愁，美人的最末的舞剑，“最后的晚餐”，胡琴——这大漠风沙中的乐器——奏起了“夜深沉”，夹杂了鼓声，虞姬的悲哀不胜的舞步，更急促更急促，终于戛然而止了，伏剑而死。

我幻想柏林围城中希特勒和他的情妇的结束。不会有这么美罢？

观众的同情是在这一面的。中国人大部分与王芸生先生一样，觉得这些人都是杀戮民众，争夺王位的，没有什么分别，而英雄美人的离别又是那么可怜。又哪得不一掬同情之泪呢？

艺术家的笔下，统统重视了效果而忘却了真实。法国大革命时代玛丽安东尼的淫恶在好莱坞的编剧者笔下，也成了举世同情的“绝代艳后”。这情形正是相同的。

三年前去过徐州。曾经在一个风雪的下午走上了云龙山上的放鹤亭，东望脚下的徐州的城堞，从乡下小孩的指点中看九里山，仿佛听见什么人在唱“九里山前做战场，牧童拾起旧刀枪。顺风吹起乌江水，好似虞姬别霸王”。

又去凭吊了不为项羽重用而疽发背死的范增的墓园。

当时的感想是：“好一片战场也！”现在这儿就又成了好一片战场。

我又想起了旧剧的“美”。我也看过话剧的楚霸王，当时同游者就是戏里面的范增，“范增”就说过这样的话，“文明戏”不是艺术，京戏才是艺术。我有同感。金鼓声，胡笳声，胡琴声，急管哀弦，身段，舞步，把我送进了激动的高潮。被讥刺为“大面的沙声”的英雄叱咤，小旦的悲哀的女高音，在话剧中都无从捉摸。更加上庸俗的编剧导演，千篇一律的演说式的对白，我不能不承认“范增”的话的真实了。

话剧是不是也需要走一点“歌剧”的路呢？尤其是要表现这样的战争场面的时候？

（一九四六年八月二十三日《文汇报》“笔会”）

关于抗战期间的戏剧作品的思想问题

编辑先生：在朋友处读到十八日《新民晚报》，得悉鄙人介绍之《李广田先生》一文出了些小毛病，事因原作者曾要求勿加修改和急于上版而起，殊为抱憾。李广田先生对战时戏剧界之观感，原文所记是否有出入，已向原作者详询。至于编辑者必须尊重原作意见，不该把负的改为正的，乃是事理之常，在这方面“特别注意”倒是用不着的。该文末尾又刊有抗战期中所产生的名剧数种，看原文的语气，该是颇足代表战时戏剧界就思想而论，最值得注视的作品。鄙人虽曾读过，可惜原书一齐丢在内地，手头只有入选之名剧之一的《风雪夜归人》在，取来重翻一过，有一点题外小感想谈一谈。

曹禺先生的蜕变，是写正面的抗战故事的，《国家至上》《一年间》也都表现了战时的民族间的关系与社会相，也发掘了抗日战争的种种本质。郭沫若先生的《屈原》，是历史剧，姑置不论。如果说在抗战前和抗战中戏剧界曾在全文化领域中担起了最艰苦最勇敢的战斗，这《风雪夜归人》似乎不能算入其内。因为其所抒写所赞扬，是北平城中一位戏剧工作者与一个姨奶奶的故事。我们不愿公式地论断，说它是无聊，是“玩物丧志”，如果说这是在整个抗战期中戏剧界所产生的作品之中，足以代表剧人的正气、民族的呼声的伟大的作品，未免有些牵强。说句笑话，当抗战末期，鄙人在昆明军中得读《风雪夜归人》，乃不禁有一种轻微的忧郁，想起暌离十载的古城，而颇有归去之思，直感地说，这样的剧本，对于抗战中的人，倒实在不啻垓下的一曲楚歌的。

提倡“无关抗战”的，是梁实秋之流的老套，现在实在不应该再费纸笔去说它，《风雪夜归人》这样的名剧，在抗战末期也并不曾有人说过它，以为是怎样的要不得。不过我们不能因为这出戏写得轻松、婉妙，又有作者一篇“后记”给它披上了人性皆善的外衣而遂以为它应该供入庙堂。在沦陷区的上海，在演《秋海棠》；在北平做伪官的周作人，在写绝妙的小品。如果比较而看，在抗战大后方，有此闲情，叹赏佳人才子（作者是说在赞颂人性），那么前者倒的确可以自夸一番，因为他们尚未宣扬毒素，毒害人民。一正一负，颇可供你思索。

至于“人都是好的”这一信条，在现在社会也还是没有它的立足之点的。

你能借给我“小杂感”的地位，让我也来感一感吗？

祝撰安。

弟白及顿首

十二月二十日

（一九四六年十二月二十四日《文汇报》
文化教育版“小杂感”）

古游乐录

杂耍

一九四七年三月五日。

杂耍之名至今在北方仍旧存在。这是一种“不登大雅之堂”的玩意儿。一般人都不大看得起，然而在一般小市民的确是“恩物”。花钱不多，可得半日的娱乐，一碗清茶，可以任意谈笑，所演大都生野之气未除，很可以获得老百姓们的欣赏。与士大夫们庙堂之音相较，是不可以道里计的了。

据《天咫偶闻》载，杂耍是“多鱼龙曼衍，吐火吞刀，及平话嘌唱之类。望江南都门好，杂耍亦消愁。海鹤先编金叶子，香狸乱舞玉搔头，打采赌风流”。

在北京（清代）内城不许开戏馆，就只能有杂耍馆。外城也是有的。《京尘杂录》记云：满城无戏园，但设茶社，名曰杂耍馆。唱清音小曲，打八角鼓，十不闲，以为笑乐。南城外小戏园，或假日无暇，亦有档子赴园；然自是杂耍馆之例。非复当年大戏馆相继登场意思也。

盲词

一九四七年三月六日。

盲词的来源大抵颇久，古时即有所谓盲女琵琶者。陆游的诗则更为许多人所知：“斜阳古柳赵家庄，负鼓盲翁正作场，身后是非谁管得，满村听说蔡中郎。”这里所说不知道是什么，大抵总是赵五娘的《琵琶记》罢？

《燕下乡脞录》记：“有无业游民，略熟几句盲词，于傍晚时，挟鼓鼙弦索，度曲巷而作声焉。小家眷属，性尤笃好。每一延至，期必达旦。尝于绮春近信夜饮，一聆其声，悲壮肃杀，酷近伊凉。妇人帷而听之，无懈骨，无倦容，而坐上客殊觉聒耳也。”

描写小家妇女们喜欢的一种娱乐，颇为动人。我行旅川中，常坐茶馆，偶于夏夜，坐山角席棚下，喝苦沱茶，而此时往往有两三人，以竹竿相接，姗姗而来。三人各唱一句，每四句为一起落，其词不变，而殊凄凉。这时就有不少人要听，凑钱来使他们唱上一段，在当时（三十五年夏）约五百元至一千元一段，他们听得津津有味，然而在我这外乡人听来除了引起一种无奈的乡愁之外别无所感。

大约这种盲词，也只有在乡鄙之处或内地的城市间，也还偶有流传乎？

老斗

一九四七年三月七日。

“老斗”一词，近来已经难得听见了。但这在清朝末年却实在颇盛行了一个时期。如果要知道“老斗”的形态、举措与神情，我推荐一本小说，《品花宝鉴》，那里面描写了各式各样的“老斗”，丑恶的，风雅的，一例俱全。这是男妓之风盛行时的一种产物，潘光旦《性心理学》中，举起例来，也不少此类。《京都竹枝词》有一首云：“茶园（演戏之所）楼上最消魂，老斗钱多气象浑。但得隔帘微献笑，千金难买下场门。”注云：“小旦呼悦己者曰老斗。”

《清稗类钞》有说明小旦与老斗的关系的一节：“京师雏伶皆蹑靴，必离师独立始履，而仆亦称之曰主人矣。堂主之子，曰少主人。伶出见老斗，凭其肩致寒喧，资格深者，伶直呼其字，曰爷者，疏远之辞也。”

道光之时去今未远，而此风已渺不可寻，然询诸老梨园，必当仍有知此种风习者。

坐黑车

一九四七年三月二十一日。

曾读《聊斋志异》者，总还记得其中有《天宫》一篇，描写生动，而别饶诡趣。盖述严世蕃东楼家中秘事者，老先生谈狐说鬼，似乎都是向壁虚造，然而也多有本源，这《天宫》一篇所说的“黑车”，在清朝中叶时的北京就是常有的。

《满清稗史》中有雷震著“新燕语”，其中即有一条记载：

京师有所谓坐黑车者。老于京中之人，辄能历历谈其事。并能介绍好奇者一历其境。其诡幻离奇，亦社会所罕闻也。京有某某定处，为黑车停驻之所。黑车者，夜行不点火，并密遮车窗，使乘客不知所经之途径，故谓之黑。其处之左近，有某某茶店。欲乘此车者，但往饮茶。并须欲学一定之隐语，与茶博士言之。茶博士即以隐语为之招一车至，不议车价。来客亦不必与车夫交一言。径行上车，车夫即为之送至一宅，推客下车，车夫又以隐言告宅内之人，匆匆径去。便有侍婢持灯，引客入一所。似巨家之绣闼也者。凡所身历，无殊刘阮之入天台也。凌晨，车夫呼门，复匆匆送之至原处，亦不索车值也。说者尝叹为不可思议之事。

此事诚然“不可思议”，《孽海花》中尝说龚定庵与太清春有暧昧事，也与此相类。现在这种黑车大约没有了。但有另外一种“黑车”，但不可入“今游乐录”之中耳。

笺样

一九四七年四月九日。

中国古时的士大夫是很讲究用纸的。不过这风气到了现在已经衰微。中国人现在已经不能再造出像南唐的澄心堂那样的纸来了。我没有看见过真正的好的旧纸，最古而好的怕即是在故宫所见的苏轼的书简，那所用的是罗纹纸，极为坚韧，有着美丽的花纹；再有即是宋版书所用的纸，所谓“纸明如玉”者是。

古人作诗，必用诗笺，除掉纸好以外，还要加上一些花样上去，这大都用木刻。真正讲究笺谱的人，现在恐怕只有郑西谛先生了罢，他与鲁迅先生合编有《北平笺谱》一部，其《访笺杂记》一篇，所述北平今日所余的笺纸制作者至悉。可以一读。现在在上海，走到几家南纸店中，也还间有笺纸可买，不过大半是不灵的，恶俗不可耐。荣宝斋是北平分来的，可谓个中翘楚了，然而一部笺谱印得彩色浓重，其中也不少劣品。

偶尔走进该店，买了一匣徐燕孙的仕女笺。我以为是很好的。这有两幅，一幅是宫装，我看不大好，似乎衣褶有欠生动，与唐人壁画一比较就知道。另一幅我觉得极好，是一个双鬟幼女，手执纨扇，姿态婉妙得很。

原笺上面题诗一首曰："水风忽起汉宫凉，愁着荷衣怯芰裳。欲弃齐纨难释手，芳心寒到镂金箱。"

我喜欢这笺纸，因为它是素色的。印淡墨色，并无红绿朱紫。据店中人告，当时徐画本有彩色，现在略去了，我以为的确是很有见识的。

刻工也好，极可保留画笔的原意。一匣有同样的二十张，看那浓淡不同，也可以看出印工的不恶。

因为美国人也喜欢这一套，所以他们有一种上了矾的笺，底子仍是宣纸，但表面涂矾，意在可用钢笔写。我以为糟不可言，美国人何必一定要风雅得用诗笺来写信。而且钢笔字写到诗笺上又是一种怎样煞风景的事！

一匣笺纸四十张价二万六千元。旁边有一位朋友听了这价钱说，为什么这样贵？老板说普通人也不会买这种纸来写信的。弄得好像我是雅人，不胜尴尬。我自然并非买了来大写情书，或者大作其诗，不过只因为喜欢而已。

这也似乎是一种征兆，显示这种诗笺在不久的将来即将没落。战火频仍，老百姓流转之余，哪里又有余钱买这种东西，而新式“才子”又大多用粉红色的洋信笺，再过几年，恐怕真要奔到博物院去才能看到这种“小摆设”了。

（一九四七年三月，《文汇报》，署名方兰汝）

[来燕榭集外文钞] 之四

谈《打连厢》

现在我们经常可以看到《打连厢》，这是一种“舞曲”，由两人以至更多的人在台上做种种歌舞动作，同时他们也彼此做唱歌说白的应和。这一形式是从民间盛行的俗曲中间撷取了来的。好处是火炽，歌舞并作，可以表示出浓挚的情感来。然而《打连厢》的最初的形式，却并非如此的。根据清朝学者的记载（毛奇龄的《西河词话》），这一艺术形式是从辽时的“大乐”演变出来的，到了金时，就有了“清乐”的“连厢词”。那扮演的情形是这样的：

> 带唱带演，以司唱一人、琵琶一人、笙一人、笛一人，列坐唱词。而复以男名末泥，女名旦儿者，并杂色人等，入勾栏扮演，随唱词作举止。如“参了菩萨”，则末泥只揖；“只将花笑捻”，则旦儿拟花类。

照毛西河的说法，这应该是一种“双簧”式的表演，弹唱者是一批人，表演者又是一批人，表演者只做种种动作、表情，正和“双簧”相同，不过是“唱”而已。

为什么叫“连厢”呢？毛西河以为它是连四厢的舞人合演成曲，所以叫“连厢”。

这种形式，一直到清朝中叶还是盛行的，作这种曲子，也还有一种程式可循，是明朝的一部《连厢词例》。毛奇龄自己也仿作过几出，为《卖嫁连厢》，里边所用的曲牌，还依旧是“仙吕忆王孙”之类的曲牌。那表演程序是：（一）杂色人等吹弹一番；（二）司唱人表叙一番与所演的剧曲的大意有关的间话，有各“话本”之中的“入话”；（三）交待既毕，再吹弹一番；（四）扮演人出场，由司唱人介绍来历；（五）司唱人说“请列位吹弹，略助我唱者”，然后才是双簧表演。

这末一节颇使我想起现在存在于大鼓书中的作风，“请你们弹拉起来，我今儿要伺候诸位一段×××”，这种演变的痕迹，明显得很。

咸丰中，四喜部的张昆宝《打连厢》最有名，同治时就有了春华部的李艳侬，都见于专记当时的伶人生活的《明僮小录》和《续录》中。

后来就演变得很多而且很大，最简单主要的迹象，即是这一表演形式已经给士大夫遗弃了。因为他们已经不需要这种原始的简单的表演方法了。齐如山的《中国剧之变迁》中说：

> 打连厢一戏，从前在光绪初年，最为时尚。其中三个丑角，四个旦角，打诨玩笑，也颇有趣味。几十年来，京中就不见这出戏了。

齐如山所说的“不见”，是不见于大戏园子里，名伶也不演了。然而在北平的天桥、东安市场、什刹海的“十不闲”班子中，即为平民大众所欣赏的“杂要”班子中，还有叫作“花鼓连厢”。表演时先有两位丑扮的男女出台，打小锣、舞蹈，然后再引出了两个俊扮的旦角，合舞，然后大家都将小锣放开，而且拿了纸扇，丑扮的男女则拿了马鞭与蚊帚，再歌舞，用种种的音乐节奏使那位丑女郎发窘，引起了大家的笑乐。

这恐怕就是现在的《打连厢》所根据的表演方法。

《打连厢》的演变，也可以作为从家庭走进广场的中国旧时俗曲的例证来看的。

（一九四九年八月二十六日《文汇报》“锣鼓”）

三改随笔

嫂嫂

武松与关羽之所以受到金圣叹与毛声山的赏识而获得“天人”的称誉，那第二个原因，我以为，就是他们都对自己的嫂子采取了在封建社会中认为非常恰当的态度的原故。

不知道别人的意见怎样，我对于舞台上的关羽的形象与作风是非常厌恶的。

关羽的丹凤眼与卧蚕眉，不知道是怎样创造出来的，总之那脸谱是非常紧张，而且严肃得有些过分了。他那手执《春秋》一卷阅读的姿态，看了就使人感到非常疲劳。自然这是在做身段，不过却是非常不现实的身段。我想大概没有人是会这样看书的。他骑起马来，那姿态就更为恶劣，马童在前面跳跳跌跌，他在马上也非常吃力，如果赤兔马真的是这样的一匹劣马，骑了它上阵交锋岂不是非常不智的吗？这些都为关羽这个人物造成了非常突出的性格，就是说，这正是一位“天人”，并非活在世界上的平常人是不待言的。

这些还不过仅只是姿态、形象，至于那真正典型的抒写，对于这样一个特殊人物的内心的描写，则是他对待嫂子的态度了。

在《古城会》里我们可以看到关羽向二位嫂子问安，请她们上车，说话……种种生活细节的描写，是为《义勇辞金杂剧》《古城记》的作者所着意刻画着的，也是最不近人情的。说话的时候，关羽面向台口，做出异常委琐的神情来低声向坐在他的身后、一条假想的幔帐里面的两位嫂子答话。这情景是使人看了最不舒服的，仿佛是清楚地看到了那条“礼教之大防”，实在凛然可畏。而这，就正是毛声山之流认为了不起的处所，作为一个“天人”的必备条件了。

这同一精神，在武松身上再现时，就成为对潘金莲的“惩治”。同样是嫂子，不过因为并非“玉洁冰清”而是“淫滥”的原故，所以就必须采取不同的手段，使她死在刀下而且切下了头，挖出了心肝。

他们虽然采取了不同的手段，然而维护的却是相同的目的——绝对的封建的夫权。他们的行径，也被批准成为封建社会的“楷模”了。

重要的是，这样的“标准”一直就成为千百年来封建道德的“典范”，这影响是直到现在依然存在着的。这影响一直深深地隐伏在人们的心底，说不定什么时候就会发作，酿成很大的灾害。最近我们从报纸上看到很多关于婚姻问题的不幸的事例，被害者几乎全是女人。我们有机会深入到农村里去，也处处发现同样严重的情况。很直感地可以觉得，造成这种不幸事件的人们，不管是丈夫、翁姑、妯娌还是干部，不是武松的崇拜者就是关羽的信徒。这就使我们得到这样的结论，戏改工作的确是很重要的课题，并不像某些看法以为这不过是一种装点，一种不急之务了。

旧戏之所以如此受到广大的欢迎，因为这实在是从人民的生活中间汲取出来的东西的原故。它紧密地结合着人民的思想与情感。不过这又要分两方面，健康的与不健康的。像武松与关羽这样的偶像，就应该属于极不健康的一类，应该加以痛快的批判。

（一九五一年十月十八日）

“改造”过的英雄

武松是怎样对待嫂子的呢？“武松认得嫂嫂，拳头不认得嫂嫂！”这就是他的口号。《杀嫂》的昆曲原本的名字是《义侠记》，足见这样的行径作者是认为既“义”且“侠”的。作者着意描写了“淫妇”的丑态，披头散发，连滚带爬，磕头如捣蒜，充分显露了对女性的虐待狂。在男子中心的社会看来，这自然是再好也没有的了。于是武松就成为“英雄”，成为“天人”了。

对于这样人物的被称为“英雄”，我们是有理由慎重考虑的。

我们固然不必替武松做考据，研究一下是不是在历史上真有这样一个人物；也用不着把西湖边上的武松墓发掘开来，看看那中间到底还藏着怎样的史料。可是多少看一下这个人物是怎样被封建时代的文人阉割了的事实，也还是必要的。

如《水浒传》所写，武松除了好酒使气以外，是不贪财也不喜欢女人的。好像只有在《十字坡》中多少对孙二娘不敬了一下，然而主要地也还是在描写他的“神勇”。可是在最初的传说中间，武松是不是就是如此的呢？

周密作《癸辛杂识》中有龚圣与的“宋江三十六人赞”。关于武松，是这样写的：“汝优婆塞，五戒在身，酒色财气，更要杀人！”这是说武行者原来是个犯了“五戒”的和尚。

在郑振铎先生的《佝偻集》中，也曾经提起过武松是有过老婆——贾氏的。

是从什么时候开始，才把他阉割了，涂上了满溢着臭味的“香油”，成为金圣叹心目中的“天人”，整个性格统一了起来的封建夫权坚决的拥护者，那样的木乃伊的呢？这是很有趣的问题。

对于这样一个缺乏头脑，以卖身投靠为唯一出路的“英雄”，当我们加以赞扬的时候，是应该保持审慎的。

（一九五一年十月二十一日）

杀嫂与斩貂

《武松杀嫂》普通演出，都是根据昆曲《义侠记》。梆子皮黄，也都是从同一个本子里脱胎出来的，可以说没有什么两样，全是根据《水浒传》里的故事。此外，还有根据《金瓶梅》的另一个本子，故事情节有些两样，不过那对“淫妇惩治”的刻画的精神却是一贯的。程砚秋先生藏有抄本，还是昆曲的路子。此外，老伶工刘春喜也有一个本子，根据的也是《金瓶梅》，却是皮黄。

这出戏居然有这么许多不同的本子，足见在旧社会中间流行之广。被认为是标准的夫权维护的“楷模”的事实，也是不言可喻的。在程砚秋先生藏本中间，当武松开始杀死嫂子的时候，武大的魂子就在后面指指点点，吹气，跳上跳下，充分表现了神怪迷信因果报应的特色。事实上，这就是借了武大的魂灵把封建教条更深切地往观众的头脑里抹了一下。

至于怎样的杀法，那就更充分显示了淫虐狂的特色。陈墨香先生曾经记下过那详细的情况，现在就摘录一点在这里：

> 在武松杀死西门庆之后，旦角在后台卸下了大头，换新式头套，不挽髻，用白头绳束发根，盘头，用白孝巾遮盖。武松用刀挑掉孝巾，抓下小衣，潘金莲就披头散发，身穿小袄，红面红里，敞怀，褪出双手，露出抹肚，披发抱刀。被武松揪住右臂，跪在台上。刀一落，向后洒散发，衣襟一翻，遮住了肩膀以上，首级不见，满抹肚的鲜血，武松手一松，死尸跌倒。用脚一踢，尸身一滚，趴伏在地。

这时候，场面起一阵阴锣。检场上来用很快的手法，创造了最恶劣的形象。

武松衔刀，左手提西门庆头，右手揪起潘金莲的散发，诸邻舍抬尸转身。尸身脚向内，脸朝下。武松等脸向外，这时从人缝里露出了潘金莲的面目。头发披散，一半在武松手里，一半垂在颏下。双眉倒插，两眼微睁。满脸血迹，颏下有明显的刀伤。右手一摇，鲜血流出。大家就一拥而入了。

这种为封建统治阶级十分欣赏的场面，充分暴露了渴血者的淫虐狂变态心理的描绘。就连卫道的陈墨香先生也认为“比装鬼更凶，加上一百倍的要不得”了。不过在我们了解“英雄武松”的时候，倒不能说是没有用的。

陈寿的《三国志》关于关羽曾经有过这样一段记载：

关羽与曹操围吕布于下邳。羽启曹操，布使秦宜行求救。乞娶其妻。操许之。临破，又屡启于操。操疑其妻有异色，先遣迎看，因自留之。羽心不自安。

这是很有趣的一段故事。照陈承祚的记载，关羽是老早就看上了吕布的家小，在没有破城以前就向曹操“预约”要娶她了。结果因为心太急，使曹操疑心起来，先下了手，自己留下了。关羽不但美人未曾到手，结果却弄得颇为不安。

这记载里所表现的关羽的性格，和小说中间所写的那个目不斜视的“圣人”不免大大两样，在一般崇拜“关圣”者看来，怎么能舒服呢？

这里所说的吕布的妻子不知是谁，照演义上所说，当然就是连环计的主角貂蝉。而貂蝉，却正是被“正人君子”们当作“祸水”的红颜。“伏魔大帝”居然看上了这样的女人，在道学家看来是不可思议的，简直有把那一套逻辑完全拆散了的危险。怎么办呢，还是来胡乱诌一通吧！

热心的人士很不少。关起门来胡诌的结果自然不会相同，于是就有了两种说法。其一是说下邳破后，貂蝉为张飞所得，送给了关羽；还有一说是白门楼吕布死后，家属没入相府，曹操将貂蝉送给了关羽，目的是要他迷恋美色，志气消磨云云。

手续虽然不同，反正貂蝉是到了关羽的手里了。这下面关于貂蝉的处置，道学家们的意见倒是一致的。

这是一出吹腔戏，开始是关羽自白，“只因水淹下邳，擒了吕布。三弟擒了貂蝉，送与某家，铺床叠被。这也不在话下”。好像在赏收以后，也并未感到怎样的不当。接着是月下看《春秋》，这才看出了问题来了。

“一轮明月照山川，推去了云雾，星斗全。坐虎椅，看几本春秋左传。春秋内，尽都是妖女婵娟！”

联想的结果是“我想权臣篡位，即是董卓父子，妖女丧夫，即是貂蝉也！”

很自然，到了这里，关羽的头脑忽然清醒了。发现这危险的女人实在是要不得的了。

关羽把貂蝉唤进帐来，加以盘问。先问她可知春秋历代褒贬之事否？又问她从周朝到我朝，出了多少古今上将？最后才逼出来问她虎牢关谁是英雄？貂蝉只能将张飞称赞一通，而骂吕布是“我儿夫、三姓奴、臭名难当”。关羽于是就下了结论。“有关某听此言双眉倒竖，骂一声貂蝉女无义不良，我这里将袍袖来卷上，今夜里斩了她万古名扬！”

真是不知所云。取得“万古名扬”的手段是杀死一个俘了来的敌将的眷属，为了保持自己的“正经”身份不受一个漂亮女人的诱惑，关羽就采取了这样浑横的手段，而这却是为“卫道”的“君子”们所肯定的。

对于杀却貂蝉的宝剑，他也做了神怪的描绘，说是什么“周文王所造，菩萨所赐，倘有不平不德之事便办”。这也是涂在这个反动人物身上的另一种色彩，是跟他的“伏魔大帝”的身份离不开的，是这个偶像被佛家攘夺了去以后的结果，这里就不再做仔细的分析了。

不成问题，武松的身份比起关羽来是比较单纯的。不像关羽的身兼数“职”，不单是儒家道德的保卫者，同时也还是释道两教的打手。多少年来，封建统治者——皇帝不断地封赠他，给他的官衔上增添许多花样，弄得简直神怪莫测了。

正因为如此，武松的“英雄”身份更不易为人识破。他被崇拜了若干年，一直被当作典型的英雄人物。剥下“英雄”的外衣，看看那真实的本质，现在已经是恰当的时机了。

（一九五一年十月二十四日）

鲁迅先生与戏改

最近因为又到了鲁迅先生七十诞辰的纪念日，就又有机会使我取出《鲁迅全集》来重新阅读。最先翻到的就是先生晚年的杂文集——《且介亭杂文》。在一篇《阿金》的杂文中，就发现了这样的语句：

> 我一向不相信昭君出塞会安汉，木兰从军就可以保隋。也不信妲己亡殷，西施沼吴，杨妃乱唐的那些古老话。我以为在男权社会里，女人是决不会有这种大力量的。兴亡的责任，都应该男的负，但向来的男性的作者，大抵将败亡的大罪，推在女性身上，这真是一钱不值的没有出息的男人。

这时我正在思索武松与关羽的问题，谈到了关羽月下斩貂蝉的故事。这样就更感到先生的文章的启示的可贵。潘金莲虽然不会“祸国”，可是“亡家”的责任是一向被认为应该由她来担负的。貂蝉执行了连环计，毁灭了董卓与吕布，最后终于使关羽感到了“祸水”的危险，认为非斩之不足保持“正气”的看法，就和鲁迅先生所指出的那种倾向是一路东西。

这真是非常鲜明、非常深刻的指示，他提出了一连串五个历史上著名的女性。当然他没有举得太完备，要开一个补充的名单是还可以开下去的。不过仅就这五位看来，哪一个不是占据着旧戏舞台的重要人物！不论旧本、新编，对这些人物的分析批判的工作又进行了多少！

《木兰从军》这出戏，最近又很红。大家大约觉得这很“时髦”，结果不可避免地就会搅出了那种胡拉乱扯的错误。《汉明妃》《西施》《太真外传》这些戏虽然不像《木兰从军》那么红，可是也还是在不断地上演着的。这些戏又是用怎样的看法处理着的呢？

好好地接受鲁迅先生的教导，进一步地做更深刻的研究，更好的实践，应该是今天的文艺工作者的重要的课题。对戏改工作者说来，这同样也是重要的学习的项目，我以为。

鲁迅先生很少谈戏。在他的日记里可以看出，虽然他定居北京很久，可是却很少观剧。可是这却不妨碍他的辉煌的著作在戏改工作中的重要性。

《鲁迅全集》中间讲到戏曲的地方的确不多，讲到京戏的尤少。可是他却极有兴趣地记述了儿时看戏的回忆。这是浙东的目莲戏，在这种戏里的许多角色中间他特别为“女吊”写了一篇文章。

还有就是迎神赛会了。《五猖会》的记述虽然不怎样详细，但是却又使他联想起也曾在目莲戏中间出现过的无常，也为他写了一篇长文，而且还用非常细致的画笔把活无常的形象描下来了。

《无常》出现在他早年的作品集《朝花夕拾》中间，而《女吊》则几乎是晚年最后的遗作。这的确不是偶然的事。

他也曾经为白娘子与雷峰塔写过文章，对代表封建势力的法海痛斥，从这些地方可以领会他对神话剧的看法。

他从乡下戏班中的“二丑”体会到这确是在描写着某一种社会上的人物的事实。他谈脸谱，也联想到人们的脸相。他也曾谈到过梅兰芳。

最重要的，我以为，是他对历史人物的看法。在这方面，他给我们留下了不少辉煌的篇章。《魏晋风度及文章与药及酒之关系》是一篇了不起的历史学的方法论。他替我们指示出了一条明朗的路。怎样洗去那几千年来的浮尘积垢，露出历史人物的真实的面目来。

他写成了的最好的历史小说——《故事新编》。他处理了八个著名的传说与历史故事。从神话到人间，从知识分子的思想感情到阶级的搏斗。古书上的记事到了他的手里就成为最合用的表现题材。他对这些故事传说的取舍，有意的夸张与忽略，处处都给了我们启发。

我以为从这八个短篇中间是可以学到很多东西的。

底下，我就预备陆续写下我对鲁迅先生这些文字的理解来。

（一九五一年十月三十一日）

论“游侠”

《鲁迅全集》第四册，《三闲集》中有一篇八九百字的短文《流氓的变迁》。文章虽短，却替“游侠”的本质做了很好的分析。

在中国旧戏的舞台上，侠客是很多的。可是那本质却并不怎样单纯。如果不深入一些来看，是难免会上当的，很有一视同仁一股脑儿都看作农民革命者的危险。

最突出的例子就是水浒英雄。

鲁迅先生说："'侠'字渐消，强盗起了，但也是侠之流，他们的旗帜是'替天行道'。他们所反对的是奸臣，不是天子，他们所打劫的是平民，不是将相。李逵劫法场时，抡起板斧来排头所去，而所砍的是看客。一部《水浒》说得很分明：因为不反对天子，所以大军一到，便受招安，替国家打别的强盗——不'替天行道'的强盗去了。终于是奴才。"

这里，鲁迅先生的原意是很分明的，有"替天行道"的，可是也有不"替天行道"的。这两种人都以侠客的身份出现于舞台上，要分析，就得靠自己敏锐的观察。

以宋江为首的梁山集团是"替天行道"的。北宋末年，各地蜂起的很多农民暴动，如方腊，就不是只想"闹点小乱子"，取一下巧的侠了。于是就和"替天行道"的宋江起了正面的冲突，展开了火热的斗争。

《施公案》《彭公案》中所写的就更是明显。这里出现了"安全之度增多了，奴性也跟着加足"的侠客。他们是"不敢再起盗心，不敢指斥奸臣，不敢直接为天子效力，于是跟一个好官员或钦差大臣，给他保镖，替他捕盗"的更下一级的奴才，比起宋江来是更要下一级的了。由反动统治者的御林军降为保镖特务了的。

从老实的侠，敢于以死为终极目的的墨子之徒的侠，有异于“儒者柔也”的孔子之徒的侠，逐渐降格，以至于流氓的变迁，鲁迅先生是有系统地给了详细的分析的。这对于批判历史人物、历史事件是有大的帮助的。我们必须很好地弄清楚盘踞在中国历史上的“游侠”的真面目，这样才可能正确地对待一些历史剧的主题。

再论武松

“三改随笔”关于武松的几篇文章发表以后，我收到从编者那里转来的戴不凡先生的文章。他提出了对武松不同的看法。首先，戴先生提出了“谁使武松成名”的问题。他认为：“金圣叹对武都头的大捧特捧，固然增加了都头的不少声价，但要是没有金圣叹，武松的身份也还是很高的。”他接连举出了柳敬亭，还有更早的元人北杂剧《窄袖儿武松》《武松打虎》《武松大报仇》证明武松故事是老早就已经在民间流传着的了。

这完全是事实。我并不曾断定地说是由于金圣叹才使武松成名的。我的举出了金圣叹与毛声山，因为这两位的意见正可以作为封建时代文人意识的代表。而且我在后面又提出了武松是被“改造”了的英雄的看法。这正可以说明武松在最初的民间传说以及戏曲中间，是比较淳朴的，也更为可爱的。他的被塑造成今天的样子，如在“杀嫂”中间出现的那种样子，就正是“改造”的结果。

元曲中间的《武松大报仇》，那主题是放在与恶霸西门庆的斗争上的。可是在今天的舞台上又怎样呢？《狮子楼》不过两场武打，杀西门庆也只是简单的一刀。远不及杀嫂的过场繁复身段多样。很明显，就现有的“杀嫂”剧本说来，观众看对“淫妇”的惩罚的要求是远较复仇迫切的。这也就是已经被冲淡了、放在次要的地位了的斗争恶霸的场面还被允许在剧本中间存在的基本原因。

戴先生还提出了沈璟创作《义侠记》以后有着不敢使作品流传的顾忌（见高奕的《新传奇品》）。其实这种顾忌是不存在的。沈璟说过“此非盛世事”，当然，强调了斗争恶霸的主题，在晚明的时代里看来，自然“非盛世事”；不过冲淡了这一点，而把主要的场子放在“杀嫂”上以后，那就正是“盛世之事”了。

附带还有一点值得指出来。虽然因为故事的线索与布局的关系，《水浒传》与《金瓶梅》对武松的故事写法不同。然而《金瓶梅》的作者对问题的看法，无疑是较为深刻的。根据时代、社会的具体条件，像西门庆那样一个恶霸地头蛇，就不可能像《水浒传》所写那样容易地为武松所斗倒。西门庆之死于贪欲是比死于武松刀下有更多的可能的。

我们现在需要做的是对一个人物、一个传说做更细密与深刻的观察。从那演变中间，看出什么是原有的，什么是后加的；什么是人民喜爱的，什么是被歪曲了的。

武松就正是一个很好的批判的对象。

（一九五一年十一月四日）

关于丑角俊扮

不论是神话剧也好，社会剧也好，在遇到处理男女爱恋故事的时候，在旧戏中间，就往往把女方写得十分坚强，男方写得十分软弱。女的永远是站在斗争的最前面的，而男的总是委琐不堪、畏首畏尾。总而言之，女的是可爱的，而男的则是可厌恨的。

这种情况相当普遍。难道说过去的剧作家都是女权拥护者不成吗？大约也并不是的。

试以《白蛇传》为例。白娘子一爱上了许仙，她的情感就一直是专一的，与日俱深的。她一爱就爱到底。不管这中间她曾经遭受到封建势力的多少迫害，她不退缩，然而许仙却替她添上了更多的烦恼。许仙是动摇的，一会儿以为她是人，一会儿又相信她是妖怪，一会儿喜欢她，一会儿又怕她逃避她！充分表现了怯懦、多疑、动摇、自私的性格。在观众看来，似乎真会这样感到，白娘子对法海的生死斗争还远不及为了说服许仙花费的气力之大。她不怕法海，可是对许仙那种捧不起来的阿斗型的软骨头男人却实在有些束手无策了。

这难道会是偶然的吗？

《儿女英雄传》里面的安龙媒是怎样的一个脓包，他又怎样可以和十三妹并论呢？

再看一下描写犯罪的社会剧，如《双铃记》。当一对通奸的男女商议谋死亲夫的计划的时候，男方是屁滚尿流地想溜掉，而女的则凶狠异常，非执行到底不可！

这更不是偶然的。也更说明了一些旧写实主义的作者们并不是对女人有太多的好感，相反倒是有太多的憎恨的。然而他们的描写是有事实的根据的，有社会条件的基础的。那就是，在过去的社会中间，女人的地位是踩在男人脚下的，一点点保障也没有的。她们只要一经站起来奋斗，那就将是一场生死的搏斗，没有妥协的可能的。许仙如果逃避了，是仍旧可以成家立业的，过去与白蛇的一度发生关系对他是毫发无损的。于是他就在很多机会里想溜掉，想从斗争的队伍里开小差。

根据过去的“律法”，男女通奸，男的是罪不至死的，而女方则问题严重，被发现了以后就没有方法再做人，也就是不能再在这个社会上活下去了。这就是在许多情况之下，为什么女方的表现往往要远较男方坚强的基本原因。

这种存在于我们旧有的文学遗产中间的特点是特别值得重视、体会，而加以尊重的。

联系到《宝莲灯》，我觉得原作的基本精神也是逃不掉这个规律的。刘彦昌也就是被当作封建时代自私软弱的男人典型性格来处理的。

三圣母被压在华山下面以后，照旧路刘彦昌就续娶了王桂英，生下了秋儿。可是为了弥补刘彦昌的“冷酷无情”和“自私”的缺点，现在处理的时候就让他怀念圣母，卜居华阴，见山思情，宁愿不娶。这样的依照主观愿望处理人物的方法，必然地就不可能造成真实感。因为在旧社会里，这不是男人的典型的性格。

经过改编以后的刘彦昌，是不是就可爱了呢？回答也仍旧是“不”字。

他的一见泥像就题情诗的作风只能说明是旧知识分子的一种恶劣的作风，轻浮的表现。结婚以后仗着宝莲灯的法力糊里糊涂地过日子，一旦宝贝被盗，就逃下山去，丢下圣母一人受难。我们看不到这个人物的一点点斗争气息，这只是一个没有活气的消极人物，他只是“艳福不浅”，最初是圣母见爱，后来是儿子劈山。他的作为一个爱人，照我看是一点都不够格的。

在我们的历史剧创作中间，是存在着不少涂改历史人物或传说人物的面目，以求适合自己意图的例子的。阿甲同志最近在《人民日报》上发表的《评〈新大名府〉的反历史主义观点》一文，就指出了原作者把一个有着极深厚的反动正统思想的大地主卢俊义写成了“革命志士民族英雄”的严重的错误。我想这是值得我们警惕的。一个本来就不可爱的人物，非要把他写成可爱不可，这就往往会造成上述的这种错误。所以我们想这样提出，“丑角俊扮”应该是予以反对的一种作风。

（一九五一年十一月十四日）

论“二丑”

《准风月谈》中有一篇《二丑艺术》。鲁迅先生在这篇文章中谈到了浙东戏班里一种叫作“二花脸”的脚色——也就是题目中间所说的“二丑”。其实这和京戏中间的“二花”是两样的，这并不是窦尔墩与马武的流亚，其实却是汤勤蒋干之流——所谓“方巾丑”是也。

鲁迅先生说这种二丑“身份比小丑高，而性格却比小丑坏”。至于那特色，那有异于义仆与恶仆之点是，“没有义仆的愚笨，也没有恶仆的简单，他是智识阶级”。

蒋干不就是“智识阶级”吗？曹操开始的时候是很看得起他的。也因为这样才上了他的当。如果这只是一员裨将，一个保镖，对曹操讲来，倒是要比较安全得多的。汤裱褙仗了严世蕃的势力，陷害从前的主人，威胁同朝的寮属，“也懂些琴棋书画，也来得行令猜谜”，就更清晰地说明了那种特色。《打渔杀家》里的师爷，《金钱豹》中的“五百年前黄鼠狼”的傅保，《野猪林》中的富安也都是这一流人物。

鲁迅先生指出这种人物是“小百姓看透了这一种人，提出精华来，制定了的脚色”。戏班中间一定要将这种人物另划开来，成为别一类，应该是别有道理的。称之为“方巾丑”就已经很清楚地说明了那“智识阶级”的特点，还有一样特征是他必须说“中州韵”的白，不能随便说京白的。蒋干在群英会上遇见周瑜，见面周旋，就大讲其文绉绉的客套话，而这些话就大部分是从陈寿的《三国志》上搬下来的。“方巾丑”说得抑扬顿挫，一些都不感到不调和。汤勤也“写的是真草隶篆，画的是水墨丹青”，满口之乎者也，活画出那清客的面孔来。演这种“方巾丑”的也不是容易的事。一定要有些“书卷气”的才行。那道理也就在此。

鲁迅先生描写二丑之不同于其他的丑角的特色是“倚靠的是权门，凌蔑的是百姓，有谁被压迫了，他就来冷笑几声，畅快一下，有谁被陷害了，他又去吓唬一下，吆喝几声。不过他的态度又并不常常如此的，大抵一面又回过脸来，向台下的看客指出他公子的缺点，摇着头装起鬼脸道：你看这家伙，这回可要倒霉哩！”

这里所指出二丑绝对的自私而动摇的性格是很清楚的。

根据这里的看法来决定京戏中间“方巾丑”的特性也是丝丝入扣的。

在我们创造人物或处理既有的戏曲人物时，这个鲜明的看法也将是最有用的尺度。

（一九五一年十一月十九日）

关于也是园杂剧

最近从中国图书发行公司的廉价书中买到一册《孤本元明杂剧提要》，线装一册，三千元。是颇有用的一册书。

编者王季烈，字君九，苏州人，著有《螾庐曲谈》。是否仍在世，不可知。去年书贾买得他的藏书多种，大半是黄丕烈、汪阆源的旧藏本，已转卖给华东文化部了。悬想他的书藏中必尚有曲本不少，不过不知道书目，所以也还不能确说。这一册书虽然只是提要之作，然而其中也夹杂了不少编者自己的意见。而这些意见却往往有极端荒谬之处。像《女学士明讲春秋》一剧的提要后面就说："曲文东摭西拾，绝无胜处。且多不可通语。乃伶人笔墨，清常以为村学究之作，窃以为学究尚不至如此不通也。"对伶工的看不起是很显然的。书中类此的封建士大夫阶级思想的流露，还有很多。这大概也就是商务印书馆把它"卖完为止，绝不再版"的一大理由。不过如果抛开了这些荒谬的意见，它所记录的一百四十四种"孤本"元明杂剧的情节内容，对戏曲研究者说来，倒还不是没有用的。

所谓《孤本元明杂剧》是抗战中间在上海发现的。又称《也是园藏古今杂剧》，是明代大藏书家赵琦美所藏的戏曲。其中有明刻本，有明抄本，抄本多抄自明代内府及东阿于小谷。这批书后来归钱牧斋，又转归钱遵王，黄荛圃。三百年来，无人知之。抗战中忽然流出，为郑西谛所见，就买了下来。商务印书馆将其中的孤本百四十四种铅印行世。

到此书发现前为止，王国维《曲录》中间所著录的九百多种杂剧仍存人间的到底有多少，是不可知的。大约总在二百种左右而已。《也是园藏曲》发现之后，马上就平添了一百四十四种，真不可不谓之奇迹。在研究中国戏曲者说来，真是一大喜讯。不过我想，这二百四十四种戏曲，为什么会成了"孤本"了呢？这原因是不难想象的。内容平凡，写作不佳，大约是一大原因。蜕变成为其他戏曲形式保存下来，原本却失传了的也是有的。四百年来，中国的曲苑是丰富的。名作家与无名作者创作了不知道有多少戏曲，然而为群众所接受而流传下来的到底是少数，一大半倒是被淘汰了的。

这里的一百多种“孤本”，也就是淘汰下来的东西。因此，如果论艺术价值，是不会有怎样的了不起的。然而看看那情节，研究一下许多现存的戏曲的源流衍变，倒是有意义的。

根据粗略的统计，这中间三国戏比较算是最多，共有十八种；隋唐演义戏次之，有五种；水浒戏四种；杨家将戏四种；其余一两种的就多不胜计了。

现在只选几个例子在这里说说：

《刘夫人庆赏五侯宴》，明抄本，关汉卿撰。所演为李从珂与石敬塘、刘智远事，与《白兔记》相似，然而却又不同。最近关于杨绍萱所作的《新白兔记》的批评很不少，看一看这位元代大戏曲家是怎样处理这出戏的，应该也是有意义的事。

《黄鹤楼》，是颇流行的一出三国戏，然而这故事并不见于演义，到底是从什么地方衍化出来的，过去就一直弄不清楚。现在就发现了《刘玄德醉走黄鹤楼》，明抄，不著撰人。情节与今天所演的京戏是很像的。然而却出现了姜维，诸葛亮命他扮作渔翁，托言献鱼上楼，教给刘备两句话。这穿插倒是很奇特的，要比演义里的姜维早出场了若干年。

《梁山七虎闹铜台》，明抄本，不著撰人。所演为宋江赚卢俊义上山事。

与今天的《大名府》不同的是，卢俊义妻贾氏私通的不是家人而是卢的义弟李固。其余的情节大致上与今天所演的相同，不过法场的地名是铜台而已。

《二郎神锁齐天大圣》，明抄，不著撰人。内容与今天所演的《闹天宫》完全相同，可以看出这出戏的流传应该是很久远的了。照王季烈的批评，“此等神怪剧，排场最为热闹，曲文绝少胜处，仍伶工笔墨，无足取也”。我们却不这样看。正因为它是出之伶工之手的，所以才处处有生气，才把封建统治阶级的神圣不可侵犯的天宫搅得一塌糊涂。是出色的神话剧，不论士大夫怎样诽谤，也还是没有用的。人民还是喜爱它！

《保成公径赴渑池会》，明抄，元高文秀撰，即是《将相和》的远祖；《虎牢关三英战吕布》《关云长千里独行》《尉迟恭鞭打单雄信》《贤达妇龙门隐秀》（薛仁贵与柳迎春故事）、《八大王开诏救忠臣》（潘仁美与杨令公故事）、《杨六郎调兵破天阵》（即破洪州）……这许多都是我们耳熟能详的戏，如果我们找出那原本来比较一下，很可以看出那源流衍变来，是应该有很多可贵的发现的。

（一九五一年十一月二十六日）

关于神话剧

《大公报》十二月八日《周末影剧》版上有张篷舟先生一篇《再评京剧〈宝莲灯〉》，提到了关于《宝莲灯》（大众剧院上演的）的批评文字中的几种论点，加以指正，在他所举出的几个论点中，有些就是我的意见。因此，也就在这里解答一二。

他说：

> 有人又有这个论点：三圣母被压到沉香救母，剧情显然成了两截。这是没有根据的。白娘子被压到仕林祭塔不被认为“两截”，京剧《宝莲灯》当然还是“一根笋”的发展。三圣母既已被压，刘彦昌既然无能，沉香基于母子之爱，凭借他青年人的热情，排斥父亲含垢忍辱的做法，只身斗舅，取得胜利，这就是青年一代的精神，这就说明了“只有正在产生、正在发展的东西，才是不可战胜的”。“劈山救母”的故事，已为众所周知，不能去，也很难有别的办法处理。

我是曾经指出过《宝莲灯》的“两性之恋”与“亲子之爱”的纠缠不清的缺点的，我也指出过，这样就使这出神话剧的主题与基本精神成为两截。现在我还是这样看的。

“白娘子被压到仕林祭塔”当然不是“两截”，这只是狗尾续貂，是封建统治阶级对人民所创造又为人民所喜爱的神话故事的污蔑与删改，是一种“补偿”。

正因为《白蛇传》具有非常鲜明的反抗意识，“白娘子永镇雷峰塔”的悲剧的造成永远在人民大众的心里埋下了一个根，对封建统治阶级及其野蛮制度的深切仇恨的根。这在封建统治者看来是异常危险的，非加以拔除或消灭不可。于是就使许仕林来祭塔了，使这个“状元”一拜，遂救出了他的母亲。结果还是封建势力得胜，只有向封建势力低头才能获得原宥。如果把这个也认为是《白蛇传》传说的“一根笋”的发展，那是异常危险的，是完全丧失了对阶级敌人伪装的辨别能力了。

对“劈山救母”，我本来也怀疑过它是否也是一种补偿的问题，因为没有确定的论据，所以不曾提出来。现在就把这未成熟的意见在这里略说一下。

二郎神的劈山救母与沉香的劈山救母，在传说中间是完全相似的。这样，我就怀疑，是不是《宝莲灯》的作者硬拉了来的呢？而且二郎神劈山救母的传说见于《西游记》，是流传广远的；《宝莲灯》的传说——沉香劈山救母——迄今我们还不能找到它的最早的出处。单行的孤证，是很难以推倒流传有绪的传说的。

“训子、打堂”所描写的完全是“人间”，而“劈山”则又完全是“神话”。而沉香打死官保的故事，在传说中又是一种异常普遍的类型。姚刚打死郭太师，姚期绑子上殿，二十八宿上天台是一个；秦英钓鱼（淮剧）打死了西宫娘娘的父亲……又是一个……总之，这个类型的传说的源流也是很久远的。

是不是旧《宝莲灯》的剧作者把这样两个传说混为一谈了呢？

我在这里是不能下结论的，材料的缺乏使这个问题无法获得明确的解决。我只不过是借此机会把这两个疑问提了出来而已。

当然，“劈山救母”是不能去的。我也绝对未曾主张加以取消。因为这是现有的《宝莲灯》的精粹所在，也是整个戏的唯一具有鲜明的正确主题的所在。关于前半部戏的写刘彦昌与三圣母的恋爱，我始终认为是比较软弱的，没有真实感的，引不起观众对受着苦难的双方热烈的同情的。

因此，我仍然感到这发展是两截的。

张篷舟先生又说：

> 有人还有这个论点：《金山寺》《牛郎织女》都是男女双方或一方反抗封建势力，京剧《宝莲灯》却不是男女之恋而是亲子之爱。对的，这正是《宝莲灯》的特点之一。首先，《金山寺》既不等于《牛郎织女》，《宝莲灯》为什么必须等于《金山寺》《牛郎织女》呢？其次，仕林祭塔终于没有救出白娘子，而且还得凭借封建统治势力（状元）才能拜倒雷峰塔和母亲梦中一会；牛郎、织女更惨，必须在封建统治势力所规定的日期才能一会，远不及“劈山救母”的火炽战斗，用自己的力量打垮封建统治势力，一任所为，大有“闹天官”的气概，这难道还不是全国戏曲工作会议所指出的：“神话剧以丰富的想象和美丽的形象表现人间的斗争，应当加以宝贵。”

我并没有要求过《金山寺》必须等于《牛郎织女》，也没有要求过《宝莲灯》一定等于《金山寺》，不过既然它们都是神话剧，都是以要求婚姻自由为主题的神话剧，拿来比较一下，总还是可以的吧？

张先生所说的《宝莲灯》的“特点”之一，也就是我认为它的“缺点”之一。

“劈山救母”的积极的斗争精神自然应该肯定。不过因为前面所说的“两截”的道理，它的完整性就不免受到了损害。张先生认为《白蛇传》有缺点，就是误认了封建统治的篡改污蔑为“原本”为“一根笋”的缘故。他对《牛郎织女》的看法也是不妥的，也是误认了封建统治阶级的篡改与歪曲。这是《荆楚岁时记》的说法，马少波同志在《严肃对待整理神话剧的工作》一文中也已经明确地加以指出了。照我的看法，鹊桥相会是乌鹊们对牛郎织女的同情的表现，是原始神话传说最美丽的所在，而绝不是出诸什么天帝之流的“怜悯”。如果肯定了这“怜悯”，岂不是又把原有的反抗意识大大地打了一个折扣吗！

以下还有一点题外的闲文。

“哮天犬盗宝莲灯”这一场，曾经是聚讼纷纭之处。

本来的处理方式是很轻易地就被哮天犬把“神灯”取了下来，这不合情理。因为哮天犬本来是很畏惧这灯的。又有人把这灯象征为“光明”“政权”……那么轻易为犬手所取，就更不合理。

现在，张篷舟先生却用了很大的篇幅讨论哮天犬应否用“手”盗灯，说它“不应该有手”。又引了恩格斯的“从猿到人”的文章，认为如果不可能有“从狗到人”的事，那么哮天犬就不该用手盗灯。这样的讨论，照我看是有些近于浪费的。为什么又要用神话来生硬地解释“社会发展史”呢？我们刚反对过了反历史主义、主观主义与公式主义，现在却又要用“社会发展史”来说明神话现象了。

白蛇是一条蛇，连四肢都没有的，在神话剧中却可以舞剑。狗为什么不能用它的“手”呢？问题是在应该怎样来用而已。

（一九五一年十二月十日）

关于《红娘》

《红娘》是具有正确的“反封建婚姻制度”主题的戏，可是现在上演的京剧舞台本是有很多缺点的。同时这出戏又是很难表演的。尤难于主角“红娘”的是张生，如果弄不好，就简直下流恶劣，如果有人还不能体会端正舞台形象的重要性，我想可以请他去看一下目前上演的《红娘》。照我的经验，只有俞振飞是还能做较恰当的表现的，其余就很少有。最近我看过一次严逸之表演的张生，引起了我无上的厌恶。他的拿了棋盘跟在红娘后面所做的身段，不知道是什么。跳墙……两个屁股座子完全不能体会京剧舞蹈之好，像那一天的红娘在台上也“尥蹶子”过，这就是说好像马似的把后脚向外一踢。这个“身段”也是非常丑恶的。表现一个娇憨的少女生活中的小动作浓缩在舞蹈形式中时，像“尥蹶子”是应该取消的，因为这与歌剧的气氛是冲突的。我十分不了解，当“酬简”一出，红娘立在窗外的一场，现在的演员为什么竟将它体会成这样下流的。

根据《西厢》原本，红娘是极为天真的一个女孩子。她的同情张生与莺莺的恋爱，是完全从直爽而热情的个性出发的。虽然我们不好说她完全“情窦未开”，然而她在这中间表露的情感完全是友情，而绝无爱欲，是可以肯定的。

“立苍苔把绣鞋儿冰透!”就是“把绣鞋儿冰透”，她是在等候莺莺，等着送她回去。她在发牢骚只是因为自己担着惊恐，挨冻无聊，是一个孩子的牢骚与不满。然而有些演员就以为暗场是在“酬简”，所以在明场的红娘就一定得想入非非做出最无聊与歪曲的表演不可。这实在是不可容忍的。我想，现在京戏《红娘》的主要的缺点应该是在这里。

编剧者企图写红娘，特别这出戏是为荀慧生编的，于是就不能不走《花田错》的路子。然而因为《西厢》故事的限制，这里的主角就不可能完全由红娘担负。

在《花田错》里，小姐与卞机几乎都是木偶，只有春兰一个人才是主角，是推动整个局面的人。然而《西厢》就不然。这里主动的还是张生。从“借厢”开始一直到结末，没有一段情节是可以割弃的，只有到了“拷红”一场，才是红娘的正戏。现在的“红娘”也事实上包括了整个的《西厢》的情节。可是又要把红娘处处突出了来写，这是结构松散的主因，也是容易把红娘的性格歪曲了的主要原因。

中国过去的文艺作品，写到恋爱，总是缚手缚脚的。所谓小姐大抵都是“木头”。稍有些生气的女人，不是娼妓就是女将以及“山寇之女”“市井女流”之属，丫环也比较自由些。《西厢记》里的莺莺也难逃此“劫”，然而她总算“大胆”了。传书递简，月夜听琴，终于照着自己的意愿选择了配偶。这本来就是个“奇迹”，照陈寅恪先生的考证，《会真记》原是有其真实的本事的，也就是元微之自己的故事。那结局并不是现存《西厢记》的大团圆，而是张生（也就是元稹）始乱终弃了双文。原因是元微之得第以后，就婚高门，而耻于承认自己与出身寒微的双文的旧关系。于是作小说以“忏情”，其实主要的原因是在唐朝特别浓重的封建阀阅观念。

莺莺也只可能是寒门之女，否则以相府千金的身份，她也不会有那么“大胆”。什么崔相国云云全是元微之造出来的。

这样一看，这个故事是基本上就存在着漏洞的。事实上元稹与崔徽是中表，而崔家又很穷，其间本来并无容许红娘存在的间隙。红娘这人物是元稹加出来的，是把崔徽的身份提高以后，弥补她不可能表现的固有性格的替身。那么在今天的舞台上，依旧会引起观众许多错综的看法也是无怪的了。

这样，《西厢记》就只能是一个传奇式的故事，而红娘也只能是一个传奇式的人物。

（一九五一年十二月十二日）

金锁记

程砚秋先生的杰作《金锁记》，最近演出的时候，在结尾地方有了部分的修改。取消了《六月雪》的旧名，却在《金锁记》之下附注了《窦娥冤》字样，这是这出戏最古的旧名。这是最典型的中国古典悲剧之一，是元代伟大戏剧作家关汉卿的作品，是最能表现那个黑暗时代人民生活与思想感情的杰作。数百年来一直流传演唱不衰，不是没有道理的。中国的封建社会的长期停滞，是这样的戏曲长久流传的基本原因。统治方式与人民苦难虽有程度上的差异，然而戏曲本身的情感基调却是一直与群众的情感合拍的。

关汉卿的作品极多（六十五本），然而今存者不过十四本——而《感天动地窦娥冤》即是其中之一。据《录鬼簿》所记，他是大都人，官太医院尹。在他的作品中间，除了一部分是“历史剧”之外，最成功的即是写社会问题的作品。这也就是他所以不朽的原因。在元代统治者统治之下，社会上被分成了四个等级。关汉卿是汉人，是属于仅胜于南人的一个阶层。他虽然做着医官，然而对统治阶级践踏、蹂躏人民的种种血泪冤情，也只有眼睁睁地看着的份儿。

这一点是很重要的。在追索他的创作动机上讲是必须了解的。同时这也就解答了为什么元曲会得到那样大规模的发展，又为什么在元曲中间，“公案剧”占着最大的比重的原因。

在这些“公案剧”当中，包公案占着绝大的比例。像今天在波兰还在上演的《包待制智勘灰阑记》即是其中之一。

《陈州放粮》《乌盆计》（原名《玎玎珰珰盆儿鬼》）就都是的。值得注意的是，这些戏都并非凭空构想的，大半是真人真事。甚至当时有人还利用过戏曲来揭发、宣传、呼吁一件冤案。这样，不管目的是在泄愤、寄托幻想……元代的公案剧是人民苦难生活的表露，是有相当程度的现实主义风格的作品，总是可以肯定的。

据《曲海总目提要》，关汉卿原作的情节与后来的改本是有些差异的。那是说窦娥婚后两年，丈夫即病死，娥守节奉姑。张驴儿父子因救蔡婆而入蔡宅。张老欲妻蔡婆，驴儿欲妻窦娥，俱未成就。后因蔡婆病，驴儿遂进下了毒药的羊羹。结果死的是张老。以下的情节是差不多的。娥行刑时，“血逆流似白练，六月飞霜。死后，楚州大旱，赤地三年”。后养父为两淮廉访使，娥魂诉冤，覆谳前案，遂得平反。

改为《金锁记》的是谁，就不知道了。情节是完全相同的，不过后来窦娥未死，结局是大团圆的。窦娥的丈夫蔡昌宗项上挂着金锁，乳名锁儿。所以戏名《金锁记》。

如果拿改本与关汉卿原本的情节对照一下，是可以看出那衍变的痕迹来的。最初创作的动机只是为了暴露、控诉，所以情节是比较最接近真实的。后来流传渐广，在技巧上逐渐加工，于是反而削弱了真实性。昌宗覆舟以后，又添上了进入龙宫，与海龙王第三女少娥成亲的波折。

虽然经过了很多次的修改衍化，从今天的演出上看，它依旧是保留着很多精彩的地方的。首先，可以提出那关于元代黑暗的统治阶层的刻画来。

（一九五二年一月十三日）

乔玄的问题

乔玄，即乔国老，是出现在《龙凤呈祥》中的人物。

在演义小说与戏曲里，他在东吴是以孙权与周瑜的岳父身份出现的一位老臣，与孙权的母亲吴国太本来都不是参与政治的人物。然而在《甘露寺》里剧作者却把这两位扯了出来混进孙刘二家勾心斗角的斗争里去。那么，根据他们的身份与当时实际的情况，就一定会把他们处理成喜剧人物了，这几乎是必然的。

《龙凤呈祥》本身是一个喜剧，而且是一出上乘的喜剧。它所表现的是一个政治问题，不过特别强调使用了喜剧的手法。因为这是一出历史剧，我们就不能不揭开原有的喜剧面目来看一下当时的政治情势。而在这样的场合，我觉得，有的地方是可以用不到斤斤计较的，不过碰到关键人物的处理，却还是应该紧紧抓住，不能放松的。

孙权的母亲吴国太，照《三国志》中《吴志》的《吴夫人传》所记，她是“薨于建安七年”的。而戏上的孙刘联姻则在赤壁之役以后，那么，这位老太太是不可能在甘露寺里相亲的了。

再说甘露寺，据郭若虚《图画见闻志》，“唐李德裕于润州建功德佛寺，曰甘露寺”。那么相亲的时候，寺还没有造咧。

如果这样斤斤计较，这出戏的人物地点就都发生了问题。作为历史剧来看时，那么《甘露寺》根本就不可能成立了。如果要用这样的方式来检查旧有的戏曲，十出有九出里就都会存在着同样的问题，是走不通的。

什么是有关原则性的“关键人物”处理的问题呢？

这在《龙凤呈祥》中也是最典型的。整个的戏是使用了两个喜剧人物来跃动着的。如果没有了这两个人物，整个的戏就要陷入瘫痪状态了。这两个人物就是乔玄与鲁肃。一个是前半部戏的灵魂，一个是后半部戏的线索。这两个人物都被处理作颇有些愚蠢然而基本上是正直的人物。观众的同情还是被控制着放在他们的身上的。出现在他们周围的都是动作紧张而有着高度的警觉性的人物，一方面在集中全力来进行一个政治阴谋，另一方面则设法钻对方的空子。在这样紧张的场合下面如果要使剧情的发展不过分严肃，就不能不用这样的人物在中间调剂。

作者的这种企图不只在乔玄鲁肃身上表现着，更明显的是周瑜孙权的处理。这两个角色一个是东吴的国主，一个是掌管军权的将帅，在历史上也都说明了是非常精明干练的人物。然而在《甘露寺》中，孙权却与老迈的乔玄斗口，而且强调得几乎已经近于儿戏了。周瑜则不只在《龙凤呈祥》中，在其余的“三国戏”中也被写成年少使气、缺乏大将风度的人物的。那位准备刺杀刘备的东吴大将贾化，更是十足地丑化了的。在这许多地方，我们都可以看得很清楚，作者的意图是在写一部喜剧，而且是先有了一定的主观爱憎以后才开始塑造人物的。作为历史剧来衡量，实在是勉强得很的。

上次说乔玄的问题，牵涉到《龙凤呈祥》。这出戏每逢春节戏班里大抵是要演它几场的。不只是春节，就是在平常有大规模的义务戏的时候，也往往要演它。那原因除了因为它是一出“群戏”，可以使很多角色在一起演出之外，也还为了它的名字好。而且，照我的看法，这戏的喜剧本质也是一个最基本的原因。

在前面我已经这样说过，这是一出上乘的喜剧，也希望能保留它的原来的形态的。不过，关于乔玄这个人物的被安排成为喜剧的关键人物，因而弄得不伦不类的一点，倒是应该纠正的。提起《龙凤呈祥》，如果追溯一下那来源，恐怕与关汉卿所撰《关大王单刀会》杂剧是有血缘关系的。这戏分四折，第一折是孙权与鲁肃谋夺荆州，乔国老谏阻；第二折鲁肃问取荆之策于司马德操；第三折关羽接到了鲁肃的请帖；第四折则是单刀赴会。

从这里可以看出，刘备的过江招亲与关羽的单刀赴会原来是一个模型里塑出来的。至少我们也可以看出这两者之间存在着血缘关系。

皮黄中间又有一出《乔府求计》，就是综合了《单刀会》第一二两折所成。把司马德操改成了乔公（名松山）。这恐怕就是今本《龙凤呈祥》开始时刘备过访乔玄的原始形态。

关于乔玄，在《三国志》中都说他是桥玄。《周瑜传》：

“桥公二女，孙策纳大桥，瑜纳小桥。”《魏志》《武帝纪》：“梁国桥玄器异太祖。”注云：“玄字公祖，严明有才略，长于人物。”(《续汉书》)

从这些记载上看来，可见乔玄是颇有才略的人物，并不是尸位素餐之流，《汉纪》还说他“家乏产业，世称名臣”。那么，今本《龙凤呈祥》中受贿贪污的那些描写应该是可以更动的。同时他的力主联刘拒曹的决策，既然已经是关汉卿老早就已经提了出来的。那么，为什么不可以就把他着力写成一个正面参与政治的人物呢？为什么一定要把他写成为了接受了礼物才替刘备讲话的无聊的人物呢？

我想，即使原剧的诙谐场面是构成喜剧的重要因素，那也不是正常的、低级的趣味。加以割舍是不足惜的。

去年梅剧团在汉口演出时，邓主任子恢看完《龙凤呈祥》就提出过乔玄的性格处理问题，我以为这个意见是值得注意的，而且在这戏的源流上，也是有足够的论据的。

(署名赵令仪)

关于《一丈青扈三娘》的处理

言慧珠剧团这一次上演的新戏《一丈青扈三娘》，是根据老戏《扈家庄》和《水浒传》的情节改编的。老戏《扈家庄》是一出单纯的武旦戏，没有什么曲折的情节，而且那重点又是放在是矮子的“王矮虎”和扈三娘这样一位女将交手时的特殊武打表演上的。不但没有什么意义，在舞台形象上讲也是很恶劣的。现在把王英解放了，使他站直了身子，而且由丑角改为生角，并且企图比较细腻地处理一丈青这个人物，这样的企图是可以了解而且也是值得欢迎的。

我从前曾经谈起过，《水浒传》对女性人物的处理是一贯地存在着严重的缺点的。我们很难在这部书里发现正面的充满了不屈不挠的斗争意志的女性，在作者笔下最活跃生动的人物都是一些被迫害与摧残的女性，而且多半是不适当地夸大了她们的落后的一面的。固然，我们不能不承认这中间有着部分历史的真实，然而这样无批判的现实主义的手法在今天看来总是不能完全使人满意的。

《水浒传》中也曾经处理过一些女英雄的，然而在这方面，成绩却并不好。像一丈青扈三娘、顾大嫂、母夜叉……这些人物，在基调上与男英雄并无多大区别，只不过让她们穿上了女装成为“女将”而已。可见作者是并没有企图在女将们的性格上努力刻画的。这自然也是很大的缺陷。现在企图使这些女将的性格更为明朗而丰富，给中国古代的女性创造几个优美的人物，使水浒戏中不永远只由潘金莲、潘巧云这些受着迫害的女性出场，这样的企图自然也是值得欢迎的。

现在既然要根据《水浒》原著的线索发展地来创造扈三娘这个人物，就不能不对原文有所取舍，有所增减。在这方面我们承认戏曲工作者是有他们的自由的。然而必须肯定一点，对原著所曾经赋予这个人物的主要的轮廓是必须重视的。如扈三娘，是扈家庄扈太公的女儿，是一个地主家庭的小姐，这是她的出身。根据《水浒》原著，一丈青开始是坚决地站在与梁山英雄敌对的阵线上的，她的整个的活动也就只有在这里比较仔细地写过，等她被林冲擒上山寨以后，这个人物就变成木偶了。只是由宋太公认为义女，由宋江许配给王英。这一切是完全由旁人做主的，她自己从来没有发过言、表示过意见。怎样在这样的基础上创造、丰富这个人物，的确是比较困难的课题。

由于扈三娘出身的限制，我以为，这个人物是不可能作为完全没有缺陷的正面人物来处理的。比如她的许配给祝彪为妻，而且早晚要娶的事实是由《水浒传》交代得很清楚的。现在，要使她反对这门亲事，应该用怎样的理由呢？

现在在舞台上我们所看到的是，因为扈三娘认为祝彪并非好人，一贯欺压良善，才拒绝嫁给他，这样的理由是不适当的。扈三娘自己的父亲就是一个大地主，就一直在结交官府欺压农民，她难道就没有反感吗？为什么只是对祝彪的行为不满呢？

同样，在处理她归降的场面时也是非常困难的。梁山好汉中不是没有地主官僚出身的人物，然而这些人物的上山却是经过非常曲折的过程的。大地主卢俊义的上山，就是一个非常明显的例子。军师吴用想尽了种种方法，断了他的归路，他还是坚决不肯聚义，一直到从法场上救他出来，才不得已地入了伙。对卢俊义这个人物的刻画，是相当深入的。然而《水浒》对扈三娘的归降，却一点都没有写，好像女人就一点都没有思想，只是由人摆布的。现在要体会她的性格，琢磨她思想斗争的过程，以及她的终于归降的客观条件是相当繁复的一个课题。

现在我们所看到的舞台上的处理，我以为基本上是正确的，不过还有仔细琢磨与修改的必要。

她与梁山之间存在着的“家仇”——由于李逵杀了扈家满门而且火烧庄院——是她归顺与否的一个主要的关键，她一定要为这个“家仇”而对梁山切恨，可是也还是为了这个才断了她的归路，她已经失去了再做一个地主家庭小姐的一切依据。

怎样很好地使用这个关键，正是剧情发展的重要环节。

我们可以假定扈三娘是一个幼稚、天真、好胜、固执而且受了很深的旧礼教影响的女孩子，然而本质上还是比较善良的，虽然出身于地主家庭，倒还不是剥削成性的不可救药的人物。

她被擒上山，并且听说全家死尽的消息以后的心情是异常灰暗的。是什么使她投降的呢？

我以为主要的应该描写新的环境给她的影响。编导在这方面很花费了一些心血，而且安排得很经济很有变化。不过这些还不够明确，梁山的义气使她感动，可是这义气只表现在众头领为王英求情上却还是狭窄的，“晓以大义”不能只是劝她“替天行道”这样一句话，必须更具体地写。

至于她与王英的关系，照现在的这种写法是为了“大团圆”的结局所安排的。是可以使用的。不过必须强调，她们二人并不是在阵上一见钟情的，所以近似“虹霓关”的那种表演是不应有的。她对王英的感情，还只能在“大义”的基础上建立起来。王英是可以主动地向她做很多说服工作的，而且也是可以放在爱恋的基础上的。不过扈三娘却必须保持她高傲而颇为封建的性格。她是先为梁山的新作风所感动的，其次，才是她对王英的感情。

扈三娘的转变，只能在已经失去了地主家庭的一切凭依以后，绝端灰心失望之余，看到了新事物，从而逐渐重新树立起生活的意志来，才可以转变过来。

（一九五一——一九五二年

《新民晚报》，署名赵令仪）

消极与积极

在《大公报》的“星期影剧”上，看到了布谷先生的《戏曲舞台形象问题讨论》。仔细地拜读了。布谷先生是要和我与方滢先生商榷的。可是那文章里，口气十分明确，有的地方我的立论被认为“很持平，是可以同意的”。有的地方就是“是不对的”“不客观的”……又似乎已成定论。没有了商榷的余地与必要了。因此，我现在这里所说的，只是把被曲解与误会的地方申明一下，同时也要指出我们立论不同的基本差异来。

整篇文章值得提出来的地方极多。这里先想拈出最重要的一点来加以说明。那就是对戏改的看法的积极与消极、主动与被动的分野。

最适宜于说明这个的例子就是文章结尾地方的“阴曹地

府”的问题。

关于“阴曹地府”，在我的前文里是分明地指了出来，说这是反动统治阶级愚弄与恐吓人民的工具。和《乱弹及其他》中所说是相同的。不过对这问题的处理方式，我的意见却与布谷先生的有了差别。

布谷先生的意见，是把“阴曹地府”从舞台上抹去，使人民不再看到此种“形象”，于是就达成了教育人民的目的了。而我的意见却正好相反，正因为“几千年的封建统治，使阴曹地府的恐怖幻象在人民的脑海里埋根太深”（布谷先生原文），正因为“一贯道这些反动的迷信组织还待彻底肃清，‘顺政国皇帝’案件发生了还没有好久”，我们现在应该做的是怎样用最好的方法，在舞台上面对此种“形象”加以打击，加以说明和教育，这样，才可以与“教育劳动人民改造劳动人民的思想这一任务密切结合”（日丹诺夫于一九三四年八月十七日在第一次全苏联作家代表大会上演说）。这是主动的积极的，我以为肃清一贯道之类的组织与影响，不是只靠人民警察就能奏全功的。非要有戏曲工作者以至整体文艺工作者的合作不可的。

如果只是不提，那几千年来深植的毒根怎样拔去呢？等它自己掉下来不成？从前有个州官，因为自己的名字中有个“登”字，就禁止老百姓说灯，“点灯”就只许说“放火”。这是最不聪明最不合理的方法——避讳。现在却要在舞台上避起讳来，这种消极的被动的做法，我觉得是确有加以澄清的必要的。

论蹊蹻，那就稍有不同。正因为现在已经没有人再记起缠足了。所以我是主张废蹻的。因为它已经失去教育人民的作用了。可是“阴曹地府”到现在还有人在相信，因此，就不能一废了之。

旧戏中间的那些大闹天官大闹地府之类的戏，不但可以保留，而且应该照中央文化部京剧研究院那样把它的意识更明确起来。而反迷信的戏，也应该多多创作才是。《探阴山》固然不够明确，不过还是在封建时代的作品，而且是由艺人苦心孤诣地赋予了一点讽刺的味道的（我已经在前文里指出来了）。我并不主张将此戏解禁，我想做的不过是指出那一向被忽略了的隐伏着的一点意义，而这意义却正是被愚弄与恐吓的人民的反击，是有透露出来的必要的。

（一九五一年二月二十八日《新民晚报》）

辫子与跪拜

布谷先生的文章中说，“黄裳和方滢都把‘辫子’绝对地单纯地认为仅是一个习惯的问题，这是不对的”。

我现在要郑重声明，我并未“把辫子绝对地单纯地认为仅是一个习惯的问题”。这是不对的。商榷的态度应该郑重，像这样莫须有的压下一顶大帽子来，而随即断定了“这是不对的”，是不免要落空的。

我仔细看了布谷先生的文章以后，还是不能不这样感到，跪拜的出现，是有很多场合的。劳动人民向封建统治阶级的跪拜，是一些，而并非是全部。在《江汉渔歌》中间，赵观的母亲给汉奸杀死了，他发现了以后就一直跪拜着扑到尸身上去，而且还做出了与“拉下”相同的动作。这就不能归入“侮辱”性中间，是很明显的事实。

而且有许多反对帝王与地主的迫害的戏，如果舞台上没有跪拜，没有劳动人民被迫害的描写，那又怎样能激起观众的愤怒呢？

至于布谷先生根据了我的“唐朝喝茶还是跪着的”就加以考证，拖出了一条《老学庵笔记》，马上就下了这样的结论，“因此搬演宋代以晚的历史剧更不应该随便就跪拜”。好像是说，搬演宋代以前的历史剧就可以比较应该随便跪拜的了。这样的考证的运用是不中用的，因为即使是搬演开天辟地时候的戏，如非必要，也没有大跪而特拜的道理。

我写过“杨四郎过关见娘，长跪不起，大唱特唱……”就又被认为是“小小的谬误”，而且还特别解释了“长跪”的定义。其实我这里本来是用了一句成语，“长跪不起”，这中间自然就有了它的既定的意义，与“大唱特唱”是并没有特别的关涉的。布谷先生因为“大唱特唱”，而断定我不懂“长跪”的本义，那是关注得过分了。像这样的小问题，本来可以不谈，不过既然被“咬文嚼字”地理解了，也就不得不“咬文嚼字”地回答。

（一九五一年三月一日《新民晚报》）

旧戏新谈

跷功

昨天华东文化部戏曲改进处召开了一次座谈会，讨论“戏曲舞台形象问题”。检讨了几种认为不好的“舞台形象”。第一个就是代表“小脚”的“跷功”。

这的确是一种不好的东西。因为它在舞台上表现了中国历史上的一种不好的制度。封建时代男人压迫残害女人的制度，是应该予以废除的。

这个问题还可以深入一点来看。“踩跷”是描写小脚，是事实。“踩跷”特别能达成“身段之美”，也是事实。一位观众，看一位花旦表演，他的注意力有百分之多少是集中在“身段”上的，还有若干是专看那“木头的小脚”的也是应该注意的事实。同时，对“美”的欣赏的问题，也是很细致的一种研究项目。如果一定要肯定劳动人民不喜欢“弱不禁风”（其实“弱不禁风”是并不能代表中国舞台上传统的女性舞蹈之美的）的那种“美”，只有资产阶级才会欣赏也是问题。杨贵妃之所以被唐明皇宠爱，一般的说法，是因为她的“环肥”。这与“燕瘦”同为中国古美人的两种美的典型，也因为资产阶级的文人学士所屡屡称道，后来简直有点弄得肉麻了，更是普遍的事实。

有一个最重要的事实，即是中国传统的女性的舞蹈（现在是说歌剧里的舞蹈）几乎完全是表现轻灵婉妙的姿态的。这自然也是一种“偏差”，因为我们至今还看不到太多表现女性的雄壮的舞姿的表演，甚至武旦也身姿婷婷。如杜甫所艳称的那种公孙大娘剑舞，只能在诗人的句子中还可以想象到一些。这实在是值得遗憾的事。在唐朝，中国的女性，是还不缺乏健康美的形象，现身于舞台或别的表演场合的，可是后来就逐渐消失了。被公认为最美丽的舞蹈剧，如梅兰芳先生的《醉酒》《游园》，那就完全是表演着柔婉的女性美的。当然梅先生没有“木头的小脚”，可是就“美”的范畴讲，他的身段美，就是意图由“跷功”造成的那一种。——而且根据梅先生的舞台生活回忆，他的美丽的身段的来源是由于“跷功”的。

说到这里，问题似乎可以有一点眉目了。

（一）“木头的小脚”在舞台上出现，是完全没有必要的。

（二）表现新时代新女性的健康美的舞姿，应该积极地创造，可是传统的表现女性的柔婉之美（并不是“弱不禁风”，而且似乎也可以说是女性的特点）的舞蹈艺术，也是应该保存的。而且应该积极地研究、记录那种训练的方法的。现在的艺人，只靠“木头的小脚”来造成这种身段美，已经是颇为拙劣的方法了。如果干脆就去掉了这块木头，在舞台上就难免会造成更为僵硬的身段。怎样抛弃旧的方法、创造新的方法来保持中国舞台上的珍贵遗产，才是最主要的课题。因为“跷”只是一块木头，要扔掉是最简单的事。何况是久已有了定论，早晚一定要扔掉的呢。

（一九五一年二月一日《文汇报》）

跪拜

跪拜，并不像“跷”那样的成为问题。而且也并不具有同样的分量。这和作揖、让座、整冠、捋须、上马、饮酒……一样，都是一种动作程式。

在《戏曲报》上，陶雄同志举出来的几个例子，都是牵涉到思想问题上去的。那可议之点，是在思想上，而不在动作上。

像《御碑亭》里的“男儿膝下有黄金，岂肯低头拜妇人”，那是反动的思想在作怪。杨延辉所跪的不也是妇人佘太君吗？可见“跪”的本身并无决定作用，那成问题的却是为什么要跪，跪谁，怎样跪而已。

提到“拉下”，倒跟“小脚”有关系。陶雄同志介绍“拉下”的表演方法是：“一男一女互相挽臂，男人用‘碎步’，女人跪着用‘膝行’，有节奏地、齐一地，向着同一方向走去。”为什么要这样做呢？因为古时女人都是“弓鞋窄小、寸步难行”的。在平常，作为男人的玩物，在深宅大院之中固然没有问题，一遇到急事或逃难，那就惨了。怎样表演这“惨”呢？就用“拉下”。那原意并不是朝山进香，非跪着走不可，是很清楚的事实。

《天齐庙》里包拯说：“她若受得起老夫一拜，定是真皇后；她若受不起老夫一拜，再将她拿下……”想用这种方法判断瞎老太婆的身份，自然是迷信。这也是思想问题，与一拜无关。

杨四郎过关见娘，长跪不起，大唱特唱，好像也没有侮辱性存在。

这是中国古时的一种习用的动作。夫妇相见，抱头痛哭也跪下。拜把子，也跪下。拜寿……有很多机会都要跪下。甚至于唐朝喝茶还是跪着喝的。现在没有这种习惯了，自然觉得有点那个，至于是否侮辱性的动作，是还值得研究的。

（一九五一年二月二日《文汇报》）

关于恐怖和残酷

其次，舞台上的形象问题就轮到了恐怖与残酷。这倒是值得注意的一个问题。

关于这一点，我以为是一个表现的问题，而并非道具问题，正如恐怖与残酷这两个字眼一般。主要的问题在残酷，由于残酷才造成了恐怖。其实它们并不是截然两事。

因此，我们应该反对的，就是那许多反人民的不合理的残酷表现。像《斩经堂》里吴汉将自己的妻子杀了来吃的场面，无论他要达到的是怎样的目的，是都非得坚决反对不可的。《审头刺汤》里存在着的问题也是奴才要替主子死的那种“伦理”，至于审头的时候，台上的那几个红布包的假人头，倒并不重要。艺术家要造成效果，着重的地方在事件发生前后的气氛，而并不在于事件的本身，即是同样的道理。文天祥与赵一曼的例子即是。

最现实的一个例子，我记得的就是裘盛戎演出的《铡美案》。那最后一场戏是将陈世美脱光了上衣，只穿一条红裤，放在铡口里。一声令下，但见陈世美的双腿乱战，恐怖极了，其实是残酷极了。这样的场面是不必要的，应该反对的。

有些地方，为了暴露反动统治阶级的罪恶，就不能不采取适当限度的描摹。这也是有必要的。正如希特勒的杀人厂，我们出席和大的代表们就要写得非常仔细而动人，这其实并非是“虐待狂”，是很明显的事。《宝莲灯》里的秋儿，被秦老太师痛打，观众的同情是很分明的。即使秦老太师有怎样的“哀鸣”，也还是没有用。他那一副标准的乡宦劣绅面孔是涂抹不掉的。

至于《翠屏山》杀山时潘巧云的“乌龙绕柱”，与《战宛城》中邹氏的同样的表演，那就是纯粹的“虐待狂”的表现。和骑木驴之类的刑法的作用是相同的。主要的问题并不在惩罚一个女人（该不该罚是另一问题），而在怎样让她死得痛苦而兼“香艳”，满足一下变态心理。这样的功夫，即使如何了不起，也只有“割爱”了。

（一九五一年二月五日《文汇报》“磁力”）

脸谱

从小听戏就喜欢大花脸。不知如何，总觉得他们的脸比起一些满脸脂粉、俊得非常的小生和武生还要可爱得多。这感情到现在为止还是未变的。这是很有趣味的问题。

以窦尔墩为例。他的脸谱可以说是“荒谬绝伦”了吧？事实上也绝不可能有这样的脸子的。然而在群众的心目中，窦寨主是英雄，没有人觉得他是草鸡毛。如果反动统治阶级真是用了彩笔在他脸上胡画一通，加以侮辱的话，那可真是收到了相反的效果，愚不可及了。

我们现在所接触到的是既成的“脸谱”。它的发源，演变，是还没有人做过系统的研究的。脸谱自然与性格有关系；可是，决定性格的，决定观众的爱憎的却不是它。它发展到今天，是已经成为一种美术的制作了。

对一个初次踏进舞台的观众，这情况是两样的。正如坐在台下，“坐寨”开场，一掀帘，“呀！怎么会这么一种怪样子！”这是难免存在着的感情。如果马上离座而去，那么，反动统治者成功了，他侮蔑了英雄。可是如果看完戏才走，我想，这位观众是一定会对小白脸的黄天霸更为蔑视的，却并不看不起我们的窦寨主。

同样，甚至尤有甚焉者，我们对武天虬濮天雕的脸谱也不讨厌，甚至于还很欢喜。

包公脸上的月牙，是表现他会“过阴”。姜维脸上的太极图与公孙胜脸上的八卦都表示他们的“通阴阳”。那根源全是神话。包公的“过阴”，是人民对这位公正无私的官的期望，他在阳间无法解决的问题，会到阴间去寻求解决。此一愿望是素朴的。至于阴曹地府的刀山血海，那才是反动统治阶级给人民准备下来的镇压资料——是迷信。这中间我以为是有区别的。不幸在阴间，判官也照样贪私，这才又是人民对这种恐吓的无情的讽刺与反击。还是请包公给铡了。

包公脸上的月牙的根源，我本来也是不知道的。后来是从什么书上才看得来。现在能知道此种“典故”的观众我想也是很少的。只觉得他黑得可爱而已。包公如果净化，自然也可以。满脸黑色，又未免太有伤于艺术的美。像他那样身份自然也很应该是一位老生。我又实在不能想象俊扮以后的包公是怎样的情景。

公孙胜这种次要的、性格不太突出的角色，脸谱问题是不关重要的。可是作为一个典型人物的包公，我以为他仍旧应该是那个黑脸月牙儿，让他还保存了在神话中间的特色吧。

（一九五一年二月十二日）

孙悟空

昨天谈到包公的脸谱，因此而又多少对此一问题深究了一下，于是就又牵涉到迷信与神话里去了。

地狱阴曹地府，刀山油锅，这些为反动的统治阶级造了出来恐吓人民镇压人民的东西不成问题是迷信。强调这些的戏，如滑油山之类即是要不得的迷信戏，可是这些东西到了人民的眼睛里是怎样的呢？是不值一笑的。不但阴曹地府而已，就连那玉皇大帝也一样。

这里就使我联想起一部产生在明朝中叶的伟大的神话小说——《西游记》。作者创造了一个美猴王。这个美猴王真是自由极了。他使用一条金箍棒，把天官和地狱、龙官，都打遍了。拆穿了这一切纸老虎的假面具。我坚决地相信，这里是有一种反抗的意识存在的。绝不是凭空忽做奇想的结果。

至于后来终于还不得不降伏于如来佛与观世音之手，那是佛教思想的关系，是一种时代的限制，然而却不能因此而否定了别的一切。

在孙悟空的棒下的天兵天将、廿八宿、龙王敖广、十殿阎罗是怎样的角色呢？一群愚蠢、低能的废物而已。

在这种场合之下，把一切反动的迷信尽量嘲笑的情况之下，我们就不能不认为这实在是很好的神话。牛头马面这一切都没有关系，因为它们再也吓不倒谁，只是丑角而已。

要描写一个丑角，只给他涂上白鼻子，是拙笨的形式主义的手法。用活生生的情节形象化地指出来，虽然狠恶异常，实际却是草包一个，那才是好手法。《打渔杀家》中的教师爷不涂白粉，却无害于他是一个最大的丑角。也就是一个好例。

在孙悟空的棒下，这一切魔鬼（玉皇也是魔鬼之一）就都成了丑角。这是我们不能不肯定孙悟空为一个天才的创造的大原因。也就是我们不能不肯定一些由他主演的戏为好的神话戏的原因。

戏里不妨有地狱，只看对地狱怎样处理。正如我们今天写文章，用到“抗美援朝”，里面也不妨使用“美”字一样。不能因为美帝的关系，一见“美”字就否定了所有的文章也。

（一九五一年二月十三日）

清查仓库

前几天接连写了几段关于中国旧戏舞台上形象问题的小文，是看了陶雄同志的文章以后的零碎的感想。所接触的也是一些枝节的问题。那基本的精神，现在还应该再申明一下，是应该放在发扬新爱国主义的基础上的。

正因为我们现在要发扬新爱国主义的精神，所以要对在中国舞台上保留下来的一些形象加以核定，加以净化。这是非常正确的。因为我们不愿意一些丑化中国人民的形象再在今天的舞台上存在。这是大家一致的要求。

这问题是不简单的。好有一比，就好像清查一座积年累积下来的大仓库。这个仓库是几千年来中国人民的精神食粮的大积累。我们现在要查的是有关戏曲的一个角落，这个角落里积累历史，起码也有一两千年了。自然这里面有很多腐烂了的，生虫了的，要不得的东西，这都是要被清除的目标。清查人员的眼目必须明亮，要明察秋毫，要看出那大大小小的缺点来。可是他也必须有超强的鉴别力，有分辨真伪的本领。这样才不致贻误，不会把有用的、甚至是很好的东西一起扔进垃圾堆里。

因为这个仓库是几千年来中国的劳动人民智慧的积累，我们不能不慎重，不能随随便便地加以处理。

在鉴别的时候，有很多似是而非的地方，是最容易使观者迷惑的。这样的例子，已经发生过不止一两次。我们是有了相当多的教训的。最值得记起来的就是“迷信与神话”的问题。像《白蛇传》，初看是会很自然地被认为“迷信”的。可是现在却已经肯定了这是一出很好的神话戏。在争辩过程中，很自然地就产生了一种经验，这经验是值得记取的，可以用来鉴别其他的戏。

其次，如《醉酒》。一向是被认为“诲淫”的，被认为描写夸耀帝王生活的豪华富丽的。然而，这却是一出暴露宫廷的丑恶的戏。而加以“净化”以后，留下的就完全是最好的歌舞场面。那一些淫猥的动作，就好像落在镜面上的浮尘一样，只要一拂拭，就消失了。因为那只是下流的妄人所加，根本与戏的本身结合不起来的。一个“贵妃”——专制王朝的第一号女性奴隶，是不可能那样下作的。这样的描写是根本站不住的。

如果因为镜面上的浮尘，把镜子都打碎，自然是不智的事。

在做清查的工作当中，免不了错误，更免不了争论。这些都不是浪费，也都是有意义的，只要我们能好好利用那艰苦得来的经验与教训。

（一九五一年二月十五日《新民晚报》）

两条路

在去年全国戏工会议上，程砚秋先生提出过一点意见。他说希望今后创作新剧本的同志们在剧本上注明一句，这戏是希望用新形式来演还是走老路，这样可以避免很多演出上的麻烦。

我觉得这句话是很值得注意的。因为这是一位实际的舞台工作者所提出的。他们是内行，是演出的执行者，他们在业务上遇到过许多技术上的问题，这些问题都是坐在屋里创作剧本或写剧评的人所不了解的。要想行得通，不致一切都只是空谈，戏曲工作者的话是有听取的价值的。

我是听李瑞来同志传达了这句话的。李同志又特别替我解释说所谓新形式并不就是话剧，他极力提起我的注意，不要误会。我想我是不会误会的。

供舞台所演出的连台本戏《水泊梁山》，在某一意义上说，即是一种新形式。这自然并非话剧，可是也不是旧的纯粹的歌剧了。这中间是有分野的。

粗略地讲，分野的地方可以分作这几方面来说：（一）故事性加浓了，故事的交待方法细腻了，与旧手法不同了；（二）灯光布景的表演手法与一块守旧的老样子不同了；（三）有很多新的东西加进去了。而这些，无疑地是在走一条新路的。

目前存在着很多论争。如果弄清楚了这一点，是都可以不成为问题的。

还是举一些实例来说明罢。

纯粹的旧戏的幕，就只是单纯的一堂守旧，没有一点点布景的。再旧的不知道，明朝的舞台即是如此了。《金瓶梅》的插图里的演戏场面就可以帮助我们了解传统的中国舞剧的舞台情况。那只是一条毯子铺在房子中央，演戏的人就在上面做戏，四周围是看戏者的桌子。

正因为是如此简单的一种“舞台装置”，所以演员就无法不在歌声与舞姿方面用功夫，正是必然的事。

这情况一直继续着，一直发展到有了舞台，有了幕。可是那基本的情况还是不曾改变的。演员的努力方向，就一直朝歌舞方面发展下去。

这自然是值得宝贵的遗产，可是也不能不在许多方面感到，它的束缚性是相当大的。为了勇敢地提出新的思想，创造新的形象，我们就无法不突破这许多旧的束缚。在这许多方面，我以为戏曲工作者是应该大胆地创作的。

《水泊梁山》的成就也就在这里。

（一九五一年二月二十六日《文汇报》“磁力”）

略论“弱不禁风”

“弱不禁风”这四个字，本是陶雄先生原文中所有，我是借了来用过，而且说明了“其实弱不禁风是并不能代表中国舞台上传统的女性舞蹈之美的”。布谷先生抹煞了这一点，而专在“弱不禁风”四个字上做文章，拖出了什么《琅嬛记》，肯定了“弱不禁风”与“踩跷”以至于“游园”的连锁的命运，肯定了这“不是抒写劳动人民的感情，而且劳动人民也不一定能充分欣赏……”这问题就大了。

虽然布谷先生的文章写得异常曲折婉转，语气上也很留了一些余地，然而那主要的命题是灼然如见的。并不是我在这里断章取义地曲解，布谷先生为了取得废跷的“坚实的理论基础”，非要否定了这一切不可，否则就不会有“说服力”，他特别强调了这一点。

这里就引起了两个论题：

（一）劳动人民到底是不是欣赏，也就是到底需要不需要中国传统的女性的舞蹈？

（二）代表了传统的中国女性舞蹈之美的，是不是就是陶雄、布谷二先生所谓的“弱不禁风”和“填鸭”式的女人？

关于第一点，是有关整个京戏形式的存在问题的。如果劳动人民不能欣赏，当然也就不再需要。那么，在考虑新歌剧的创作与旧歌剧的保存上就都没有再重视那一套传统的舞蹈的理由，甚至为了当前的与长远的劳动人民的利益，我们必须抛弃这一套旧形式。这是根据布谷先生的论法，必然会得到的结论。

据我的粗略的经验与认识，出现在中国舞台上的女性的舞蹈、动作，无论是京戏、越剧、川戏……大抵都是属于一个范畴里面的。那基本的形式是相同的。为了方便，为了熟习，我们不妨用梅兰芳先生的《醉酒》《游园》《断桥》……这些戏来代表，从走台步的姿势开始，一拜，一坐，一个抖袖，一个转身，一颦一笑，以至于卧鱼，云手，衔杯……可以说没有一点不是轻灵婉妙的，表现女性的柔婉之美的。——也就是布谷先生所认为“弱不禁风”的。而且这些身段的来源，有许多是一定要靠腰腿上的功夫的。据梅兰芳先生的自述，他的这些腰腿功夫，是得力于早年所练习的跷功的。

这样的传统，在中国舞台上已经延续了将近一千年。（从明代的剧作里，就已经可以肯定那形式的形成了。）在这么长的一段时期中间，观众是一直接受着而且欣赏着这一套的。我无法断定这许多爱好者中间有没有劳动人民，不过有一点却可以肯定。皇帝与封建统治阶级是有数的，大约仅占劳动人民的几千万分之一吧？他们的能力与需要，至多也不过维持一个“南府”，几个京班……而已。而大量的劳动人民，却那么“自愿”地去“欣赏”自己所不能完全欣赏与理解的东西，这实在是一个“奇迹”。

梅兰芳先生今天仍然拥有着大量的观众。如果根据布谷先生的论断，不知道这中间果真有几个是劳动人民？而且，这些观众真是像布谷先生所想象的那么“愚蠢”，那么“盲目的凑热闹”，那么疯狂地去欣赏自己所不能完全了解与欣赏的东西吗？

这并非吹毛求疵地理解一个论点。因为这个前提如果不解决，那么我们的工作就无法进行了。在今天我们还记录、学习、研究一些老伶工的经验心得，这些工作的根据是无法确定的了。这就是我在这里企图诚恳地提出这个问题来的原因。

（一九五一年三月六日《文汇报》）

“弱不禁风”之二

现在我们就要谈到第二个问题，“代表了传统的中国女性舞蹈之美的”是不是就是陶雄、布谷两先生所谓“弱不禁风”和“填鸭”式的女人了。

“填鸭”的说法，似乎并不能说明“环肥”成为典型的道理。照我看，这还是时代审美观的问题。在现存的古画中间，如敦煌壁画所描绘的唐代女像，流传下来的唐制女俑，两晋南北朝时代制作的云冈造像，可以说都是描绘的健壮的女性。牟益的《捣衣图》，所画的在劳作着的女性，也都是丰容盛鬋的。她们自然并非“填鸭”，也不是帝王的玩物，可是却也被当作美的形象给描绘下来。

这样，我在上文里说过，中国古代的女性美，是不缺乏健康美的形象的。可惜这风气后来转变了。像“公孙大娘剑舞”那样的舞蹈，我们现在看不到了。

被公认为古美人的《西厢记》里的崔莺莺，大概是可以有资格被当作“弱不禁风”的人物的了。然而据我们现在所能看到的几种明刊附图本的《西厢记》，那“崔孃遗照”就是个胖胖的女人。而这正是“宋书院待诏陈居中摹”的。可以证明在宋朝，对这样一位传奇里的女主角的看法，还是肥腴而非瘦弱的。

陈老连，一位晚明的名画家。（他的时代距今不过三百多年，正是昆曲盛行的时代。）也一向是被认为文人画的典型作者的。他所画的西厢人物，就都是腴美的而并非纤弱的。

至于崔莺莺是不是“填鸭”呢？也不是的。陈寅恪先生的《元白诗笺证稿》里，分析了元稹的《会真记》，断定了元稹的离双文而婚韦氏是“弃寒族之双文，而婚高门之韦氏”。元微之认为双文的阀望不够，于是才始乱终弃了的。自然她也并不是锦衣玉食被供养着的小姐。

这一切说明了什么呢？这说明了不只是瘦弱可以被认为美，肥腴也可以被认为美的。而且还可以让我们推想出来，有名的中国古典歌剧《西厢》，那里面的人物——特别是女性，是柔婉的，却不是“弱不禁风”的。（据今存明刊插图本《西厢记》，如王凤洲李卓吾评本，张深之本，都可以说明此一事实。）我们不能不指出一点，舞剧、舞蹈的动作是会有部分的夸张的。最显著的例子，如《醉酒》中间的“衔杯”，杨玉环弯了腰去衔两位太监手中所捧的酒杯。这是不可能出现于日常生活之中的。然而在舞剧里却可以存在，可以作为形容一个人醉后的姿态夸张写法而存在。

准此，一切京剧中间存在的舞蹈姿态，特别是女性的，都是为了表现女性天生的柔婉的一面而形象化了、夸张地表现了的。一个好演员是会恰如其分地表现出这些特点来的。（过分了的即是丑恶，如《西施》里，东施那个丑旦所做的就是。）正如武生为了表现他身体的刚强和气魄的勇敢，要亮靴底，要抬起比平常人高得多的腿。这都是不大近乎人情的，因为这是舞蹈。盖叫天的美绝人寰的“走边”，也是不近人情的。哪里有什么人夜间行路还那么跳跳蹿蹿的呢？

关于“踩跷”的看法，我主张废跷，但是却要注意怎样保持那些舞剧的身段美，布谷先生的看法，是废跷，同时也要掘掉“跷功”的根源，打破那些舞蹈的形象美的概念。这是主要的分野。

如果劳动人民真的不需要不欣赏这一切了的话，那我的论点当然就失去了依据，而且上面所说的也就成为废话了。

（一九五一年三月十二日《文汇报》）

论真实

这里所提出的是一点零碎的感想。

在一次座谈会中，有几位同志又提到《打渔杀家》。有一场戏被提了出来。在杀家一场，桂英随在父亲的身后，正巧遇见了教师爷。教师爷问萧恩：“身后何人?”萧恩就用身体加以隐蔽。

有一位同志说，这一个身段说明了萧恩仍旧存在着旧观念，不让女儿抛头露面。不如改去为是。另一位同志说，桂英本是一位了不起的女英雄，为什么还要让她躲躲闪闪的，应该冲出去才是。

大意如此。如果有细节上的出入，那是要由我来负责的。后面那一位同志还特别强调说，萧恩这个老英雄，应该写得他如生龙活虎一般，公堂下跪，过江求情都不该有，那么才可以显出他是一个完整的英雄人物来。

这里我的看法多少有些两样。萧恩隐蔽桂英，我看并不是怕女儿抛头露面，而是怕她手执一刀，年少不经事，露出了马脚。杀家之时，不是还要用献上宝珠，耳目甚众，两厢退下的一些手法吗？这说明了萧恩是机警非凡的，而并非粗莽成性的。

关于《打渔杀家》，半年前我写过一篇长文，仔细分析它的结构与情调。不知道是否正确。我说明了萧恩归隐江湖之后，性格上是应该有些转变的。他本来准备妥协，妥协不成，更遭压迫，才激起了反抗的决心。这样写，才更有力；这样写，才更为靠近历史的真实，才真是现实主义的手法。如果说因为萧恩是一个英雄，那就得一贯英雄下去，那么，不用几次讨饶，一开头就杀起来了。这将是一出不到二十分钟的全武行表演的武剧，而不是《打渔杀家》了。

谨陈拙见，就正于关心此戏的同志们。

（一九五一年三月十三日）

论争的小结

最近接连对舞台形象问题做过一些讨论，我个人的意见已经详细地在几篇文章里说过了，在这里不预备再加以重复，也不预备再多加申述了。不过还有一些余意，想说一说。

首先，我想先声明，我对许多问题的看法，是大抵基于现在的客观条件而发的。我是企图由一些具体的情况，通过戏改的方针，达到一个结论而成立的。这和布谷、陶雄先生等的先抓住了一个大原则，然后就一个个地寻找与这个原则有关涉的个体，没有照顾客观情况，一起始就使用主观的处理办法处分的方式是有着基本上的差异的。

以中国旧戏的舞蹈而论：我指出了健康的女性舞，如公孙大娘剑器舞是曾经存在过的，不过后来失传了。我们现在应该积极地想法创造这样的表现女性的健康美的舞姿。同时，数百年来一直是旦角的身段与步法的典型的、表演柔婉之美的舞姿，也是有它的美的价值的，也是有它的美的根源的，而且也绝非就是由布谷、陶雄两位所派定了的“弱不禁风”的。是应该受到重视的，不能武断地主观地加以毁弃的。

可是布谷先生不管这些，把这都归入“病态”类中，而且武断地说我是“要求女性往‘柔婉’的路上走，认为柔婉才是女性在生活上或舞台上本有的或应有的特点或优点，就是否定了女性本质上的健康的一面”。同时布谷先生还要肯定《游园》的舞姿绝非中国舞蹈的优点；而且还送来了一顶“机械的客观主义”的大帽子。

我想，这样讨论下去，是不会有什么收获的。在每一个论题中间，布谷先生都使用这样的方法，曲解、栽赃……我不想多浪费篇幅仔细举这样的例子了，因为这是举不胜举的。

此外，布谷先生就又要“总结”了。号召大家学习他的辩论方法，他要求旁人“反省”，是不是在他的“影响”下面“提高”了，“改正了错误的观点”了；如果还有和他不一致的见解，就必须追求何以没有“搞通”？最后，他就又搬出了更大的帽子，引用了鲁迅先生的话，认为别人是“帝国主义的奴才”。我写到这里真不禁要失笑，真亏他有此雅兴，与“帝国主义的奴才”讨论。

我总算又受了一次教训，遇见了这样的“批评家”，浪费了如许笔墨。于是，我声明，我不预备再讨论下去了。

（布谷先生的文章散见《大公报》“星期影剧”与《戏曲报》，特此附记。）

（一九五一年三月二十三日《文汇报》）

泗州城

《泗州城》，又名《虹桥赠珠》，是一出武旦戏。戏情所发生的时代，是假定在上古三代的“夏”。所根据的是一本叫作《梼杌闲评》的笔记小说，完全是一种传说，并没有历史根据的。不过在旧戏当中，故事发生的时代仅次于许由的《洗耳记》，算是很早的了。

故事虽然荒诞不经，不过那传说却相当长远。近见明嘉靖己亥刊本陈霆的《两山墨谈》，其中也有一段讲到这个故事。

“泗州龟山寺前，有巨井，大铁索满其内。余尝泊舟山麓，登寺眺览。命左右戏引，将百丈而不竭，井中有声蓬蓬然，惧而命止。寺僧及土人皆云，昔大圣降伏水母，锁之井中。索，其旧物也。后会泗州太守张君锡，讯其事。张云，弘治末年，岁大旱，淮水清浅。龟山居人，或见铁索亘河底，然以其神物无敢动也。予记岳渎经云，禹得涡河水神巫支祈，锁之龟山之下，淮乃安流。今世俗所谓大圣降水母，岂即此事而后人传误耶？为别有说也。但禹锁支祈于山麓水中，唐时犹有钓者，掣见此物。今河底铁锁疑为故物。井中所有，则在山顶。理势迥不通，得无后人因前事而伪设欤！抑桑海变更，水洲涨与山一，或井中别有窍道，与外河通贯欤！（按，朱子《楚辞辩证》云，昔传僧伽降伏支祈，事无稽据。）”

陈霆的研究，在现在看来是不免有些可笑的，然而却也有他的价值。他提供了几点可珍的资料，使我们知道，大圣降水母的故事在明朝初叶，弘正之间就已经在民间盛传着了。这比《西游记》的创作时代还要早，应该是当日流传民间的许多孙悟空的传说之一。而这故事的源流，远在宋代就有了，不过那时是一个“僧伽”降伏了“支祈”，还不是“大圣”降伏了“水母”。至于巫支祈之为涡河的水神，被治水的大禹给锁在了龟山之下，则更是早期的神话。我们相信，禹不管是不是一条虫，但总是在远古时代为中华民族克服了水患的英雄，人民对他是感谢的。在全国各处都有纪念他的庙宇、遗迹和神话。这里，就是代表了他克服了水患使其不能再为害人民的主题的神话的解说。

其次，是到了明朝正嘉之际，泗州龟山寺还有那么一口井和铁锁……虽然陈霆的故事的真实性不敢确定，有那么一个“古迹”的事，总是可能的。

现在我们来看一下这个故事后来逐渐“人情化”的过程。

这个故事的发展，和《白蛇传》颇有相似之处。白蛇和水母都曾经是为“婚姻自由”而斗争过的，都遇上了不争气的封建气味十足的不可救药的出卖了高贵的爱情的恋爱对象。都曾经为了这事而发起大水，企图报复，结果也都失败了。一个被压在雷峰塔下，一个被锁在井里。只是金山寺的传说，远不及“泗州城”的长远而已。

“泗州城”的故事是这样的。

水母住在泗州城的虹桥之下。看见泗州太守的儿子时延芳青年美貌，就将他设法摄进水宫去成婚。婚筵醉寝，这位少爷却偷了水母胸前的避水珠破水而逃。水母醒后大怒，水淹了泗州城。后来又是观音菩萨派了孙大圣来将她收伏了，把铁链子给她吞了下去。

这是与《白蛇传》有相同的为婚姻自由而斗争的意义的。不过这里的故事发生时没有白蛇与许仙的那么自然，和金钱豹一样一阵旋风就把对方卷了回去了。可是这里是女方抢来了男方，这在封建时代男子中心的社会里，却不能不说是别有意义的。而且，民间传说可能还更为曲折而复杂，不是像戏里的那么简单，更加上后来演戏多半从水母兴师开始，完全是一派武打的场面，前面的一段是大抵不演了。这样，观众就大多不十分清楚这整个的故事。

这是一个很有兴趣的问题，也是值得我们研究的问题。尽管封建礼教的压迫是如此严重，在民间，这样具有强烈的反抗性的故事还是流传得非常广远的。这就充分地说明了在人民的历史中间的斗争的气息。有那么许多大大小小的农民革命，也有那么许多反抗礼教的传说，这是可以衬托出整个历史的活生生的面目来的。一方面是实际斗争的战线，一方面就是思想斗争的战线。实际斗争往往被残酷的反动统治者用最凶狠的手段压制下去了；可是这些小故事却往往借了荒诞不经的传说故事的外衣而保存下来。虽然也逃不掉统治者的迫害，有雷峰塔和铁锁链那样拙劣而公式化的结尾，算是封建统治者最后终于获得了“胜利”。其实人民所欣赏的，却总是那故事的发生与发展，压制尽管你压制，传说却永久活在那里。

而且，那些被拿来当作统治者镇压“反叛”的工具的齐天大圣、二郎神、天兵天将……在民间的传说里，他们的性格也并不是如所预期那样单纯的，他们往往也有着复杂而矛盾的性格。像孙悟空，就是永远受着紧箍咒的气恼的。他的本性，是并不愿意替唐僧打扫妖魔铺平道路的。他有着正义感，和一切不平的现象战斗着。

就是标准的统治阶级的奴隶或偶像，如观世音的坐骑和老君的青牛，下凡作乱，经过主子的申斥，也就可以免了是非，连孙悟空也无可奈何。就更是反动统治者内部的矛盾的最好的表露；这，我在几年前谈“金钱豹”时，就已经提出来过的，现在就在这里重复一下。

（一九五一年三月二十九日）

花荡

《花荡》，现在大抵都叫作《芦花荡》，是附在《甘露寺》《回荆州》后面的一折戏。也就是《龙凤呈祥》的尾巴。故事是说张飞奉了孔明将令，前去接招亲的刘备回来，在芦花荡口等候，接着了兄嫂以后，又好好地教训了周瑜一顿，然后收兵回去。

这出戏已经是乱弹了。特别是在前面增加了《闯帐》一场，就很巧妙地将原来是《草庐记》中间的一折拿了过来。跟《群英会》《借东风》之后的赵云接应一场的格局是相同的。不过显然地可以看出，这两个例子的分量并不是同等的，而且差得很远。赵云接应不过是两场过场戏，而《芦花荡》则是一个完整的可以单独存在的，在戏报上要特别提出来的一折。

虽然已经是乱弹了，可是还依旧保存了昆曲的精华。这是一个特别值得举出来的典型，是最繁复最美丽的舞蹈场面的代表作。“起霸”的身段如此丰富，好像也只有在昆曲里才有。（这里张飞的起霸，俗称“蝴蝶霸”。）很难在乱弹的戏里找出同样的例子来。比较可以使人联想起来的是“吹腔”“金钱豹”，那里并没有起霸，而是金钱豹等三位妖怪急急风出场后上桌子念定场诗。虽然也有着很雄浑的气势，不过是不能和《花荡》相提并论的。

《草庐记》，有明金陵唐氏富春堂刊本，藏北京图书馆，没有看见过。《集成曲谱》里也有这“花荡”一折。程砚秋先生收藏了一个乾隆间耕心堂抄本，是工尺锣鼓身段谱。大概是艺人自己抄好备用的。这样的谱是非常珍贵的。它不但保存了原词，而且还指明了装束、道具、锣鼓、身段、工尺，等于是一个完整的舞台面的忠实的记录。现在全国都先后有了戏曲研究院，我觉得像这样的资料的收集和利用是必要而且急需的。在二百年前，没有录音的设备，没有摄影的方便，艺人们就用笔记了下来。虽然这个“谱”在“外行”看来是不大容易了解的，可是也还是值得介绍的。因为这还是恰好地记录了舞台上的整体的。

我们现在转录一段，根据的是《剧学月刊》二卷一期的校注本。

扎巾、草帽、月白汗巾绕跨衣、内衬红披挂红裤甲裙、外打腰裙绻膀、跨鞋、咱炮（就是裹腿）。

四小军领直转、净直冲左上、小腾步、起右手望、左手勒须起右足于后、即随众转式左右手甩、左转身于左下角、小军立下一条边、净冲右上、小腾步、左手望式、右勒须、起右足于后、左三倒手、至中对正、下双手反拿式，念。

草笠（右倒手至左上角，身侧对右上。右手撮式起，左手垂撮捉左手于后）。“长搜头”。芒鞋渔父妆。（双手推于左腰叉斜走至右上。）“锣二记”，豹头（对右双手做大圈子，右转身连甩右手至右下角）。环眼气轩昂（气字对左上，右全手托起，左倒手至中）。“三记”，跨下千里乌雅马（勒马势，从左边小转至中，去缰式）。“锣二记”，蛇矛（对左拍手，左足绕右足，甩出右手托枪式，从左边半转至正上）。“长搜头”，丈八（丈字对右边托枪式，身登）。世无双（对正上双手拉开）。

这里只是关于四句诗的念法、身段、锣鼓的记录，还没有工尺。然而就是在这戋戋四句之中，在舞台上只是几分钟的表演，就可以分明地看出了那繁复的舞姿之美来了。你可以想象，张飞穿了紧身短衣，头戴草笠，打裹腿，脚穿草鞋(当然是布的)。在台上一边念一边舞的活生生的姿态，粗豪，妩媚，都混合成为一个整体了。

底下我们抄两句他的道白，而省略了身段。

“俺张飞。奉军师将令，着俺带领三千人马，掩在那芦花荡口，擒拿那周瑜。只教俺活活的擒他下马，又教俺不要杀害。”

在这里，“掩”字下面有五记锣，“芦花荡口”的地方，他要远望，他要左右看顾，“活活的”要走圆场，“下马”以后要做出摔人下马的样子。“不要杀害”之后，要站在当中，双手大摊，表示无可奈何。我想这不但只是舞蹈之美，而且是将表情也加了进去的。说明的成分非常浓重，观众不单听了念白，看了动作，而且在动作之中也充分领略了张飞的个性与当时的心情。我想，把这样的表演看作很好的现实生活的提炼，大概是可以的。而且，从这中间学习中国歌剧的舞蹈的艺术法则，也是一条可以采取的路吧。

（一九五一年四月十二日）

翠屏山

在书店里看见一大批稿本，有诗有文有试帖，我都不感兴趣。翻来翻去，在这中间居然发现了一本《日下梨园百咏》的原稿。实在觉得高兴。这是一百首试帖诗，每首咏一出戏，是很有名的小册子，清末在北京天津就已经有石印本在流行着了。我也没有见过那石印本，只在别人的文章中看到过摘录的几首原诗。

《日下梨园百咏》题“钱塘醉薇居士戏作”。现在根据别的稿本知道作者的真名是张兴烈。这一本小册子我觉得在某几方面有点意义，它咏了一百出戏，而且在戏名下刊出演员姓名来，这可以帮助我们了解同光之间的京戏剧坛状况。而这一百出戏里，有很多是已经绝响歌坛了的。如《闯山》《变羊》《穷欢乐》《玉玲珑》《落园》《杀皮》《滚灯》《思志诚》等都是。

其次，作者虽然用的是试帖诗的体裁，可是因为描写的能力很不差，于是在这中间又很包括了一些戏文的情况，也有助于了解。

再有，它也发表了议论，而这议论则是标准士大夫的议论，更可以看出当时一般人的欣赏态度，这在研究京戏在它发展的最高峰状态的时代背景上也大有用处。

现在，我想介绍一首《翠屏山》。那四位演员是杨桂云、颖华桂凤、谭金福、马德子。第三位就是谭鑫培，是为大家所熟知的。诗云：

此婢来何狡，深窥主母情。闺中奸计设，座后笑容迎。壮士穷途耻，痴翁诳语明。人心多变幻，妇舌惯纷争。又报花双蒂，相逢月一更。案无金鸭影，门有木鱼声。红袖甘同死，青山不鉴诚。怜他伶俐甚，血泪惨交撄。

从这首五言八韵诗中间，可以看出来，作者否定了潘巧云和迎儿，对石秀的作为，却是分明地寄予同情的。但是后面却又觉得惨死于“壮士”刀下的淫妇，有些可怜了。

这正可以表示出这出戏的难以处理。听说有很多从事戏改工作的同志们讨论到这出戏，就都很难得出结论来。我想那原因大抵也与这里咏的相差不远。

（一九五〇年十月十八日《文汇报》“磁力”）

从盖叫天进京说起

全国戏曲工作会议今天在北京开幕。在这个会议里，出席的代表们是从全国每个地区每个剧种中产生出来的，也包括了执行戏改工作的同志们。这个会议的重要性，我不想在这里多说。总之，人民大众的精神食粮供应问题，得到了这样的重视，被当作如此重大的一件工作来做，这事实是空前的。真可以说，是开了、而且很好地开了一种新的风气。

在这样的号召之下，有很多新的动人的事例发生了。有时候谈一件具体的例子是比较能够更容易看出一些新的迹象来的。现在我想就张英杰（盖叫天）先生赴京参加会议并做表演的事，提出来一说。

盖叫天，这个名字在江南是非常响亮的，可以说是南方武生的“宗匠”——代表者。可是在北方，大家就对他感到陌生。他有三十年没有到北方去了。这是一位身怀绝艺的演员。他的个性是相当孤僻的。有几件事可以提出来一说。他演戏时“恕不谢幕”，牌子挂在台口，无论观众多么希望他走出来，看一下他的本来面目，给他些衷心的赞颂，他还是保持着这样的态度，从不谢幕。

他永远是独自挑班，即使与别人合作，他也一定十分重视自己的戏，一定要放在大轴子上。他也很少收学生，好像很少听说谁是“家传”。他对自己的艺术看得非常严肃，不只是忠于这艺术，而且还透着非凡的自我欣赏。

这就造成了大家对他的一种印象，觉得他似乎是不免“孤僻”的。

是什么造成了这种“孤僻”的性格的呢？原因很多。总括起来说，戏剧圈里的旧制度旧作风……都是最大的原因。再用一个生动的例子来说明吧，在解放以后，他从杭州到上海来，上海的武行同志们开会欢迎他。在会上，他讲了话，他——六十岁的老人，被称为铁硬的武松的表演者——哭了。

他为什么哭呢？这中间有无限的辛酸，也有更多的被解放了获得自由了、被尊重了的欣喜之情。这位老人开始改变了他的孤僻的性格。

前两三个月，上海举行救灾义演，我去看他的《大名府一箭仇史文恭》。同座的还有马少波、陆万美诸同志。《史文恭》是他的名作，代表作，是百看不厌的。我们都满意极了，满园子的观众都满意极了。

他的髯口功夫，他的腰腿功夫，他的眼神，最重要的是统一了这些的他的整个的气魄。我曾经如此想，是不是只有很少人才会欣赏的呢？这些是不是已经成为僵化的“宫廷艺术”了呢？不是，绝不是的，他的髯口一挥，鸾带一踢，天然的美感，把从三层楼开始，整园子的观众的神经都刺激起来了。我在锣鼓之外，听到了节奏更为优美的彩声。

我直感地觉得这是最能与人民感情合拍的一种舞剧。

戏后我们到后台去看他。天热极，他赤了膊，穿着红彩裤，光头，小个子，跟他握手的时候，我真想不到这位矮小的老人，就是在台上凛如天人的、有那样气魄的人物。

他用手拧起肋下的肉，说："老了，胖了，不行了。"

我说不出话来。我只是说着拙笨的对他的表演称赞的话。我还几次表示了我的意见，我说："您的这些身段，实在应该留下一份纪录片。更应该给广大的人民多看看。"这位老人的诚朴的风格很使我感动了。

其实，他虽然住在杭州湖上，他并不是一个隐士。我看得出他的炯炯双眸里满含着的激动的光彩。

他在南方演唱多年，然而他的技艺中却有着明显的北方的传统。从他的表演上看，很容易可以看出俞派的风格。杨小楼死去，尚和玉退隐，他已经是中国武生唯一的典型。短打戏，是唯一的宗匠了。

他去开会了。他要说出一些长久郁积在心里的话，他要为新的戏曲的创造，提一些可贵的意见。他去表演了，让北方的群众能看到他三十年来苦心创造出来的舞剧成绩。事实上，泯灭了"京""海"的痕迹。

从这位老人的行动里，我们很可以看出一年来戏改政策与工作所达到的成果。

（一九五〇年十一月二十七日）

典范的演出

——记京剧前辈艺人大义演

京剧界前辈艺人们这两天在人民大舞台举行盛大的捐献义演。盛况空前，轰动了大量的观众。我们觉得，这一次义演的政治意义是应该特别予以好好地估计的。已经不能仅从戏剧本身的作用加以衡量。场子里面以及场子外面的无数观众，都接受了远较从舞台上所能接受的多得多的感动与启发。

在艺术成就上，这一台演出也让我们认识了更新的东西。

通常，我们可以常常听见“宝刀不老”这样的或类似的词句，用来作为对老艺人的称赞之词，这自然是很对的。就这两天的戏来说，像七十四岁的老艺人郭蝶仙先生，演《坐楼杀媳》的阎惜姣，他使出那么许多繁复的身段来，他还摔了屁股座子，这不是“老艺人不老”是什么？七十多岁的老先生，干净利落地摔坐在地上，这不是简单的事。

赵如泉老先生，七十岁了。一人身赶双出，先是《坐楼》中间的宋公明，后是《芦花荡》里的张飞。宋公明在刺杀阎惜姣的时候，一个抢背，干净利落极了，使观众不能相信这表演者是七十岁的老人。

《英雄比武》，挂了白满的苗胜春老先生，是不折不扣的一位老英雄了。你看他和应宝莲老先生所饰的桃花浪子韩秀最后纠缠在一起时的情景，两位的表情，两位创造出来的紧张气氛，那没有几十年的功力是出不来的。韩秀最后的受挫，愧悔，是从心里出来的。后辈演员必须学习这样表演的规律与方法。

《朱砂痣》，绝响剧坛有几十年了。当年孙派的名剧，若干年来继起无人，因为这是一出不易讨俏的戏，要靠层层叠叠的唱腔表现层次分明的情感。筱兰英老先生在这里显示了前辈的风范。可以领略得出她若干年前所积累下来的经验体会，她这次是重新整理过而加以有系统的表现的。生疏了，可是更容易使观众看出那安排动作，培植情绪的方法来。

我们从许多脱离舞台生活若干年的老艺人的表演里，可以这样地领略出他们的经验的累积，这说明了什么呢？这说明了我们可以向他们学习的东西是无可比拟的。

大轴子《龙凤呈祥》，多少年来一直是最典型的群戏，最花团锦簇的群戏，有明艳的红花也必不可缺少绿叶的戏。现在这出《龙凤呈祥》，就是这样的一出完整的、配搭得异常紧凑的、铢两悉称的群戏。这里，我们看见的老艺人，是一直坚持了舞台生活几十年的。他们有着那样高度的熟练，炉火纯青了。摸不出棱角，只会使观众感到高度的感官上的愉悦而几乎无从提示那精彩的处所。在这里，我想我们经常使用的“老艺人不老”这样的话语是不够的了，这只是消极的说法，在这里，只是“不老”不能公平地评判那成就。似乎应该这样说，到今天，坚持了数十年以后的今天，他们摸到了那表演上的最高的境界。这才是真正值得珍重的。

周信芳先生的乔玄，特别是后面的那一场简简单单的鲁肃，就是这种炉火纯青的境界的最好的说明，那已经没有了一点点矜持，在舞台上我们所看到的是分明的独特的人格的出现。在一出戏里，他塑造了两个迥异的性格。

盖叫天先生的赵云可冒上了。他穿了长靠，可是你看那闯进宫去之前的动作表情，硬靠勒不住他的身段的流动的美。情感的迸跃呀！那几乎是隐藏不住的，不，那简直是在赵云身上跳跃着的。

最能典型地、完整地说明这一切的是梅兰芳先生的孙尚香。可以肯定地这样说，梅的孙尚香是中国歌剧舞台上最完美的形象。

《龙凤呈祥》是群戏，前半部以乔玄为中心，而后半部则以孙尚香为中心。次要的角色，如周瑜，如孙权，如乔福，如刘备，如国太，如张飞……是都有俏头可找的。可是孙尚香所表演的却是最平淡的戏。受了角色身份的限制，她不可能抓住任何突出的场合倾泻她的感情。别母的悲伤，遇见周瑜的怒斥，这都还得限制在她的“格律”中间，更不必说是微小的愉悦与愠怒了。

于是一般都承认这是一出最容易处理瘟了的戏。

可是梅兰芳先生却将这整个的演出安排在最合适的节奏中间。

当史无前例的八对十六位宫娥陆续上场以后，孙尚香出场了。你看见了最雍容、最明倩、最稳重可是同时也孕育着最充足活力的形象。

梅先生这出戏也演了几十年了。可是我们相信，他是到今天才达到了这样的最高的境界的。你看他演得淡极了，可是你的感受却丰富极了。因为他不是单独使用某一种表演方式突出传达他的感情，他是使用了他所能使用的每一种表演方式，一个转身，一个抖袖，一颦，一笑……来表演的。于是他的表演就是平均的，熨帖的，生活的，于是也就自然是最动人的。

这才是老艺人的绝活，并不只好在他们的不老，而正是好在多少年来舞台上继续不断的锤炼与琢磨。

（一九五一年七月十八日《新民晚报》）

艺术家的辛勤创造

——关于《盖叫天的舞台艺术》

《盖叫天的舞台艺术》纪录片的内容，包括了老艺术家八个著名的演出节目。观众可以从影片里看到他在京戏武生这一角色当中优秀的创造，这主要表现在人物个性的刻画和舞蹈身段的塑造两个方面。

盖叫天先生很好地继承并且发扬了中国京剧表演的现实主义传统，他非常重视师承，特别推崇前辈艺人在艺术上的辛勤创造的积累，他非常重视生活，对现实生活中的一切，都有浓厚的兴趣，肯下功夫钻研，他特别强调学习，他常常讲“要学到老”。

我想，京剧武生身上的那些传统的程式化动作，到了他的身上就会那么巧妙而好看，那么合适而丰富，原因就在这里。武松和史文恭，沉香和谢虎，由他扮出来就是性格非常突出鲜明的不同人物，那原因也在这里。

以武松而论，在京戏的“武十回”里，盖叫天先生的表演，层次异常分明：“打虎”里的武松是勇敢而机智的。到了“狮子楼”里，人物的内涵就更丰富了，可以很清楚地看出在黑暗的封建社会里面人民的苦难，和表现在具体人物武松身上的愤懑和复仇的情绪。到了“打店”，武松就更为成熟了，你看武松多么仔细，多么机智，他对待孙二娘就完全不像对待老虎那样了。他已经有了更丰富的经验，对社会有了更多的认识，更为老练了。

盖叫天先生在处理这个具体人物时，是层次分明的，有发展的。这是老艺术家多少年来细心钻研角色的成果，值得后辈学习。他在刻画人物上给我们提供了很好的典范，他使我们知道，武生不只是要表演得“勇猛”“火爆”，主要的是给观众塑造具有鲜明的精神面貌的人物。

老艺术家对现实生活有着极浓厚的兴趣；在艺术欣赏上，兴趣更是广阔。他喜爱美丽的大自然，他喜欢观察人物的动态，他爱画，爱雕刻，爱瓷器、铜器……凡是一切制作精美的古代艺术品，他都喜欢；可是他与一般的“风雅人物”和古董家不同，他的喜爱是别有所在的。他爱看云，分析晴云还是雨云，看它的变幻、舒卷，他从这里面领悟身段上的一些道理。他说过，看到四周静止而当中有急遽变化的墨云时，悟出武生身段里一个重要的原则：要在整体的端凝沉重里，运用肌肉，使观众看到仪态万方的姿势变化，获得强烈的力的感受。他从在水面上飘拂着的杨柳枝条的运动里悟到美丽的舞姿，从优美的雕塑里（如寺院的塑像以及瓷制铜制的一些人像）摘取舞台上的表现方法。

他是对观众负责的。他特别强调台上的美，坚决主张不给观众些微丑恶的印象。譬如在激烈的开打之后，不管多么吃力，必须以从容的姿态亮住相，决不能气喘吁吁，浑身乱动，用超出情理以外的表现赚取观众的喝彩。他时常对人说明拉一个“云手”必须有三个“镜头”，使左右中间的观众看了都获得满足。他谈到“打虎”当中的一个亮相的创造经过：最初，他是依照现实生活里的常情表演的，一手抓住虎头，瞪目下视，提拳就打；后来发现楼座的观众永远没有反应，才想到坐得高的人只能看到他的头皮，无论他怎样向地板瞪眼，都是不会引起反应的。后来才创造了现在这样的身段，斜着身子，眼神并不完全向虎注视，但却使全体观众都有了强烈的印象。

这个例子可以说明向生活学习以及在舞台上具体运用的融化过程，是十分重要的。

影片的意图，主要是纪录老艺术家在舞台上的优秀创造。短折戏的纪录大致概括了短打武生的主要舞蹈动作，如“走边”“淌马”“棍舞”“对刀”等；完整的纪录是《一箭仇》和《打店》，为了达到精炼的目的，删去了某些舞台上的场子。对老艺术家的成就，观众可以从影片中间获得比较全面的印象。

舞台艺术的电影纪录，我们还是一个新的尝试，经验不多。导演同志在这里花费了辛勤的劳动，获得了一定的成就。不过也还有一些值得商榷的地方，值得在这里提出，希望通过讨论，为今后的工作提供更好的经验。

歌舞剧，特别是武剧，演员的动作是完整的，从头上的动作，一直贯穿到靴底的位置，整个构成了完整的形象。这样，全身拍摄就是绝对必要的。为了迁就镜头的变化，过多地使用近景，这样做是否好，还值得考虑。

在纪录某些动作时，必须注意其完整性。譬如《一箭仇》里的枪架子，拉开、扯平、甩须、掣回、刺出这个完整的动作，是不能割裂的。现在减去了所有的准备动作，只拍下了最后的一刺，不但显得突然和无力，而且也破坏了整个节奏。

其次，过多地运用短镜头，和一般电影手法里的转换镜头，也是值得考虑的。举例说，《一箭仇》里“拜庄”一场，史文恭和卢俊义对口，当史文恭说到“今日师兄顺说我归降，师兄，此言谨慎啊谨慎!”的时候，在身段上是有极重要的“顺腿”“掀带”的动作的，在情绪发展上这是很重要的结束，可是现在观众看到的却是卢俊义的反应，听见的是史文恭的声音。这种地方，如果把镜头拉开而不完全转换位置，效果可能更好一些。

（一九五四年十二月三日）

俞谱俞序

我有一部《粟庐曲谱》，是一九五六年三月十一日振飞先生送我的，封面有他写的字。这书在不知什么地方流浪了几年以后又回到我手里。因为身子骨硬朗（是道林纸印的），虽然历经风霜依然触手如新。这当然也还因为我从来不去翻动它。这部书送给我真是可惜了。我不懂曲牌，更不知唱法，那些工尺谱在我看来简直就像天书一样神秘。不过我是非常喜欢“俞家唱”的，无论在剧场还是在俞先生家里，听起来总要达到心醉神痴的地步。

我一直怀疑，在唱词旁边标了工尺谱或通行简谱，甚至写出了唱法的要点，学习以后就真能唱得出“俞家唱”的神韵来么？我还记得在小学里学唱歌的经验，那是以简谱为依据由老师教了唱的。错大抵不会大错，但离歌唱家一定是天差地远。如果要我照谱来唱昆曲，真不知将唱出什么调调来。但这也许是我在歌唱上特别低能的原故。

我觉得振飞先生的唱，好处全在抑扬顿挫的吞吐之中。吐的字，使的腔，好像都有许多难以用符号显示的极丰富的内容与变化。他不是简单地唱，而是在尽情倾吐角色胸中的情绪。悲哀、欢快、愤懑、低回，不同的人物，或同一人物在不同场合，千差万别的情怀，都在这种唱法中宣泄出来了。有时候想，他的唱好像是加了标点符号的，但我们通常用的符号实在又太少了。像惊叹号这样的东西，在“俞家唱”里是确实存在的。当他唱到酣畅的时候，就有如在唱句旁边添上了密圈。《迎象哭象》里的唐明皇和《惊梦》里的柳梦梅，他们嘴里完全可能出现同一种曲牌，但两种唱法能用同一种“谱”来限定下来么？

《振飞曲谱》出版了，这是在《粟庐曲谱》的基础上增益改订而成的。曾在书店里翻阅了一下，印制得非常精美，没有买。原因还是一样，我读不懂。新谱前面有俞平伯先生一篇序，在什么地方读过一次，觉得很好。讲了昆曲的源流，也讲了俞家唱的继承发展，文章写得很美。

今天看到平伯先生手写的这篇序文的影印件，后面有墨笔手书二行云“一九八一年四月作，八二年十一月于北京重制。俞平伯”，知道这是重新改写过的。又读了一遍，可惜手里没有原序，无法对照。这篇新序使我发生兴趣的有两点。平伯先生解释“水磨调”说：“其以水磨名者，吴下红木作，打磨家具，工序频繁。最后以木贼草蘸水而磨之，故极其细致滑润，俗曰‘水磨工夫’，以作比喻。深得新腔唱法之要。”这就使我增长了见识。我过去不懂“水磨调”的意义，还胡乱猜想，难道这是在推磨劳动中哼出来的么？平伯先生接下去又说：“吴梅村句云，‘一丝萦曳珠盘转，半黍分明玉尺量’。刚柔遒媚，曲尽形容。若斯妍弄，庶不负此嘉名耳。

磨调始作，本是清工；及其开展，即兼戏工。初以之唱《浣纱记》，梅村诗所谓‘里人度曲魏良辅，高士填词梁伯龙’也。”这里用吴梅村诗说水磨调，真是用同时人著作做笺注的最好的例。用诗来描画歌声，自然有限制，但吴诗所说的唱法特点，细想起来却很有与我的外行感受相通之处，这实在是很有趣的。

平伯先生很喜欢吴诗，在来信中曾说起最爱读《圆圆曲》。我想喜欢吴诗的人大约很不少。就连龚定庵也是很喜欢的，虽然他又要撇清说吴诗算不上第一流的作品。

一九八二年十一月八日

柳梦梅

今年又到了应该纪念汤显祖的年份，临川在重建玉茗堂，不久前《牡丹亭》也纷纷献演，而且有许多台。这就使我忽然想起到底有没有柳梦梅这个人呢？不，更明确的说法应该是，汤显祖写《牡丹亭》时，是不是把柳梦梅当作一个真实的人物来刻画的呢？

在我们这里，人们是习惯并非常喜欢“对号入座”的索隐法的。一本小说发表了，有人就纷纷猜测，小说里影射的是谁，说的是什么事，兴趣盎然。而尤以某些受到批评的人物受到了更为密切的关注。英雄人物么，问题倒不大。我就没有听见谁说过“那本小说里写的英雄模范就是区区”这样的话。《牡丹亭》是“临川四梦”之一，作者首先就指出了这里写的不过是“梦”，不可当真。看来似乎可以逃过“索隐”之难了。不过且慢，我们又知道，文学艺术作品里的人物，不管出之于什么题材、样式，不必以特定的某一个具体的人、但必须以现实生活中活生生的人为模特儿。也许是一个，也许是许多个的组合。如果没有现实生活的依据，那是不行的。那么，《牡丹亭》里的柳梦梅又怎样呢？

汤显祖是聪明的。在《惊梦》中他让柳梦梅拿着一支柳条遮住脸部，倒退着从后台走出场。这是很新颖别致的手法，比女吊颈边挂着的白纸钱高明得远了。不必费什么力气，就使观众明白，这是一个活生生的人，但又不是现实的人。直截了当地说是一位“梦中人”，半真半假。

柳梦梅可不是一个傀儡或木偶，他是有血有肉、会哭会笑的。不过这个人是汤显祖创造出来的。也许应该说是杜丽娘创造出来的。

杜丽娘是个大门不出、二门不迈的深闺少女。可以想象，她看见的青年男子是不多的，可能比林黛玉还要少。不过这不能禁止她对美好生活的憧憬，对理想恋人的想象。这一切在封建卫道者看来是违法的，可耻的；但在广大读者观众看来却是合理的，值得同情的。像在水里照见了自己的影子似的，她在梦里寻到了理想的爱人。是不是汤显祖特别缺乏勇气，不敢像《西厢记》那样正面描写青年男女的爱恋呢？恐怕不能这样说，也许在汤显祖看来，只有这样才能写出真正理想中的人物。她不是怯懦，而是更为大胆的。他选择了一条前人没有走过的艰难的道路。

我看这应该是“临川四梦”所以区别于“元人百种”以及这以后无数爱情戏的所在。不一定说这是最好的方法，但不能不承认这是一种可贵的创新。

罗两峰画《鬼趣图》有名，但这比他画自己的老师金冬心的画像（《蕉阴午睡图》）容易得多。魂梦中的影像，描画起来是更为困难的。因为尽管可以驰骋想象，但半点不能离开真实。汤显祖为此付出了艰巨的劳动。而这一切又不应该记在刻画柳梦梅的账上。写柳梦梅是为了写杜丽娘。从一个人的爱好、欣赏……不是可以更容易看出他或她的内心世界吗？我常常听见"低级趣味"这样的评语，这指的是一种更为微妙、细致、朦胧的标准，比酸、甜、冷、热……更不易说明，但又是明确无误的一种标准，人人都能同意的。杜丽娘应该有怎样的一种精神境界、情操？她向往、憧憬的是什么？这都是作家困难的课题。汤显祖选择了一个最经济的手段，只要成功地写出了她理想中的恋人，问题多半也就得到了解决。

因此我想，演柳梦梅比演杜丽娘恐怕还要更困难些。

艺术就是克服困难，这话是不错的。我们应该努力。

一九八二年七月十三日

[来燕榭集外文钞] 之五

鲁迅诗笺

在《鲁迅全集》第七卷的《集外集拾遗》中，有一首题为《秋夜有感》的七言律诗。全文如下：

> 绮罗幕后送飞光，柏栗丛边作道场。望帝终教芳草变，迷阳聊饰大田荒。何来酪果供千佛，难得莲花似六郎。中夜鸡鸣风雨集，起燃烟卷觉新凉。

鲁迅先生的旧诗，很少用典，然而这一首却是例外，从前读的时候，只是草率翻过，没有能求甚解。后来曾经翻了几本书，替他找出了一二注脚。记录备忘。现在连缀成文，或者可供读先生诗者的参考。

开头两句看不出有任何出典，不过柏栗丛边的道场，和腹联的“酪果供千佛”一定是有关系的，也一定有出处，不过我却并没有能查出来。

“望帝”是杜鹃，这是大家都知道的。影宋抄本《注胡曾咏史诗》中有一首《成都》：

杜宇曾为蜀帝王，化禽飞去旧城荒。年年来叫桃花月，似向春风诉国亡。

注云：“昔蜀王姓杜名宇。按蜀王羽化为鸟，今杜鹃鸟是也。”

“迷阳”出典是在《庄子》的《人间世》篇。原文：“迷阳迷阳，无伤吾行。”关于这“迷阳”的解释，却有问题。鲁迅先生采用王先谦集解里的说法，“棘刺名。生于山野，践之伤足，今楚语犹然”。是以“迷阳”代替“棘刺”。然而闻一多先生在《庄子内篇校释》（《全集》乙集《古典新义》）中，却释“迷阳”为“近视眼”或“细视”，断定迷阳是迷字的声转。引《朝野佥载》：“长孺子视望阳，目为呷醋汉。”描写近视眼的神情，有如呷醋，实在“妙可解颐”。闻先生解释《庄子》原文的意思是“眯目谛视，无令道上荆榛瓦砾之属伤吾足胫也”。如果用这个解释来谈鲁迅诗，就更带了一分尖锐的针刺的意思。

“莲花似六郎”，我在《花鸟争奇》中找到一张图可以做诗句的插绘。

郑西谛《中国版画史自序》参考书目中有“童婉争奇等七种二十卷，邓志谟编，明末刊本”一条，原书未见。北平图书馆有《诗酒争奇》一种也是不全本。我所藏的是《花鸟争奇》残本两卷，题“饶安百拙生编”，每卷前有图三幅。看刻本是崇祯间所刊。在《百花诗》中有丘琼山的《荷花》一首：“出自淤泥不染泥，西池摇动碧涟漪。六郎姿貌虽相似，只是馨香不及伊。”诗旁小注“六郎张昌宗也”。又录有邓志谟的一首《四六》，里边有一句：“莲花似六郎，六郎且似莲花。”也是说的这个。那张插图，描写的正是武后和张昌宗在赏莲的情景。

这一首诗和下面的一首《亥年残秋偶作》撰作时期正同，当为民国廿四年秋天时作。其中一定指斥一些时事，直感地想来，是杀人场上做法事，和政客的无耻，与豪门的荒淫。解诗如果没有第一手的材料，还是不太深究的好。像历来笺注杜甫、李义山，就不免有很多笑话。我们读鲁迅先生原诗，只要知道所显示的时代意义，似乎不必一定考证出其中的人物实事，弄得落入笨伯的圈套。

（一九四九年七月十一日
《新民报》“夜店”，署名方兰汝）

闻一多先生纪念

三年前的今天，在昆明，蒋匪帮指使特务刽子手杀害了中国最光辉的诗人斗士闻一多先生。三年后的今天，全国解放即在目前，我们在这里给先生做三周死忌，深深地感觉到闻先生的牺牲的时代意义的重大，闻先生的死，给了彷徨迷惘的小资产阶级的知识分子以一下当头棒喝，让他们觉悟，除了参加中国共产党领导之下的革命斗争之外，第三条路是不存在的。反人民的，与帝国主义勾结出卖祖国的国民党反动政府决不容留任何优秀的有正义感的进步人士存在，即使你自命超然，以第三方面的中立者的面孔出现，他还是不能容忍你，因为封建独裁反动的本质决定了他们的一切行动，一切倒行逆施。

一年前，闻先生的全集出版，我们对先生的毕生著作言论行实读过一遍，我们很惊异地发觉了一件事实，四大本全集之中，绝大多数是学术性艺术性的作品，先生是诗人，是文学史家，是古文字学家，他的一生的百分之九十以上的生命是贡献给学术和艺术了的。只在全集戊集里，我们发现了十七篇杂文，已集里发现了十二篇演讲录，而这些都是在短短的一两年里写成作出的。

在他被害死的前两三年，他还是索居楼头钻在古书中间的“何妨一下楼主人”。然而一年后他就站在了“民主堡垒”的前头，领导了千千万万的青年，展开民主运动。先生最后的这一下生命的火花的爆发，太光耀了，太美丽了，可惜也太短促了。

这是突变吗？在大多数的人看来，是的。他是受了什么重大的刺激，如年谱中所说，看到了国民党从乡下拉了来的壮丁的非人的生活，然后才感到了非变不可，非出来管事不可的吗？是的。然而事实并不如此简单。这中间还包含了多少令人感泣的故事在。

一年前听吴晗先生谈起闻先生的晚年的思想转变的过程，那曲折，那经过，听了真会使人哭出来。吴先生说，在当时，这些史料，还没有发表。如果将这些好好地分析记录下来，该是一部伟大的传记，史诗。一个热情而正义感的知识分子的痛苦的思想转变过程的记录。我只想转述一件小故事。当时吴先生和闻先生还不是最熟的朋友，他们的住所还没有在一起。有一天晚上，吴先生到闻先生家里谈天，辩论，说服这个诗人，两人一直谈到夜深。吴先生告辞了，闻先生送他回家，送回家的路上两个人还是热烈地激辩着，到了门口，再送闻先生回来。这样，两个人彼此送，一面送一面辩论。后来闻先生终于被说服了，他说，“你说得对！”这时，天已经亮了。

这是一个热情的诗人坚决地站在人民大众的战线的最前

方前夕的小故事之一。

闻先生他多么真挚，他多么诚恳坦白而勇于接受，一站在火线上就绝不后退，一直英勇地战斗到死。他的生命最末的一年在他短促的四十七年的生命史上是最美丽最光辉最完整的花朵。我们看了，一点都不觉得突然，一点都不觉得惊异。这是一个现代中国知识分子所应该走的最光明而正确的道路。

还停留在小资产阶级知识分子阶段的千千万万的人们，你们翻过了这一页光耀的诗篇以后，你们还能有什么犹豫，还该有怎样的辉煌！

三十八年七月十四日

（一九四九年七月）

读《嵇康集》

——《鲁迅全集》校补

两年前读《鲁迅全集》本的《嵇康集》，发现了序跋中间有些标点错误。最近看到孙用先生的全集校记，这些错误还不曾指出来，因重翻旧日笔记，少加整理，算作全集校读工作的一点补遗。

在第一二四页的嵇康集跋里，第一首黄荛圃的跋文中，第二行，应该是“历览诸家书目，无此集宋刻，则旧抄为尚矣”。今全集本作“无此集。宋刻……”误。

“知不足斋”为专名，非书名，不应加书名号。

又据缪艺风所刻《荛圃藏书题识》校本文，发现颇有异字，如第一二四页末行，缪本作“然思后人得其物，而思其人，俾知爱书好古，昔有其人。犹胜于良田美产，转徙他室……”这里的第一个“思”字全集作“使”；“爱书好古”的“书”字全集作“素”，“良田美产”，全集作“良田良产”。不知错误谁属。鲁迅先生当日系就荛翁旧藏吴宽《丛书堂》抄本手抄，黄跋当是亲见。这书后来归北平图书馆，现在恐怕已被反动派运到美国去了，如得原本一校，以决此疑，该是最好的事。

又第一二七页跋，第一行，“右嵇康集十卷，从明吴宽丛书堂钞本写出”句，吴宽是人名，丛书堂是专名，今统加书名号，应改正。

第三行的标点应该是“二以朱校：一校新，颇谨慎不苟……”今全集本失句读，其意遂不明显。

又应该加专名号而不加者，甚多，如第一二页，“昔在黄农”，黄、农，都应加人名号。

第一二页第六行，“孙登”“公和”；第九行“河内”“山公”；第十行“阿都”“东平”都应加专名号。

第一二一页，第二行，“魏中散大夫……”中散是官名，不应加专名号，第七页同。又第十行，“钟会谮于晋文帝，遇害”。全集本漏一点号，读来好像不是嵇康而是晋文帝遇害了。

又这里的“晁公武郡斋读书志”，不知原据何本。今以汪士钟重刊的据黄荛圃说是最善的宋衢州刊本校读，异字颇多，今不具录。

第一三二页第三行，“唐志犹有十五卷”。志字下不应加“:”，因为“犹有十五卷”五字并非唐志中原文。

第一三二页第六行，叶盛菉竹堂书目，全集本叶盛菉三字加人名号，误。其人姓叶名盛，其藏书处是“菉竹堂”。

第一三二页十二行第七字康字，应加人名号。

第一三三页第十二行，“四库简明目录；嵇中散集十卷，魏嵇康撰，晋书为康立传，旧本因题曰：晋者谬也。”应该是“旧本因题曰晋者，谬也”。并不是“旧本”里有“晋者谬也”一句话。

第一三四页第六行，引钱泰吉《曝书杂记》文，“平湖家梦庐翁天树”，这里说的是钱老先生天树，钱泰吉说天树和他是本家，全集于翁天树三字加人名号，是以为他姓翁了。

同页第六行张氏爱日精庐，张字应加人名号。这一句应该是“尝于张氏爱日精庐藏书志眉间，记其所见，犹……”全集本落一志字，又在记字下加“，”号，见字下无“，”，应改正。“爱日精庐藏书志”是一部书，应加书名号，原来的专名号也应改正。

第一三五页第二行，“丛书堂钞本”不应加书名号，丛书堂应加专名号。

同页第五行，“丛书堂”书名号亦误。

同页第八行，“中散大夫”不应加专名号。第九行第廿六字“明”字，应加专名号。

同页第十二行，“此本从明吴匏庵丛书堂抄宋本过录其传抄之误”，除了“吴匏庵丛书堂抄”七字边上所加的书名号错误外，过录的录字下面未加“，”号，好像是把“传抄之误”全给过录下来了，误。

第一三六页第七行，“嵇中散集略一册一卷”书名号应该一直加到“集略”字，全集本应改正。又第十一行，下半句：“收藏有世业堂印。白文方印。绣翰斋朱文长方印。”这是说“世业堂印”是个白文的方印，“绣翰斋”则是一个朱文的长方印。现在在“朱文长”旁边加上了人名号，好像这也是一位收藏家了。

第一三七页第一行，“高儒百川书志……”“高儒”是人名，“百川书志”是他的著作。全集却将“高儒百”三字作为人名了。同行的“魏中散大夫，谯人，嵇康叔夜撰……”也将“魏中散”作为人名了。都应更正。

以上是我读完《嵇康集序跋》等文以后，摘录下来的错简，同时还有一点感想，鲁迅先生在序文中间说明了他的校勘的方法，那真是细密无比的。校勘学从清初以来，算是朴学大师们的一种最有成绩的工作。那特点是仔细。一个字一个字地对勘，必至无误而后已。这原来是机械的工作，然而“名校”究竟不同于“俗校”，那道理是别有所在的。就像这《嵇康集》，原来是吴宽的《丛书堂》抄本，本来是很好的很近古的一个旧抄本，但是经过了不少人校来校去，“先为墨校，增删最多，且常灭尽原文，至不可辨。所据又仅刻本，并取彼之讹夺，以改旧抄。后又有朱校二次，亦据刻本，凡先所幸免之字，辄复涂改，使悉从同。盖经朱墨之校，而旧抄之长，且泯绝矣！”

这真是愚蠢，那几位校家，用了通行的较后的刻本，来校改较旧而源出宋本的抄本。而且灭尽了原文，这种校法，是等于毁掉了一部好抄本。鲁迅先生要恢复抄本的面目，于是就不得不费掉很多时光，在取舍之间，就更需要有锐敏而独到的决断，这是全集本的成为今天的“中散集”定本的最重要的原因。

看了鲁迅先生的那种工作的精神，真使我们惭愧，做工作（任何工作，不只是校勘）就真得学习他那种一丝不苟的精神。鲁迅先生在《病后杂谈之余》中说："清朝的考据家有人说过，明人好刻古书而古书亡，因为他们妄行校改。我以为这之后，则清人纂修《四库全书》而古书亡，因为他们变乱旧式，删改原文；今人标点古书而古书亡，因为他们乱点一通，佛头着粪：这是古书的水火兵虫以外的三大厄。"每读此文，辄为愧汗。我们实在该有一部完美的《鲁迅全集》。希望大家来郑重进行全集的校勘的工作。

一九五〇年四月十三日

南行杂记

活了起来的浙赣路

阴雨中踏上了南行的浙赣路通车，傍晚离开上海，一夜安睡，第二天早晨过衢州，觉得天气相当冷。坐在车上看车窗外的风景，碰到了两位浙赣路工务局的工程师，随便闲谈，得到不少关于这条铁路的知识。

这条路的历史是很值得中国人民的记忆的。它是在国民党反动政权统治之下，为了对付当时在江西发源而壮大起来的红军而建造起来的。军事意义重于经济意义。当时官僚曾养甫花了一百多万法币，收买了外国的零零碎碎的矿内用的轻便铁道，铺成了这条路，自己以为是很“实惠”而“经济”的。结果是完全不能实用，只能拆掉重装，这反复之间，不知道浪费了江西人民多少血汗与财富。

在解放之前，这一条路是始终没有收支平衡过的，一切的施工，材料……也都因陋就简，可以说是一条先天极为不足的铁路。在这一夜一天的行车中间，就很可以感觉到有时车行平稳，有时颠簸，有时快，有时慢，真可以说是中国最

“浪漫蒂克”的一条铁路了。它的钢轨是多样的，从三十五磅到九十磅全有，一共有三十多种。杭州到诸暨的一段就是最坏的三十五磅钢轨，每二十分钟只能走十公里。玉山到上饶一段也不行。诸暨到衢州的一段钢轨是九十磅的，比较最合理想。统计起来，要算七十五至八十五磅之间的最多。

除了铁轨的参差不齐之外，路基枕木不合理想，也是车行速率不能划一的一个大原因。解放以后，路局在计划抽换整个铁路的枕木与道渣。道渣的来源是开山，用人工敲碎，目标是十八万立公方的碎石子。在龙游等三处地方建立了三个采石大队，工人的薪给除去固定的薪工以外，每人更多增四升米一天的加薪。枕木则希望尽量利用本松，可能东北有木材供应。

现在从杭州到南昌，行车时间是二十三小时，大约每小时走三十公里左右，将来希望能缩短到十几小时。

车子走过四铺，看见了几部公路局铁路工程队的开山机在开路基。又听见了一段很有趣的故事。

这个地方非常奇怪，每年春天地面的土地一定上壅，结果是将路基弄得高低不平，非经过修整的手续不可。经过工务科的专家们的研究结果，判断那原因或者是这样的。这一段路基的地形最低，而附近又有很多土法开采的煤矿，那就是一些用人工挖下去的深洞，结果地面上平添了多少洞窟，每年春天落雨积水，水压力可能会将路基壅起来。

现在的办法是利用开山机在附近移去三万土方的泥土，使路基不致突然高起，水压力也可以平均负担，不致使一个地方特别高起来了。不过结果是不是满意，现在还不知道。

路局工程处的另一项任务就是整修全线的桥梁。计划是在一年中间将全线的便桥都改制成正式桥梁。

东乡上河桥，本来是木梁，现在预备改建钢梁。本来是只能行驶 E-30、E- 40 的小型机车的，现在预备能够行驶 E- 40到 E-50 的大型机车。

××的××大桥，因为急于通车，先架好了便桥，解放以前大水冲去了十五孔，被匪帮破坏了四孔，现在正在计划修筑九孔八桥墩的正式桥梁，预备一月十五日完工。

解放后一共完成了×个桥。差不多都是换置上承钢板梁的新桥。这些桥因为工人同志的工作情绪的高涨，完成的时间都要比预计来得早，预计四十天的，只用了二十三天，十五天的只用了十天。

浙赣路现在收支平衡了。举行了全路桥梁的彻底大检查。每一个铆钉都要重新敲过，检查过。从前路上的员工每月发薪要分七八次，没有一定的期限，现在则改发两次。员工的待遇折米时用市价折算，也比以前好得多了。

“这真是从来没有过的事！”那位工程师笑着说。从他那带着微笑的脸上，可以充分地看出建设人民民主的新中国的儿女们的坚定的意志和欢欣的情绪。

车过横峰，车站上还有着一块碑，是国民党反动派建立的“殉职员工纪念碑”。这个地方就有着血腥的历史遗迹在，红军在二万五千里长征之前，是在这里经过了最艰苦的斗争来的。反动派发动反人民的屠杀，到现在还留下了这些沾满了血污的遗迹。

这样一条铁路，怎样从反动派的手里，夺回到人民的手里来，怎样由匪帮屠杀的工具转变成为东南经济的大动脉，怎样由半身不遂的瘫痪状态而逐渐活了起来，壮健了起来，这些都是值得深深思索的事。

（十一月十九日寄自南昌）

从南昌到赣州

南昌的最繁荣一条马路——中山路上，现在又充满了新兴的运输行。他们只向别人分一家店面，油漆一块××运输行的木牌，就开张是一家运输公司了。讲究的再请油漆匠在墙上漆起大字的招牌来。在等车的时候，我们就亲眼看见一个油漆匠人完成了他的杰作，黑漆光亮，两排大字，实在很神气。

广州解放以后，粤汉路没有修复之前，这一段江西公路马上就成了商贾必经之路，浙赣路虽然在鹰潭，在樟树都有站，但是因为从广州来赣的货运卡车，多半是到南昌的，所以南昌仍旧是一个转运重心。抗战时期在内地所常见到的运输业的繁荣光景，在南昌，现在又不折不扣地重新恢复了起来。

这些运输公司，做的是代理的生意，他们为商车拉客拉货，从中间抽取四分之一至五分之一的佣金。说起来虽然是“运输行”，他们自己却多半并没有车子。幸运些的有一两部商车在他们的公司前面停车，这正好是活动广告，很能吸引不少客人。不然就是在门口安放了红纸大招牌，直放广州、曲江、赣州的广告写起来也还是不能获取人家的信用的。

一部车子，除了尽量装载商货之外（从广州到南昌每吨货收费大约人民币一百万元左右），搭客似乎是并无限制的。只要能在有限的空间里装得进的就行。车厢里面塞满就轮到司机台的顶上，车前车后还可以吊几个人，这样一部车子走起来很像军阀时代督军汽车出巡的样子。公路局的车子就好得多，客人全坐在车厢里，行李捆在车顶上。

我们坐在车厢中间，司机座后的第一排，从南昌到广州，票价是人民币十三万五千元。

运输行的老板，虽然要剥削司机和车主，可是也要为车主尽一部分义务，招呼他在当地的生活起居。就像我们的一部车子，本定十一月十九日早晨可以从南昌开出的，可是客人都上了车，门也锁了起来，才发现车老板因为风化案件被公安局扣起来了。这时候运输行老板就要出去奔走，一直弄到中午，车主恢复了自由，车子还是不开。最后由于旅客的要求，在三点钟光景才开出了南昌市。五点钟到了樟树，就在这里过夜了。

樟树镇，江西四大镇之一，是赣江与袁水会合的地方，江西国产药材集散的中心。

汽车站在离开市集三四里的地方，零碎有三四家小店。这大都是农家兼营的副业。一间厅堂，两边隔开六间客房，一间灶间，主人自己就住在那里面，后院是养猪的地方。

同住的有四野的几位解放军同志，都是刚刚从天津转上海来的，在这里等车。四野里多半是来自北方的，听听乡音，格外使人觉得亲切。一起吃饭，谈得很有趣。有一位同志说，他们来到南方，最痛苦的是语言不通，在工作上很有许多障碍。他说他们一进江西，就先研究江西人的称谓。江西人普通称是“老表”，这个“老表”包括相当人的范畴，亲哥哥，堂房哥哥，表哥……以至对朋友客气的尊称都可以应用。女主人则称“老板娘子”“老板婆”“小老板娘子”；对年老的妇人称“老婆婆”，女孩子则称“小姐”。

他们又谈了一些军中娱乐的情形。京戏在军队里是很受欢迎的。他们经常能看到像《打渔杀家》《血泪仇》《二流子王三宝转变》《牛荣贵挂花》这些戏，他们说已经对钻入宫廷的四大名旦的新编的京戏不能接受了，这是说，不能有多大的兴趣了。他说不知道是什么原故，是情感粗了吗？还是根本就从意识上扬弃了那一套？

十一月廿日早晨，六点钟，天边刚刚露出了鱼肚白，就起身上车。等到开车的时候，一抹鲜红的晓霞已经高高挂在东面的天上了。

照例每天开车的时候，必然会有几次争吵。为了位子，为了搭客。在樟树，也还少不了那些挂起一块招牌就算运输行的行家，他们也往往不管车上的情形，自己卖了票。客人应该坐在哪里，可不必顾虑。最后的一着，就是让你坐在车头上，吹风。

江西的公路相当好，不过比较狭一点。路上的便桥相当多，却都还没有写出载重的限制。几个大渡口则利用渡船摆渡。在吉水，是有公路局的小汽艇带了趸船过渡的。那里的被匪帮破坏了的大木桥的火毁残桩还约略可以看得见。

下午三点钟，到了吉安。隔河相望，好一片水上人家，沿岸差不多六七里远近，一片瓦房，河滨都是高脚桩子，斜阳照耀，真像四川的城市。

这地方出产瓜子、木料和米。离开二百里的安福县出产有名的杉木；全县有一百三十四万亩耕地，人口不过十五万人。平均每个人有十亩左右的耕地，可以算是相当富庶的所在。

电灯的电不够，每家店铺都另外设有汽油灯。电灯初亮的时候，只能燃起一点点微光，远远望去，满街好像是都挂着一星星的香火头。吃晚饭的地方曾经招待过苏联代表团的贵宾，墙上还留着欢迎的标语。他们吃的是四万元一桌的十六碗的头等筵席，意共中委斯巴诺也曾经过这里，墙上也有欢迎的标语。

吉安是古庐陵，在宋朝出过两位名人。一位是“醉翁”欧阳修，还有一位是文天祥。一位是正派的士大夫，文采照人；另一位则是南宋的名臣，为了保卫祖国而表现出了民族正气的。这在江西人是一个光宠，不过在吉安却找不到他们的遗迹。欧阳修的故里在陇江，离开还有一百八十里路，据说也已经没有了任何遗迹。在离吉安十五里外的青原山上还有文信国手书的山名刻石，和一些后人的题字。在四五里外的螺丝山上，有文丞相的祠堂，他的墓也在那里。

第二天一早上车，十点钟到泰和，检查站执行了相当严格的检查。目标是私携银元和铜元的贩子。在江西，因为是新解放区，所以扑灭银元运动还在推行。街上常常可以看到拒用银元的标语。

十二时经过马家洲。小市集热闹极了，今天正好是阴历的“二五八”日，是农民赶集的日期。下午二点一刻到遂川。在车站上休息，看到从乡下担打好的白米进城的农民。这里的米价是一万三千元一石，可以看出当地的“足食”的情况。根据吉安的粗略的估计，每个农民可能有十亩耕地，除掉自己消费以外，他每年还可以有十石左右剩余的白米，吉安一县每年就可以有一百多万石谷子的剩余。仅此一例，就可以看出江西农村的潜力的伟大了。

五点半车到古迳坳，这时车子已经在山地里转了好大半天圈子了。一直在山丛里盘旋着，有的陡坡实在不下于重庆到贵阳的公路上的吊尸崖，和滇川公路上的二十四拐。坐在车子里，听卡车的声音，从四挡到上三挡，二挡，一挡，像牛吼一般的马达声音，听了实在使人感觉吃力。斜阳中看到三三五五赶集回来的农家男女，他们穿着粗蓝布的衣服，少女们或系上一条红色的腰带，紫色的包头。他们挑着米、油；肩上背着蓝布、红颜色的大公鸡，色彩美丽极了，鲜艳极了。

到赣州已经是黄昏时候，灯火满街，走了一天山路，人也异常疲倦了。

（一九四九年十二月十七日《文汇报》）

杂文复兴

为了争取革命的胜利，巩固胜利的成果，批评和自我批评都是最重要而有效的武器。这样，在文艺工作者当中，自然会记起他们过去曾经运用过很久、向鲁迅先生学习得来的那种武器——杂文来。

杂文是什么呢？照瞿秋白在《鲁迅杂感选集序言》里的说明，那种文体“其实就是一种‘社会论文’——战斗的‘阜利通’”。它是一种文艺性论文，它的特点是更直接更迅速地反映社会上的日常事变。

这一种文体的运用，在过去国民党反动派统治之下是曾经有过极辉煌的成果的，也尽了它的战斗的最大的任务。解放以后，大家都在怀疑：是不是杂文的时代已经过去了？问题似乎并未得到结论，然而事实则是杂文的沉默。

因为杂文是和时代结合的最密切的武器，那么，跟着时代的发展，它的形式自然得变。过去的说话绕弯子，是不得已的事。不过杂文的最重要成功，还不是隐晦曲折，而是在它的锋锐，能一笔下去可以刺着时弊的要点。鲁迅先生的成就，就是这样。尽管话谈得隐曲，主题是鲜明的，给读者的印象是有力的。这需要的是高度的才能和技巧。因而，就会有很多让人民大众不易看懂的作品出现。这样的写法，在现在，自然是不需要的了。

其次，杂文的特质之一是讽刺，这中间也包含了冷嘲。对站在同一战线上的战友的批评，那就不会是冷嘲。或者可以用“热讽”这个成语来说明吧，这应该是一种含着浓烈的热情的讥讽，目的是想纠正过失、改善工作的现状，这和对敌人无情的打击是有着根本上的差异的。

举一个实例。前几天皖北救灾的主持人从乡下到上海来，在公开的集会上报告当地的灾情和施救的情形。当这位飘拂着灰白的胡须的老人说完极为惨重的灾情以后，他提出了对当局的“生产救灾”的口号的意见，他说，现在灾民事实上已经都饿得睡在地上无法转动了，还是先救灾，生产则是能够坐起来有了力气以后的事。

这并非嘲讽，也不见对生产救灾这个正确的口号的诽谤。也许因为这几句话是在极端悲痛的情况之下说的，所以只使人感动。然而效果总是相同的，他用了极浅显而深刻的话，说明了一种事实。

我觉得这就是杂文的路，是出发于热爱、有积极性的杂文的路。

我们又必须防止怎样的流弊呢？还是用个例子说明吧。

过去国民党反动政权也有所谓“国民参政会”“参议会”之类的组织。那里面的参政员参议员们有些也可算“杂文好手”，在报上登载出来的“花絮”之类就更像“杂文”了。

但是，他们是站在什么立场说话的呢？滥骂一通，搔了痒处，让受残害的人民痛快一下，结果是群众受了麻痹，冲淡了斗争的情绪，这结果又是怎样的呢？

所以，如果要复兴杂文，就必须要站稳了立场，抓住了论点的积极性和建设性，不要流于“淡话”，人民大众是不要听淡话的了。

（一九五〇年四月四日《文汇报》）

再论生产救灾

前两天我在《磁力》上发表了一篇《杂文复兴》的文章，里面谈到有关“生产救灾”的事。我引了一位从灾区来沪的救灾主持人的话，过后一想，这说法是有毛病的。生产救灾的号召，并不是要先生产，慢救灾，而是双管齐下，一方面施行急赈，一方面又安排下生产的条件，进一步来克服困难。说是人都饿倒了，哪里还能生产。这是一种不看实际，不合实情的说法。

今天的生产救灾，是不能以这样的话来抹杀其意义的。

过去，一般对灾荒的看法，可以说是“命定论”的。最明显的代表办法就是“逃荒”，那就是说，要逃避这种不可知的“天意”。不但未曾想到过克服，是连碰都不敢碰一下的，只有逃；至于站在安全的“彼岸”的同胞们的措置呢，那就是“赈”，这多少是包含了慈悲的“施舍”观念的。有人类的同情心，也有舍己救人的见义勇为的心，可是工作的结果也只是停留在“急救”的一步上，让灾民不致饿死而已。至于反动派的那些将募捐入私囊，假慈善事业发财的东西们，自然连这点也说不上了。

仔细想来，这都是命定论，都是消极的，也都是不彻底的。

这结果是怎样呢？“大灾”将永远成为不可避免的灾害，今年来了，明年还要来，今年逃荒，明年还要逃荒；耕农逃散，春耕无法继续，本来是一次灾荒，这样发展下去就一定会成为两度灾荒。灾民的心理也就成为有力则逃，无力则坐以待赈，赈如不来，就只有饿死的一途了。同时，安居在城市里的有福的人们，就每年都有赈灾义务好戏可看。

事实说明，在政府和共产党的领导下，天然的灾荒，是有办法克服的。我们在报上就已经看到过有示范性的救灾“捷报”。而那成功的要点是什么呢？是积极地救而不是消极地赈，是用发展的看法，克服灾荒的根源，而不是枝节应付，得过且过。是把赈济和生产结合起来，而不是孤立地执行。是科学的，有通盘筹划的救而不是孤立的头痛医头脚痛医脚的救。

这是抓住了辩证法唯物论的武器，来观察、克服、战胜灾荒，而不是被灾荒牵了鼻子走，“在劫难逃”，听天由命！

麻痹观念亲克服，“命定论”的老病是更该从根掘起的。希望从这次“生产救灾”的口号的提出和实践过程中，能好好地学习这个课题，这就是我的一点补充的看法。

（一九五〇年四月十日《文汇报》“磁力”）

关于《腐蚀》

《腐蚀》是我喜欢读的一部小说。《腐蚀》的体裁——日记体，也是我偏爱的一种体裁。说起来这中间颇有一种不易忘记的情感因素在。十年前，上海已经沦陷，香港出版了一册叫作《大众生活》的杂志，只有很少几本运到上海来卖；当时，在学校里是被当作“珍本”流传着的。我就在这本杂志中间，第一次读到了这篇小说的连载。

后来，因为怕敌人的搜查，把杂志烧掉了。却舍不得这小说，还是把它拆了下来另外订成了一本。这一本《腐蚀》也就在朋友中间广泛地流传开来，最后是不知道传到哪里去了。

然而却总忘不了这本书，和这本书中间女主角不幸的遭遇。原书的晦暗迷离的结局永远给读者留下了一个谜，大家渴望得知惠明的命运，大家为她祝福，真不愿意想到她会真正牺牲在重庆的防空洞或者“中美合作所”“白公馆”的“防空洞”里。

这是作为一个小说的读者对它所保留下来的情感。当时只对书中的故事有兴趣，对作者所赋予惠明和小昭的悲欢离合的身世有着同情。可是，对它所包含着的时代意识是模糊的。后来到了重庆，在这个多雾的山城中间生活了一年多。在两路口的“社会服务部”看过报，在沙坪坝的小饭馆里吃过饭，在新华日报社里买过书，在防空洞里躲过警报。这样，就又想起了《腐蚀》。

等到经常地从《新华日报》上读到国民党反动派恶行的报道、阴谋的分析，更由自己看到体验到了一大堆真实的事件以后，就渐渐地又想起了惠明和小昭的故事，发觉并不是那么单纯的了。找了书来重读就有了更深刻的体会。在政治觉醒上更加深了一步。辨清了爱憎的对象，懂得了在什么地方什么人面前应该小心戒惧，特别加强了警觉。

重庆的雾还是可爱而值得留恋的。因为想到有很多人就生活在这一片暗雾中间，在做着艰苦的斗争。而这斗争是为了新中国的美好的将来的。当时，开始明白了谁先在辛勤地正确地领导与执行抗战的神圣的任务，而谁竟是在那里挂羊头卖狗肉做着出卖抗战的丑恶罪行。

这些认识，这些感情，由于小说《腐蚀》的启发与诱导，在萌芽、在成长；这一明确的结论，就好像被笼罩在迷雾中间的重庆山城，隐隐约约，始终不曾痛快地给人一张真实的笑脸看。

可是现在，《腐蚀》由原作者、改编者和导演演员同志们搬上银幕了。在今天的自由环境之下，迷雾扫开了。观众所看见的是真理他自己。

而且这真理是多么明白，多么技巧地传达给观众的呢？

在这里，我们看见了新中国的电影事业的光明的远景。

真有人已经初步地完成了这样一件工作。用最好的手法，最动人的故事最现实的生活，给了观众一场好戏。而且，最重要的，说明了一个重要的历史事实。

这真替我们的人民影剧事业加强了信心。政治与艺术不但是必然应该结合；而且它们也已经结合了；而且也已经有了这样好的结晶品。

我愿意以一个由小说到电影的读者观众的资格，向《腐蚀》的全体工作者们致敬，因为你们真的完成了一件美好的工作。

（一九五〇年十二月二十一日《文汇报》“磁力”）

京尘琐录

小引

在北京闲居一月。说闲也实在不能算闲，只有那么一种感觉，又熟悉，又陌生。想看这个，想看那个，结果是并不曾看了多少。

回沪以后想写点文章，可是很为难。大题目没有多少，写得好更不容易，可是小东西还有不少，而且也未必是完全无意义的，“不贤识小”，也还是值得记录一下的。

这里零碎出现的就是一些这样的小事。

团城

北平又改成了北京。京就是京城，是一国最高政府的所在地，当然“衙门”是少不了的，“衙门”这称呼太旧了，现在叫机关。北京的那么些机关，都安置在一些旧有的建筑物里。人民政府没有拿人民的小米盖过什么新而伟大的衙门。像外交部就在外交大楼，北京市政府在北洋政府时代的财政部……可以说，现在的机关，也就是从前的衙门。整个北京就只有一个新的机构在一个不曾做过衙门的地方出现。那就是文化部的文物局。

文物局在哪儿？

文物局在北海旁边的团城里。

团城是那么一个圆圆的高起来的城。在景山旁边，在北海之滨。地方不大，里边零零碎碎地安置了一些宫殿式的建筑物，更还有几百年的苍松翠柏，就是冬天也还是绿荫荫的。那里边最有名的一件东西是一尊玉佛。这佛用白玉雕成，高五六尺，坐在佛龛里，在当中的大殿中央。前边围了铁丝网，参观者只能站在外边瞻礼。这是北京的名迹，大家都知道。

文物局安置在这里，实在是很合适的。

我有一天早晨，在这个玉佛殿的旁边的一间小殿里（局长室）拜访了郑振铎先生。我向他道贺，说："这个办公的地方真够风雅！"他笑笑，不说什么。他是刚从上海、南京回来的，是为了去接收整理一批南方的图书馆与博物院。他的兴致好极了，忙得要命。我还记得在上海他家那间小屋子里面谈天的光景。他那间小屋子里堆满了"俑"——古代的泥人儿。他口讲指画，跟客人谈整理古代文物的种种，汉朝人怎样吃饭，秦朝人穿什么衣服，这些亟待解决的文化史上的问题——古代人的生活环境的研究——在当时国民党反动派的"治下"，是没有办法进行研究的。可是，现在他可以施展了。解放了的全中国，多少历史文物等待保管、发掘、研究……难怪他忙得团团转。

我直感地觉得，他是一个新职务与旧兴趣配合得最好的人。

藏书家的功罪

郑西谛先生这次是到南方接收安置一批文物的，这中间就包含了一部分的古书。

因为藏书，我们谈到了藏书家。我就跟他提了一些问题。

我在外面听到了一些人的意见。有人说，有些藏书名家，大抵是乡下的大地主，有的是从明朝就剥削农民，一直剥削到清朝，他们拿非法获得的剩余利润来买古书，成了藏书家。现在该清算了……

我想这话可得分怎样说。

上面的意见，前半部全对，就是后面的看法，我稍有异见。大地主用钱的方法很多，有买珍珠宝贝的，有买姨太太婢女的，有大造家宅的，有大吃大喝的，有滥赌的……这都不好。（买珠宝字画的还有一点点好处。）只有买书刻书，还算是他们的“百恶一善”。

常熟毛晋，是有名的汲古阁主人，他刻的书，根据统计，有六百多种。你想，在明朝，书是一块块木版刻上字刷出来的，六百多种书（中间包括十七史那样的大部头）要多少块木版，这样刻书是多“笨”的事。

毛子晋是藏书家。他为了刻书，不惜重价买好底本。当时有一句俗话，“天下三百六十行生意，不如鬻书于毛氏”，花了很多钱，买了古书，再翻刻出来，在一般地主看来，其笨如牛。那结果是现在还可以买到汲古阁刻的很多书，汲古阁，倒是很像明朝的三联书店吧？

古书成了商品，有好也有坏。坏处是穷的知识分子买不起，成了古董，但是也有好处，“宝贝”总是值钱的，不会散失，大家小心保存，卖来卖去，那就是到现在还剩下的这一批。

藏书家者，收集这一批一批的“宝贝”者也。他们把这宝贝捐出来，或卖给政府，马上就可以成为一个了不起的图书馆。这是藏书家的好处，未便一笔抹杀。

至于私人藏书之风呢。

郑先生说，“那是再不可长了！”藏书本来是国家的事业，现在大家何必再花钱买古董呢？浪费事小，不能好好保存而使人民大众利用之事大。

不过，在政府还没有用最大的力量收购古书之前，所谓“藏书家”，把就要进还魂纸厂的古书买一点半点下来，也还有它的意义的。

周叔弢

周叔弢先生，现任天津市人民政府的副市长，他是一位实业家，是启新洋灰公司的总经理。我在天津时他还没有被选做市长，所以是在启新公司看见他的。很巧，他也是一位有名的藏书家。

这是一位身材小小，头发花白而精力弥满的老人，谈天的兴致好极了。我们的谈天最后就谈到书上，他的兴致更高了。他很坦白地说，这完全可以说是“玩物丧志”的事。作为一种业余的癖好，倒并不是要不得的。他说明买书的历史，最初是小时候，在扬州，往书坊里买些坊刻本；后来开始买局刻本，就是官书局的刻本，在当时看来是有如现在的公营书店的书似的。后来慢慢买明版，但是万历以后的书不买，因为那是多而不精的。这样就慢慢走到宋元的路上去了，抄校本也是一条旁支，而且那兴趣是比起刻本还要大些的。

他论旧刻书，特别标出那版刻美的一点，以为这是中国雕版史上的非常光荣的事迹。他说起版本学也非用科学的方法不可。过去那些藏书家的鉴赏，往往有时靠不住，除了缪艺风、傅增湘的喜欢自高声价之外，其余的就是因为不是用科学方法，因而出了毛病。他所举出的科学方法之一是将现存的明刻本方志聚在一起，因为这是全国性的，可以代表一个时代中间全国每一个角落里的刊工风气，这样比较，甄录……就会得出一个有系统的研究，比如行格，刻工姓名，风气，都可以有科学化的说明了。

最后他说到一本好书，很可以用一位女性作比。刻版好，等于先天的身材好；如果印工好，就是说极清朗的初印本，那就是后天的发育好；再加上好的装修，像傅沅叔的那种洒金绸面，金镶玉之类的装订就好像是穿上了很好的衣服；经过名人收藏，钤上朱红的印记，就等于胭脂花粉；要是再有名人的题跋，那就更添上丰韵了。有这样五种好处，才能算一本十全十美的好书。

他说到这里也不禁笑起来。这原来是和书的内容是无关的。正好像是培养得很好的花圃，那用处只是给人一种欣赏的资料，说有什么积极的意义，是谈不上的。

因为这是可以代表老辈藏书家的看法的。因此附记于此。

傅沅叔

张菊生老先生现在卧病医院，去看过他几次，都因入睡没有接谈。他去年到北京去参加人民政协会议，回到上海来以后，我去看他，杂谈中间就谈到了江安傅氏，就是以藏书出名的傅增湘先生。张和他是老朋友，傅那时中风已有一年，张先生去看他，默然对坐，执手唏嘘，很难过。我听了，当时也觉得黯然。

这一次我到北京，原意想去看看藏园的书，不料，到北京那天，他已经故世半个多月了。书籍已经卖给北京图书馆（半捐半卖），我就在北京图书馆的地下室里看了他的书。书并不太多，还杂乱地堆在桌子上，没有编目，但最有名的“双鉴”——宋内府抄本的《洪范政鉴》和百衲宋本《通鉴》却已经更深锁在最里面的善本柜子里。

这是一个标准的“藏书家”——并不是说他在收藏鉴赏上够标准，而是说他的作风和乾嘉以来的藏家很像。那就是说，他的藏书，是一种玩赏的性质，有时也可以高价卖出的。其实他也是书贾一流人物，不过没有店面，而又有名，所以卖起来就往往更是高价。有时候在残本，或不怎么好的本子上加上一篇跋，说得天花乱坠，于是就更能使“书迷”上当，他和日本人做的交易也很不少。日本的文求堂书店曾经出过一本书影，是照下来的一张旧书样子，是最精致的广告，这里面一大半都是他的书。

不过他也有贡献，那就是校书。闲来无事，就拿不少好书和现存的本子对校，把错简缺文都校了出来，做成校记，而这往往是几千百卷的大书，那工夫就花得可惊，而对读者的帮助则是很大的。

他故世以前，已经卖掉不少书了。然而这里存留的，登在《藏园群书题记》里的还有不少，那七大本《题记》实在就可以说是他的大广告。看惯了广告的，现在看看真实的货色，也实在是有趣得很的。

赵万里君说，他的书都换穿了新衣裳，实在不高明。不过漂亮是也真够漂亮的，黄荛圃跋的徐干《中论》，就用的是红色的绸面子，上面洒了金，非常华贵。这样一想，善本为什么要放在地下室里锁起来，实在也是颇有道理的，这样的书给大家一翻，岂不是翻旧了么？

而这样的书，到底有什么好处呢？也很难说。不过多少年前（几千几百年前）的中国人，曾经发过某种议论，记载过某些事实而已。议论多半是不通的（照现在的看法），不过锁在地下室里保存着，也未尝不是研究社会思想发展史者的宝库。至于事实，总是事实，要写历史，就非得看看不可，不管记载是多么野蛮，也无法否认。

很讲究地装起来，也是对的，因为整个中国，现在只有那么一本两本了。

过去是大家当商品卖来卖去，深藏秘锁，想看也无法看，现在是锁在图书馆里，有必要看的就可以看了。大家不需要看的，也就可以淡然忘之，实在是很好的办法。

郑振铎先生极力主张私人藏书之风不可长，应该公藏，这自然是无可非议最正确的路。

入蜀记

回到重庆

飞机飞过宜昌后，大地山河又变了一种样子。不再是那种鹅黄浅绿、阡陌纵横的江南风光；也不再是凝实厚重、古拙如敦煌图案的汉水景色。山峦起伏，一望无际，从现在开始，觉得真好像是投入了群山万壑的怀抱里了。

这几天江南多雨，在飞机上常常遇见云海。远天一线，像镶上了一层白玉连环的花饰。偶尔有几朵空灵剔透的散云，停滞在空中，就像一座碧玉盘上粘着摘取未净的白絮。飞机的翼子也是微湿的。窗玻璃上疾遽地驶行着小水珠。从宜昌往西，天气转晴，忽地发现在机翼上挂着一个五彩的花环，这是虹。云海随即也变得一片白蒙蒙，照耀得睁不开眼睛。等到这一切再度澄清以后，迎面而来的就只是群峰丛谷，一连串的梯田了。

被日光晒得冷热不均的空气层使飞机激荡起来，这时候坐在飞机里的人们的心情也同样是激荡的。

看见了一座山城。距离飞机着陆的时间还有二十分钟。

这里有那么多房子，而且都是崭新的、雪白的、翠绿的、大红的房子，这是重庆吗？真的是重庆吗？我紧盯着看。啊，看见了嘉陵、扬子两江的合流，更看见了像被遗弃了的一条偃卧着的僵蚕似的珊瑚坝机场。再用不着猜疑，重庆真的到了。

可是飞机却没有降落的意思，打了个回旋，机翼一偏，又飞了过去。

等我坐上了民航局的送客汽车，从白市驿进城的时候，已经是太阳偏西的时分了。

我好像理解，而且原谅了这种“留难”。重庆，像新嫁娘似的，在接待久别、远来的亲人时是未免有些羞涩的。见面不能那么容易，更何况在你的脑子里还深深印着她昨日容颜的时候，就更不能那么匆匆地见面，免得让她今天的耀目光艳给你留下过深的惊异。

一切是那么陌生，可是又那么熟悉。

又听见了车子上坡时那种吼声。三挡换二挡，再换到加力挡时引擎喘息的声音。脚下的山坡又高起来了，迎面而来，又看到了那种树在悬崖路边画着“~”形、上面写着“急弯”字样的路标。公路边上偶尔留下的牛粪，从远处飘来了稔熟而亲切的四川话。四川话是那么悠扬，顿挫，讲究音节，有时候听起来真像是在咏歌。果然，车子转过弯来就看见了三五个农民，背着锄子，缓缓地走着，一个妇女穿着新缝的花布衣服，回过头来看着我们。

又看见了那无所不在的黄桷树，绿叶垂荫，盘根错节，配上那开山以后留下的“大斧劈皴”的山石峭壁，和崖上生长着的小树小草，白色的野花。山顶上偶尔出现个把古堡，寂寞地站在那里多少年了。

一个农民挑着金黄色的稻草担从田埂上走来，他走得那么慢，那两大担稻草好像是要把他淹没了似的。一个小娃儿，背上背了一筐青草随在他后面。

转弯过去，迎面摇摇地走来了一大群鸭子，一个人拿着长长的竹竿在后面赶着吆喝着，给车子让路。鸭群顺从地靠边了，见了汽车并不惊恐。

三五个农民，挑着竹筐、竹篓进城去。筐里装着新摘下来的青菜。从编制得精致的竹篓缝里透出了鲜红的辣椒影子。

公路在山脊上盘旋，越爬越高，生根在山下的棕榈树顶伸出手去就几乎可以摸到。几乎不例外，伴着棕榈必然有几丛肥大的芭蕉，在这前面就是三四间傍山而筑的民居。照例住房前面有一方小小的院子，地上堆着新收获的农作物。公路两旁，堆着还没有来得及扎捆的稻草。

到了山顶，远远望去在山脚下有好大的两个长方形的场院，上面铺晒着新收的稻谷。秋天，这是丰收以后的秋天。

又看见了那熟悉的石板路，石板小桥，小桥下面缓缓流着的溪水。走过山洞、新桥，这时已经可以看见市区了。那些新建筑物一簇簇一群群地送到你眼前来。你来不及辨识、欣赏，车子就又回过了身去。不用心急，兜了一个圈子以后，车子依旧会在山前出现，让你更近、更清楚地看。从前在川黔一带旅行，坐着破旧的木炭车，一步一步地爬着这些爬不完的坡坡，只会引起心焦、怨恨。现在才发现这种不得已的盘山修路的设计，却也有它的妙处。它使你断断续续，不止一次地看，越走越近，越来越清楚地看，看这像一个满头珠翠的盛装新妇似的美丽的山城。

九龙坡

一九五六年十月四日。

四十多年以前，四川人民为了修建成渝铁路，在重庆郊外九龙坡地方选下了起点站的地址。三十多年以来，经过了皇帝、军阀、国民党反动政权的连续统治，铁路仍旧是留在图纸上的一条影子，只在九龙坡造下了三间还算漂亮的车站大楼。十五六年以前，抗战中交通大学内迁，恰好这三间楼房就成了学校的办公大楼。

我自己曾经在这个学校里住过一年。在那些苦难的岁月里，九龙坡留给我一段磨蚀不掉的痛苦却又亲切的记忆。我熟悉那地方的一切，那些坡坡坎坎，那些下雨天没胫的泥泞，小店里的灯火，茶座上的闲人，读书用的土制牛油蜡烛。那些茅草搭起来的饭厅、宿舍、课堂。那些竹制的桌子，站在桌边，每天两次吃着掺杂了稗子、石块、沙土……的“八宝饭”……到今天，我一闭上眼睛，脑子里就会浮出一幅图画，心里也会泛出一股复杂的、酸甜苦辣交织的滋味。我想念它，像亲人似的想念它。于是，当这次回到重庆，而且早就知道成渝铁路已经建成，而九龙坡真的已经成为铁路的起点站的时候，我真想马上就去看看，看看那座办公大楼怎样真的变成了车站，看看那里虽不相识但却稔熟的老邻居们怎样变成了铁路工人，那些饭铺、茶馆……还是不是老样子。

我这种多少夹杂着一些自私的心情，亲爱的读者一定是会原谅和理解的。

同时，我想读者们一定早会猜到那结果，猜到我这种天真的想法，是多么不合实际和必然落空。

其实，我的幻想，我的当年旧梦，用不到到了九龙坡，早在离开两路口，踏上新市区（也就是从前的郊区）的时候，就已经破灭了。

重庆是个三角形的山城，嘉陵江和长江在三角的两翼流着，从市中心到两路口，又分开了两股岔道，一条沿嘉陵江到沙坪坝去；另一条沿长江到九龙坡。在两路口上面有一条两浮支路，旧重庆突出特色之一的降落伞塔就在那儿。现在已经有了新修的宽大的公路。我要求司机同志仍旧沿了当年的旧路上去，看看那降落伞塔和大田湾。

路倒的确仍旧是当年的旧路，坑坑洼洼，车子走在上面有一种熟悉的颠簸之感，可是当车子在路边停下，踏下车门的时候，在我眼前就出现了奇迹。要不是降落伞塔依旧存在，像孙悟空斗法变化庙宇的那座旗杆似的做个标识，我是无论如何也不敢相信这就是当年一片黑色的凹地的大田湾的。

这里出现了一个能容四五万人的大体育场。鹅卵形的田径场上，足球场地绿草如茵。四周围的看台像精致的陶器的边翼似的围着它。看台围墙是深红色的，一连串门窗极像古寺的庙门，上面有着古典图案的窗格。运动场前面是绿琉璃瓦顶的体育馆和三重殿宇式的办公楼。

像出现在童话里的美丽的宫殿园囿。

这块凹地全部是青年们的义务劳动填平了的。司机同志是个三十不到的年轻人。他也在这里出过一份劳力，现在他好像夸耀自己的精心制作似的向我介绍这个美丽的地方，他的四川话说得那么文雅，“这，多好看哪！”他望着被薄雾笼罩着的远山，脸上出现了平静的微笑，像吟咏似的说了。

是的，这是多么好看呀！

我们又踏上了车子。过大坪，过杨家坪。这两个地方过去都只不过有一条小街，三五家饮食茶店的；现在，就都有着宽阔雄伟的十字路口，当中是街心花圃，街角矗立着高大的电影院、百货公司、邮电局和书店、机关。

重庆的新市区有很多地方的规模是和这里一样的。从上清寺算起，化龙桥、小龙坎、沙坪坝，这些地方就都有着同样雄伟而美丽的中心区。当车子驶过杨家坪不久，驶上了悬崖边上，可以看到长江的时候，我就仔细地从江边山上，崖头路角，寻找记忆中间旧日的遗痕。江山是依旧的，开始枯水的江身，在两岸石崖上露出来的水痕也依然存在。等我转眼向前看时，在原来是一片水田，夹杂着多少交错的羊肠小径，石砌基础的地方，发现了数不清的铁路岔道、仓库，堆积成山的汽油桶，一堆堆的工房，一辆辆调运着的机车的时候，我才忍不住轻声地叫了起来。

从前这是一个极荒凉的地方。在四川，凡是称“坡”的地方，就是高地；反之，“坪”就是低地。九龙坡是个江边的高崖。在坡与江边之间，有这么一块狭长条的低地，邮局就设在那里，好像除了两三间邮局小屋之外，就再也找不到什么建筑物了。有的是用白石砌成前面还附有碑碣供桌的墓葬。有时到邮局去，从坡上下来，要走好长一段难走但却极有趣味的田埂。四川多雨，田埂往往是三棱形的，上面涂了极滑的泥浆。在不到一尺宽的埂上，小心地迈步，一不小心就会落在深可及膝的水田里去。在这里好像从来碰不到人，只有整个浸在田里的水牛不时钻出头来，向你长哞一声，算是唯一的一点“生意”。

现在，再也找不到水田，看不到坟墓，听不见水牛的叫声了。只是不时从那里飘来借着水音显得格外好听的机车鸣声。

车子依旧用极高的速度行驶，驶进了一条新建的街市，两边都是新的楼房。忽然一转，车子从柏油小路驶了上去。路是曲曲折折的，路边是盛开着的花畦，红绿缤纷，简直使人看不清那曲折环绕的通路。车子在一座新建的大楼前面停下来。当我过去拜访了主人，听了关于“西南美术专门学校”的情况介绍，在笔记本上记录的时候，我一直在猜想，这个美丽的所在是不是就是十四年前住过的地方？

这个学校是由成都艺专和西南艺术学院两个学校的美术系合并而成的。一共有绘画、实用美术、雕塑三个系。还有着一部分从松潘、理县、茂县来的凉山彝族、羌族的学生。这些二十岁上下的青年，都将成为未来美化家乡的美术工作者。

学校目前大力发扬对民族美术传统的重视。我在楼上的陈列室里看到教员们从大足雕塑群里用石膏模型翻制或仿制的雕塑；看到了极美丽多彩的西南少数民族兄弟的刺绣。那些用绚烂的金线蓝线交织而成的龙凤图案；大蓝地、红花的图案。这些精美的艺术品，一眼望去，就知道是中国的东西。同时它的朴质厚重，有时更突出的飞动和丰满的活力，又和湘绣、蜀锦截然不同。

我又看见了和杭州出品极为相似的江安竹簧制品，荣昌的形制古拙，造型厚重，但又美丽异常的陶瓷。真是“天涯何处无芳草”，在祖国的大花圃里，到处都是仪态万方的奇花异草。他们彼此这么相像，可是又这么不同。这是个奇异但又极为自然的现象。

可惜有一些短视、褊狭的人们，他们不是干脆要把这些花草一下铲光，就是想把这些花草改造成一个样子。在他们的眼里，似乎只有一种合乎自己口味的东西才是美的，他们不能容忍多样的趣味和色调。我想他们没有机会或是不愿意多看一些不同的好东西，是造成这种褊狭见解的主要原因。如果真的看了，还不被激动，不从心里产生炽热的美感，那就真正应了古人的一句话：“是无目也!”但是，我想这样的事情是不会有的。

殷勤的主人在教给我不少可贵的知识以后，又听说我在十多年前曾经在九龙坡的一所学校里住过的时候，就笑着把我拉到平台上面，指点给我，这个地方其实就是当年的交通大学。只有这所办公大楼和左前方的一所教室大楼是新建的，其余的宿舍……都还是抗战中间的旧屋，只不过经过刷新、加固而已。我看着那塞满了校园的花草，看着那些粉刷得焕然一新的房子，不禁痴了。这真好像是给一根魔术的指头指点过了的。我仔细地看，可不是么，那些就是自己曾经住过的宿舍，那些就是教室……可是记忆里的那个永远晴不了的雨天里的黯黑的图画，却永远也回不来了。秋天的太阳正散发着余热，这两天正是重庆稀有的好天气。可是，我想即使再下起雨来，也找不回那幅凄黯的图画了。

向主人告别以后，我又请司机同志绕道过去。停在那个现在仍旧当礼堂使用的办公大楼前面。我又跳了下来，推门进去，仔细地看了看。我在那里站着看了好几分钟。是的，这就是那座楼，就是那座被我设想成为成渝铁路重庆站的大楼。可是虽然经过刷新，它依然是多旧、多寒窘啊，它哪里配得上坡下面那个气象万千的车站。

我不禁为自己的幼稚想法脸红了。

红岩

从沙坪坝回来，车子沿着嘉陵江边疾驶，对江景色如画，大大小小、新新旧旧的建筑，黑白间杂，像鱼鳞似的铺在对岸的山上。秋晴天气，即使到了下午，也还有一层薄雾，像蝉翼轻纱似的罩在江上、山头。记得有两句描写嘉陵江的诗句："嘉陵江水女儿肤，比似春莼碧不殊。"这诗写的是北碚，在那里，江水真是绿得可以，可是在这一带，就变成草绿色了。

一路上不断地看到修路工人在辛勤地工作，从山岩凿下来的大小石块，杂乱地堆在路边，斧凿和石头接触的丁丁之声，连续不断。这一带的山石都是赤红色的，就连土壤也是红的。车子在凹凸不平的路上走着，突然在一个两边写着"红岩村"双榜的大门里穿了进去，上坡，右折，又停在一块浓荫蔽天的地方。我们跳下车来，已经有一位管理纪念馆的同志在这里相候了。在迎面的山坡上，两行樟木中间夹着一排石阶。香樟秀挺入云，石阶极陡，和杭州孤山后身西泠印社的那道石级小径十分相似。一九四五年八月，毛主席从延安飞渝和国民党谈判，就是从这条小径上山，走到当时的"第十八集团军重庆办事处"——今天的化龙桥红岩村十三号革命纪念馆——人民嘴里的"毛泽东大楼"，在这里住了四十多天。

这是个山岗起伏的地方。从小径上去，先看见的是一排双层楼房，现在已经是重庆城市建设工程学校的校舍，当时则是国民党警宪的住所，更向高处望去，可以看见一所小洋房，过去是所谓国民党的"办事处"，那个美帝国主义的"特使"马歇尔，就曾经在这里住过。更走进去，穿过一条篱笆，眼前就展开了另一个天地。这里原来是一个果园，杂树累累，深绿色的柚子布满枝头，加上其他叫不出名目的果树植满了整个山谷。果园周围有竹篱环绕着，门口有一重砖砌的小门，上面有董必武同志写的"大有农场"四字。主人当年在这里买山隐居，引泉种树。因为同情革命，就分了一席地给办事处建筑屋舍，今天这个农场也捐献了出来，真的符合了当年董老题额的命意。

在农场大门左边，有一株枝叶婆娑、姿态奇古的黄桷树。接待我们的同志在这里述说了一段动人心魄的故事。这棵树被称为阴阳树，顺着树身右边走去就是办事处；左边那条下坡小路，是通往国民党的“参政会”的，特务匪徒就等在那里绑架，谁只要误入歧途，就等于走进了“死路”。所以由黄桷树隔开的两条不同道路，就又被人们称为“生死路”。

我们在这棵黄桷树边，站了许久。

遥望对山，星罗棋布的许多楼房，都是当年蒋政权包围、威胁办事处的“据点”，它们各有一个冠冕堂皇的名字，孙科的公馆，“中国银行”和“农民银行”的宿舍……至于它们干的是些怎样的勾当，那是不问可知的。

就在对山最高处的一座小楼里，“银行职员”们架了一座机枪，枪口就正对着周恩来同志当年办公的房间。碰到夜里高兴，就向这边山头扫射一阵，理由是防止八路军“暴动”。日本飞机来时，对山的人物就放信号弹指示轰炸目标。

农场大门里面，现在是一片荒草了。一九三八年周总理和董老从武汉撤退来渝，就曾经在这里的草房中住过。旁边还有办事处同志打篮球的球场。后来特务也来打球，不时引起纠纷；再下去就干脆放一把火，把草房烧掉了。

当年办事处的一位炊事员同志、现在在松山农场工作的老萧，下山挑水，给特务们绑架了去。经周总理严词交涉，才声明“误会”给送了回来。

等到解放后肃反运动中间，才终于明确了这些人物的身份。那个“保长”原来是中统特务，那个“银行主任”原来是警备司令部的巡官。

这样的故事是听不完也记不完的。

当时被称为“董公馆”的中共中央南方局，就是在这种环境下面建筑起来的。图样由延安带来，三层楼，全部有五十六间房间。为了适合当时艰苦复杂的斗争形势设计的这个建筑物，在今天看来，处处都可以体会到设计者的“匠心”。

楼房正面，走上石阶，左右各有一个传达室和收发室。传达室里照原样放置了两张小桌子。接待我们的同志走去坐在桌边，忽然，在这所空落落的楼房里传来了电铃的声音。原来他把脚踏在桌子下面的暗设开关上面了。当时的传达同志碰上了不三不四的“客人”，这种铃声就会响起来。

有时候，蒋政权的警宪要来“调查户口”了，传达同志就要按手续办事，请房子的主人周总理先予批准，然后再去“调查”。这样，有必要转移的同志就可以安全转移。在三楼，我们还看到一间从不开门的阁楼，那里住着一位管理文件的同志，他整天就睡在这里的地板上，旁边放着一个火盆、一个水缸。有时传达室的电铃一响，他就要准备做销毁机密文件的工作。

在传达室里还安了一个暗门，正好给开开的大门掩住。碰到自己的同志来了，就不必再走正门，从这个小门就可以直上二楼三楼。因为对面山上，随时都有特务在窥伺着。我们就从这道暗门走上了二楼。在二楼、三楼的楼梯口，看见都安装了一层厚重结实的木门，那是在“皖南事变”以后装起来的。

我们走进了周恩来同志的办公室。房子两面有窗，从窗口望对山，正好对着山顶的那座小房，当时每天可见的机枪枪口自然是看不到了。房间里有一张写字台，上面放着文房四宝。两把藤沙发，两把半旧的木太师椅。简单朴素得很。一道小梯通往下面的一间较低的小套间，是当日总理和邓颖超同志的卧室。这是一间“室小如舟”的小房间，也开了窗，左面一张床就占了一半的地方，对面是一个小小的圆窗，右面窗前放着一个洗脸架，上面还放着一面腰圆的镜子。这样极简单的几件家具陈设，引起了我无限的感触。周总理和他的战友们，就是在这样简朴的环境里，冲破了那样的艰险，战斗过来的。今天，我们的国家里有不少人都住着比这要大得多的房子，使用着比这漂亮得多的家具了。我们可以安心地工作，安稳地休息，我们坐在案头，推窗外望，看见的是阳光、花朵，而不再是什么机枪枪口了。

我们默默地走出了周总理办公室，在过道中踏上了当年同志们为了毛主席住在这里、不致在夜间走路搅他休息而装上的棕毯。我轻轻地走着，一步步踏在棕毯上，软软的。我说不出这时心里浮起的是一种怎样肃穆温柔的感情。十一年前在这里铺下了一条毯子，它留下来的温情直到今天依旧感染着我们。什么人能够幸福地踏上了这条毯子，就都有机会把自己敬爱的心情传达给他。我浓烈地感到了这种幸福。

我们轻轻地走进了毛主席办公室。这间房子比较大一些，陈设的朴素和周总理、董老的办公室是一样的，在墙上，我重读了毛主席《沁园春》的原稿照片。看了一九四五年八月二十八日毛主席在重庆白市驿机场上的照片。毛主席戴着普通草帽在微笑，旁边的周总理在豪迈地笑着，从画面上仿佛能听到他那爽朗的笑声。主席就在这房间里住了四十几天，中国近代史上有决定性意义的四十几天。

转出来在夹道尽头放着一个白木雕花的圆桌，已经半旧了。这是当年毛主席、周总理和董必武同志吃饭用的桌子，可以想象，他们在这张桌面上曾经进行过怎样一些不平凡的谈话。

整个纪念馆里的陈设，凡是旧的，都是当年的原物，譬如这张桌子就是的。这是解放后在公安部门接收下来的东西中找回来的。这个工作做得非常细致，对证照片，经过曾经在这里工作过的同志的审定，就从当日参加掠夺的那个“保长”那里也得到了线索。可惜的是，有不少原物，因为过于陈旧，连被掠夺的“资格”都不够，都给特务们烧了卖了。譬如当时特务从资料室里运走的图书就有三大板车都送到还魂纸厂去了。在办公楼右侧的礼堂里，今天还堆放着不少破旧家具，都是经过鉴定剔出来的。

新配上去的家具，总不及陈旧的原物可爱。人们对这些原物的深厚感情是完全可以理解的。可是今天却依然会遇见那些拆除销毁有纪念性文物的人；或者是用水门汀涂在古旧的雕塑上的“爱护”文物的人，实在是值得遗憾的事。

重庆有很多富丽堂皇的新建筑。像那座仿照北京天坛建筑的“人民会堂”就是使人惊异的。但是比起化龙桥的这所陈旧的小楼来，我却觉得后者更可爱。也许这种比拟是“不伦”的，但是我仍旧愿意说出自己这点不同的感受来。

红军的脚迹

一九五六年十月二十一日。

枇杷山上有一个博物馆和一个图书馆。两个地方都值得流连。可惜的是地方多少高了一些。我曾经向图书馆的同志们打听过一下，是不是有很多读者。他们回答说，起初搬到这里来时，有些顾虑，后来却发现每逢假期也依旧是常常客满的。在这里不能不佩服山城市民的脚力之健，他们几乎行若无事地走上和苏州灵岩山差不多高的山顶上来看书看报，这在住在平原地区的人们看来是难以想象的事。

重庆市博物馆的前身是西南博物院，所以里面的收藏品以西南一隅的历史文物、自然标本为最多。我觉得这真是一个非常值得注意的特色。如果要求全国省市的博物馆都办得像中央那样全面、完整是不可能的事。最好的办法应该是在一般性的历史文物方面多采用模型、照片或中央收藏较多拨交下来的原物。至于当地的东西，则应当大力搜集，务求完美。不但人地相宜，本来有可以这样发展的优越条件；同时这又是向中央以及各地输送资料的责无旁贷的义务。至于当地人民能够看到本乡本土的历史文物、自然标本，因而感到极大的兴趣，受到深刻的社会主义教育，那就更是必然无疑的了。

只有对各地区的博物馆工作重视起来加强领导，才有可能使中央一级的国家博物馆不断得到补充而日益完善，使全国各地文物保护的工作获得改善。

重庆市博物馆的历史和民族文物两大部门都是发挥了地方性的特色的，在这里来不及详细介绍。使我感到极大兴趣、看了整整半天依旧觉得匆匆的是他们所收集的革命历史文物。这是一个新的园地，在解放以后才开始着手开辟的新园地。在搜集、整理中，他们是花了辛勤的劳动的。解放以后，西南的文化部门曾经组织了相当的人力到四川、贵州的革命老根据地去进行访问，顺便征集了不少重要的革命历史文物。同时，在重庆的废纸市场上也收集了一部分已经准备扔进还魂纸炉的书报。这些文物今天集中在一起就组成了一个辉煌的展览。在全国各地的博物馆中，似乎还少有这样丰富、有系统的革命文献馆。

红军在四川贵州战斗中遗留下来的文物，是重庆市博物馆革命历史文物展览的主要组成部分。在这个部门里，也保持了浓重的地方色彩的。如果在全国范围内，党和红军曾经做过重要斗争的地区的博物馆都能做好这样的工作，那么，将为未来的党史、人民军队的历史提供多么重要的原始材料，是不言而喻的。

首先看到的是一张时历二十年依然保存得十分完整的大张布告。这是中国工农红军总政治部的布告，张贴地点是贵州的关岭县，时间是公历一九三五年一月，签署者是代主任李富春。这张布告是少数民族兄弟布依族老人杨登峰冒着艰险珍重保存下来的。

下面是一系列在当时红军中出版的小册子。这是些真正名副其实的小册子，不但分量小，而且开本也小，竹纸石印，和当时流行的小唱本的形式相类。这种小册子的得以保存下来真不是容易的事。除了因为政治上的关系，容易被毁以外，这些书册本身也是很难保全的，纸是土制的竹草纸，如果传阅的人多了，很快就会烂掉。

这里有《地理常识课本》《临症便览》（这是一本有关卫生工作的小书）、《步枪的规定作业》等。有一本《号谱》，是用五线谱石印的。封面目录已经没有了。据保存者说，他当时在黔北受伤，怕被敌人搜出，辗转藏匿，那封面和目录，都已经烂成了丝缕，就放在嘴里嚼烂吃掉了的。

在另一本小册子里，还保存着一首当日的《纪律歌》：

> 出发与宿营，样样要记清。上门板，捆卧草，房子扫干净。借了要送还，损失要赔钱。小便找厕所，洗澡避女人。三大纪律、八项注意，个个要实行。

这是红军著名的《三大纪律八项注意》早期见诸文字的佐证。

同样的小册子和书册杂志在四川老根据地发现的有：《共产党礼拜六》《中央副刊》（陈列的一册是一九二七年三月二十八日出版的，是发表了毛主席《湖南农民运动考察报告》的一期）、《向导》《中国农民》等。

即使是在如此艰苦的条件之下，当时的“红军战士读物”的内容还是极为丰富的。多种多样，特别引人注意的是浓郁的文艺气息。有一册《关于白兵歌集》，是一九三四年五月二十六日红四方面军第卅一军政治部印行的。推想这应该是一本类似阵前喊话的歌集。还有一册《反动派与白色士兵吵嘴歌》，注明用“小放牛调”。歌词是：

我是反动，我是反动。军阀是我活祖宗。他也反共，我也反共，哎哟！反来反去反一身大窟窿！

想在这里将成百册的出版物全部加以介绍是不可能的。《解放军文艺》或军委文化部门的同志们可以进行一次很好的编目和提要的工作。这些早期红军中的文艺性书刊，无疑一定是为广大读者所注意和关怀的。

这个博物馆还系统收藏了完整的革命货币，从红军时代发行的各种货币一直到人民币都有。在近代货币史上，这也应该说是一个珍贵的宝藏。

我看到了当时印行纸币的石印原版。在当时的印刷条件下，这应该说是相当精密的印刷工具了。

纸币大抵是双色套印的。中间大都印着列宁像，旁边是两颗红星，和“工农社会”四个字，四角上都写着大写的壹字。这是“川陕省苏维埃政府工农银行”所发行的“壹元”纸币。

这种长方形的纸币有横印直印两种。还有在布上用墨模印出来的布币，基数都是“串”。

还有银元、铜元这样的硬币，印铸的精巧是和旧时通行的银元不相上下的。

伴随着这些货币陈列在一起的是一九三三年八月一日川陕省苏维埃出版的《经济政策》，这也是跟小唱本一样的石印小册子。

这里也有着最早的党章和党证。一本对折式的长方形纸面证件，上端横列着半圆形的“全世界无产者联合起来”标语，中间直写着“中国共产党党证”，下面是“第×号”。

特别引起参观者的兴趣，也足以说明当日红军能够抓住地方性的特点而进行宣传斗争的是一些石刻的拓片。川陕之间多山，石牌坊、石碑是极多的，当时红军中就组成了“石刻队”，专在旧碑上雕上新的标语。这里有着一张拓片，看那刻工，应该说是十分熟练的。

碑的上方横列着半圆形的“红卅一军政治部”七个字，下面的文字是这样的：

莫要脚踏两只船，风吹两岸倒！穷人只有坚决打倒刘湘等和发财人斗争才是生路。

还有一副是直刻的。上写：

打过了嘉陵江西取成都南下重庆。

这种当时留下的文物，在对证红军入川的战略部署时，是有参考价值的。

反映了当时的土地政策的是一张《土地使用证》，时间是一九三三年七月十二日。当中是证件正文，两旁像对联似的印着两对标语：

推翻国民党统治，建立苏维埃政府！
没收豪绅地主土地，分给贫苦农民群众耕种！

此外，像当年强渡乌江所用的棕绳，门板，木板（一九三五年一月），红军战士临行送给老百姓、被珍重保存了二十年的墨盒和打草鞋用的剪刀。在赤水之战牺牲的欧阳鑫团长所用的被单，这是一条破得补过十几次的蓝布，人民为了纪念他，就珍重保藏了二十年。在这些珍贵的纪念品前面，使我好半天不能离开。我好像看到了一部活生生的历史影片。使用过这些物品的英雄们仿佛就站在我的面前。我看得见他们眸子里的光芒，豪迈的笑脸，听得见他们英雄的声音。

他们用英雄的步伐，在荒原上踏出了一条新路，通往社会主义的路。在这条平坦光明幸福的道路上大踏步前进的人们，是不会忘记在路上留下来的无数烈士英雄的脚迹的。

一九五六年十月四日数帆楼

四川的方言

在成都先后碰见两位作家，沙汀和李劼人。他们都是川人，在他们的作品里运用的都是四川方言，而且都用得那么好，可是也都从各方面听到过一些不完全相同的意见，给他们带来了一些工作上的困惑。于是在闲谈中间就很自然地牵涉到有关四川方言，以及在文学作品、戏剧艺术里运用方言的问题，进而谈到语言规范化……

题目是很大的，可是谈得却很零碎。好在这里并不预备做什么语言学论文，我只是想把这些非常有趣而且也的确十分重要的看法写下来。

他们两位都不想听取某些批评家的意见把自己的语言文字风格生硬地“规范化”起来，造成“平直易解”但“味如白开水”之类的东西。这个前提是鲜明的、一致的。

文学作品是作家用笔一个字一个字地写下来的。在执笔思索的时候，往往作家先要在自己的脑子里述说一遍或若干遍，成熟了，然后落笔。在这个过程中，作家所使用的往往不是什么“普通话”“外国语”……而一定是自己最熟悉的、日常在使用着的语言。这个经验，是每一个写东西的人都有的。

文字风格的重要因素

沙汀说，在他的作品里，四川方言的踪迹不只是出现在人物的嘴里，即使是在描写风景、铺叙情节的地方也都有着方言的痕迹。换句话说，文章中的每一句话的句法构造，也都脱不了方言的规律。

要说文字中有什么风格，这应该就是一种重要的因素吧？

所以沙汀说，有时候一篇作品写好了，要改，往往就会碰到说不出来的困难。在一个句子里，换掉一两个字（自然是方言），整个句子的味道就都变了，甚至都不通了。他在这种时候就深深感到痛苦。

他举了一个例子。四川人有一个特别的字眼，活在人们的嘴里——“踹”。人们常说，“看这个小旦在台上踹!”如果换上“扭扭捏捏”四个字，无论如何也传不出原来的神气，而且又是那么啰唆。

沙汀又举了“唐僧肉”这个词，也是四川人常用的。那含义十分丰富而且极有风趣。如果换上普通话，几十个字也写不清楚，而且一定也抓不住原有的丰神。（这个词应该是形容一个容易被欺，给人家占便宜的人的。就像《西游记》里所说唐僧的肉那么好吃。）

至于谈到四川话，特别是成为四川标准方言的成都话与普通话的距离问题，李劼老为记者做了一番有价值的叙述。倒是带着相当浓郁的学术气息的。

李劼老说，自从明末兵燹以来，所谓真正的四川人，是已经很少、甚至已经几乎没有了的。四川的大城市，像成都、重庆……真正明朝以前的土著就几乎没有。可能在边远县份或少数民族地区还存在着真正的古四川人的子孙。像现在乐山县靠屏山山区的几个乡里，他们说的话不但成都人不懂，就是乐山人听起来也异常吃力。川南话里，可能还保存着真正四川古语。

现在的四川人，特别是成都……几个大城里的人，大抵是“客家”，也就是中原各省的移民，于是那语言就集合了各省方言的长处，综合而成了新的方言，一般来说，四川话明快有力而又俏皮，这些优点可能就是经过一番综合提炼以后的结果。王湘漪说过成都的风俗饮食北多而南少的话，是极有根据的。两部用北京话写的著名小说，《红楼梦》和《儿女英雄传》，那里面就有很多方言是为成都人所共同使用的，那些名词在成都也都存在。不同的只有一点，在读音上是有些转变的。同样，江浙方言、福建客家话、广东方言里的一些词，也都流传到四川来，不过读的时候所用的是成都官话的读法。这样，这些话的细胞就又都在四川方言里生根了。

李劼老说起他在二十多年前创造出来、现在都已经成为普通用语了的几个字。像现在大家都在使用着的“搞”字，本来应该写作“搅”字，但是变成“搞”字以后，那含义就变得更为丰富。“垮”字也是的。这些字都是四川的方言，可是简单有力，含义丰富。一旦创造出来，遂即为人民所接受。这种由土语方言过渡到普通话的情况，往往是自然而然地形成的，又有什么不好呢?

关于文学语言会使普通话获得滋养、丰富起来的看法，他们两位是一致的。目前的情况，是文学语言过分贫乏，而不是怎样过于丰富。因此现在的问题，就不是用“规范化”的刷子把文学语言刷得更苍白；倒正相反，应该培养、爱护，使它逐渐更加丰富，从而使普通话变得更有活力。

在这个问题上，汉语规范化和文学语言的丰富是不但并不矛盾，而且还是互相起着帮助的作用的。可惜的是目前有些编辑同志的看法太死了，体会政策的精神太片面了，在文学语言的问题上，也生硬地“统”，于是就产生了种种恶果。

沙汀还指出普希金的著作在俄罗斯语言的丰富上所起的重大作用。目前中国不是有了过多的普希金，而是根本还没有。

自然，这里所指的方言是美丽、明快、有力的；不是那些晦涩、低级、有缺陷的东西。

写四川人就难免说四川话，写士大夫就难免说咬文嚼字的话。李劼老说他的两本小说出版后曾经接到读者来信，说有些人物满口文绉绉不易看懂，希望改成白话。其实，老酸就不能不转文，在一个作家说来，这真是无可如何的事。

李劼老说他写《死水微澜》时，颇花费了些心力的是人物的语言。因为是五六十年前的故事，所以人物的嘴里就绝对不能出现清末民初的用语。他也接到过这样的读者来信，说有些人物嘴里的新名词用得不很得当。这样的指摘，在我看来，倒应该算是对作者的赞誉。

成都话里包含了非常丰富的“词”，这些“词”往往都带着浓郁的“时代色彩”“阶层色彩”。民国以前，一般语言的用法就和今天的不同。士大夫有士大夫的用语，妇女也有她们自己的用语，袍哥说的江湖黑话，各行各业说的行话、歇后语、喻话，真是丰富极了。

听一个作家深入地谈这样的语言问题，真使人激动。

李劼老说在《函海》里曾经收过一部明人撰著的《蜀

语》，他曾经拿来仔细地和现在的语言比勘过，发现有些词依然存在，有不少却已死亡了。三十多年前，有一个四川人编过一本《说籁》，把四川土语中一个字起十几字止的都集合起来，石印行世。这书实在是一部有用的书，可惜现在也变成孤本了。语言学者实在应该在这方面多下些功夫，把各地的方言都做一番记录、整理。这对作家说来，实在是功德无量的事。现在的作家，想写一个吃饭的场面就很困难。菜名都知道，可是这些只活在人民的嘴上，要写下来就困难。一部新的“杂字”书，是应该编辑出版的。自然不必像章太炎“新方言”那么古雅。在成都饭馆里，经常可以听到“臊子面”的喊声。这“臊子”，就是放在面上的肉末，听了不禁使人想起《水浒传》鲁达向郑屠脸上像雨点似的洒过去的一阵臊子。据劼老说，这个字之古，还不仅可以推到元明之际的水浒时代，早在唐代编纂的字书《广韵》里就记载了个字——“胪”。

其实这种古老的民间使用的杂字书，今天也还并不曾绝迹。在成都的街上，还偶尔可以遇见这样的老人，身穿长衫，脚踏草鞋，手里拿着一个四根横木钉起来的架子，架子正中有一根直竖着下面镶着铁尖的木柄，随时可以在地上插起。架子横木上悬着一本本小小的木刻小书。这里面有川戏唱本，有洋琴词，也有“小菜歌”（即菜名杂字）这一类的通俗书。

我就在这样的流动摊上买到一册木版小书，书名是《江湖滑稽笑话》，里面却写着“时派言子”。是辛巳年出版的。

小书的内容是一些四川方言歇后语的记录，后面还附有“菜蔬言子”“赌博言子”“曲牌言子”。摘录几条在这里：

照相镜内看人　倒起在
邮政局送片子　远传名
飞机上摘星宿　增差不多
观音菩萨下河　浪慈悲
朱太祖的脸　翘面

看这里已经提到飞机、邮局、照相机，可见时代已不很古；而书系木刻，又并非近时之物。足证四川话新创“语汇”的时代感，是既敏锐又强烈的。

一九五六年十月十六日于成都

老人的工作

在成都西北角上有一个有名的古丛林——文殊院。这个寺院原名“信相院”，据说高骈镇蜀时重修罗城的碑记就立在信相院内，现在当然已不存在了。历年来经过不少次的培修，在清代嘉道年间的一次修整，树立了今日的规模，院外的红墙整整延亘了半条街，这条街就叫“文殊院街”。

清晨，久雨的成都弥漫着半城迷雾，说明天气有意放晴了。我来到院外的时候是九点钟，山门还紧闭着。等了一会和尚才轻轻地把禅关推开了。信步走了进去，这个禅宗古刹的规模宏伟得很。有四天王像，比杭州灵隐的较小一些，几层佛殿十分深邃，西庑还有出版工厂“刷经处”。走过香积厨，有几位和尚正在那里杀鸡洗菜。穿过这里，来到一个四合房的花木清疏的别院，正厅上悬着一块“寂寥轩”的匾额。轩里放着一条长长的几案，四周放着竹椅，布置得很像个会议室。墙上挂着字画，大抵是几十年来文士们送给方丈和尚的。这座寂寥轩委实十分寂寥，一个人都没有。

走下庭阶，刚露面的阳光洒在潮润的青石上，花木的枝叶也好像跃跃欲动，秋晴的愉快使这个小院落也溢满了生意。

两间侧室里堆着满满的线装书。大抵是一些史部子部的书籍，“丛书集成”的零本也有好几叠，这说明这里并非和尚习静之所，倒是学人们治学的所在。

过一会，人们陆续到来了。除了文化局的工作同志以外，走进来的大都是银髯飘拂的老人。他们互相问候，三三两两地谈论起来。走过去听听，谈的大抵是有关成都掌故和考据上的问题。老人们谈得十分起劲，有异议，有争辩；听到会心处就轻轻地抚掌、领首，银须也跟着拂动起来。

十点钟，座谈会由李副市长劼人主持开始了。今天的议程是审定四川省文史馆同学（这些老先生们彼此互称同学）们的三部著作。除了作者以外，到场的还有川大的教授和学术界的一些专家。除此以外，今天的会议还有一种送别的意义，因为有些老先生在完成了著述以后有的即将分赴苏联讲学，有的到北京中国科学院和人民大学研究、执教。

会议的方式是先由著作人报告撰述经过，再由大家进行讨论。长案上放着两叠毛订的稿本，每人面前放了一杯盖碗清茶。

第一个报告的是《杜诗年谱》的作者刘芦隐先生。刘先生简单地报告了从收集资料到编纂删定的过程。年谱的体例和前人的杜甫年谱不同。在年代下面分别记了历史大事、杜甫行踪和杜诗系年三部分。笔笔工整的稿本有四厚册之多。刘先生分别提出了他在这部著作中间的见解以及和冯至的《杜甫传》看法不同的一些地方。首先是杜甫母系的排列；其次是公孙大娘剑器舞的解说，作者认为舞者手里并不执剑，而是一种短短的像棒似的东西。

杜甫的生日，据杜诗"四十明朝过"，是否应该定在正月初一。杜甫到成都的日子，据"季冬树木苍""初月出不高，众星尚争光"等诗，是否按照旧注，应该定在腊月二十七日，或只能说明是在下弦。这些细微地方也引起了讨论。

李劼人先生的意见是，在这些方面，正不必强求统一，可以立异，可以阙疑。

蒙文通教授的意见是不妨在研究工作中间，在那些不能决定的地方多提出些漏洞所在之处，给将来的研究者指出可以下手的目标。同时，杜诗的有关政治制度、社会面貌，甚至像三百青铜钱一斗的唐时酒价之类的经济生活记录可多加注意，使杜诗的"诗史"和"图经"的意义更突出。

老先生们也提出了研究中存在的问题。文献不足是他们最感困难的。成都的藏书不多，像《万姓统谱》这样并不难得的书，成都的图书馆里也只有残本。他们提出，是否能由政府帮助到北京去看书，找资料。同时他们也对北京图书馆、北大图书馆、科学院这些拥有惊人数量善本图书的机关至今连目录都秘不示人的做法表示了很大的遗憾。

第二位提出报告的是彭云生先生的《薛涛丛考》和《薛涛诗校正》。

这是一部十分精严的著作。彭老先生花了两年时间完成了这三册底稿。他尽力搜求到自万历刻洗墨池本以降的几十种不同的薛涛诗版本，做了校正、辨疑、解题、集评的严密工作。同时在丛考里做了不少有意义而且有趣的考证。他随身带了墨盒毛笔，到处搜求资料，做考证，老朋友开玩笑地说他是“朝夕不离薛涛”。他的确对这位著名的女诗人做出了很好的工作。

他考证出薛涛是四十几岁死的（从唐贞元二年到太和六年）。他从刘禹锡的诗里证明她确实死于太和六年秋天。她和元微之相会是在元和八年江陵地方。微之比她要小十岁，两人之间不可能发生像旧说渲染的那种恋爱关系。他又证明《十离诗》是薛书继作，不是出之薛涛之手。她的《上高尚书诗》是给高骈的曾祖，并非给高骈本人。明代四川文豪杨升庵这个错误说法使薛涛活到不可能的七八十岁的长寿。

他又考释了唐代营伎的生活，侑酒、酬诗、歌舞，和后来的妓女生活有很大的不同。他也考释诗作中酬和人物的姓氏。王尚书是长庆元年做西川节度使的王播，高相公是高崇文……

彭先生也叙述了他工作中的困难，主要的是参考书不够。

在成都，公私收藏的四川人别集只有很可怜的一二十种，在四川游宦过的人的别集更是绝无仅有。于是，虽不甚关重要但也不宜忽略的题咏集录（有关薛涛遗迹的）就只好因陋就简了。

关于这部著作，大家没有什么意见。李副市长特别指出，市人民委员会委托文史馆的这个工作是很有意义的。因为成都的这些名胜古迹，是广大市民以及来自祖国各地的游人、国际贵宾们十分关切的。外宾们在游览之后，往往要找一些纪念性的说明图册，而我们往往无从应付。像这种详密的考证以及简明的图册都是急切需要的。

第三部著作是《成都杜甫草堂文献类编》，撰著者一共有六位先生，都是文史馆的“同学”。他们是彭云生、梁伯言、刘东父、隆莲（这是一位比丘尼，文史馆还另有一位昭觉寺的方丈慈青法师，是国内有数的佛学精深的密宗和尚）、涂在潜和吴劭先。

这是一部包括六方面的著作。谈到了草堂的沿革；现藏草堂的杜诗版本题解；草堂题韵诗录；草堂所藏文物说明；杜甫的草堂诗题解；草堂筹备经过。

吴劭先先生代表他们几位叙述了编纂的经过，谈到了草堂寺的来历，也谈到了现在的百花潭（即是新到了一头狮子的动物园）并非原址，谈到浣花溪的得名，从唐代以来这里就是有名的蜀笺的作坊丛集之处。

在遗址的考订问题上，是有争辩的。他们各抒己见，进行辩驳。等到告一结束时，已经是下午一时了。

和尚搬上了豆花饭，大家坐了下来。香积厨的手段的确不错，特别是几样素馔，在成都也是有名的。一面吃一面闲谈，这时就只听见李副市长洪亮的声音，他在高谈成都的沿革变迁，他谈着小时候还曾经去玩过的一泓浅水的摩诃池后来怎样变成一个操场，他在谈一条条街道的来龙去脉，谈到市人民委员会所在地的“皇城”的规制。……原来文史馆有很多位“同学”即将编一部《成都城坊考》，特别着重明清以来手工业的发展情况。比如，从清初以来就盛销全国以至缅甸等处的“阑干辫子”（一种机织的丝花边。最盛的时代每年有几百万两的交易额）。他们搜集了一些像账簿这样的原始材料，还访问了一些曾经经营过这种业务的老人。

看不出他们是一些七十岁上下的老人。他们的生气真使人感到兴奋，他们忘记了自己的年龄和一般清苦的生活，豪情胜概地大踏步向科学进军。他们都是继承了清代朴学的仅存接班人，他们正把这门学问过渡到社会主义社会新的学术领域里来。虽然他们遇到很多困难，工作条件不好，书籍不够，欠缺必要的更高学术水平的切磋研究……可是他们已经拿出了货色。在这里提到了几部即将付印的著作之前，他们已经拿出了《古农书目》（已出版）、《四川灾异记》、《中国古今文学语音发展规律的启钥问题》（未完成）这些著作。

在百家争鸣的旗帜下，这一部分积极力量已经发动起来了，祝他们工作得更好，在更多的支持下获得更好的收获。

一九五六年十月十九日成都

访陈书舫

一九五六年十二月二十七日。

一个有着好太阳的早晨，我到七星岗至圣官的川剧院宿舍里去拜访了川剧名演员陈书舫同志。想从她那里听听有关几年来川剧整理、改革工作的意见，和最近传统剧目鉴定的情况。非常感谢她热情的接待，我们进行了两个多钟头的谈话。谈话的内容十分丰富，牵涉戏改工作的很多方面，有很多值得注意的经验与意见。

书舫同志自称为中年演员，她称呼老一辈的先生们为老师，称新进一辈为青年演员。她的许多见解，也正可以代表川剧界重要的中坚力量的看法，不保守也不偏激。她懂得老艺人的甘苦，也了解新人的心情。

我们的谈话是非常自由的。虽然大体上也分了剧目、音乐、化妆、服装几个方面来谈，可是也并没有明确的条分缕析。她的话说得极有风趣，处处洋溢着对她自己所从事的事业真正热爱的激情。

以下就是她的谈话。

整理川剧剧目　有些人硬是不懂装懂

“川剧剧目整理的有些人硬是不懂装懂的时候还比较好些。虽然有些偏差，但究竟不大，因为参加工作的人员中间，老艺人占多数，只有一两位同志掌握政策。那缺点是没有吸收音乐工作者参加，碰到曲牌这类问题的时候，大家就弄不通。川剧和其他戏剧一样，是一种综合性的戏剧艺术，演员、音乐、导演……这几方面都是缺不来的。

“也有过一个时期放手请作家来写新剧本，可是困难重重。他们不懂川剧，有很多东西安得不恰当，弄得非驴非马。这种情况到后来才逐步得到纠正。

“到了一九五二年以后的西南川剧院时代，情况变了，工作几乎没有了老艺人参加，只是由几位干部同志关起门来在那里‘写’。他们又实在不懂。川剧的形式是多样化的，他们却不加选择，凭着个人的爱好，拆掉了很多剧目。两三年里只编了几个戏，像《貂蝉》《太平天国》，简直是要不得。

“艺人们对研究室有意见，真真拿出主人翁的身份来爱护自己的遗产，可是工作硬不要他们参加。这些人也不晓得是郎个的，硬是不懂装懂。光管主题，不管艺术性，观众看了都说：‘还不如去听大报告好些。’领导上也说，你们这么搞太慢了。可是我们艺人们整理《柳荫》《玉簪》《彩楼》三记，每个戏也不过是二十来天不到一个月。

“群众意见最大的一个戏是《芙蓉花仙》。这本来是个老戏。可是各方面都改得凶啊，不只是剧本，连很多表演艺术也给抹杀了。

“这个戏原名《花仙剑》，里面有整整一幕给刷掉了，只剩下了几句。好词全给弄掉了。本来女主角是要戴帅盔要翎子的，现在扮得就像自由神那个样子。青年艺人的艺术修养不够，帅盔又很重；翎子，手上没功夫就弄不起；披纱多方便。

“音乐方面，出来了这么一场，硬搬《荷花灯》。这郎个得了！剑没有了，成了花；小生在那里洒水、搞恋爱。高腔里配着打击锣鼓使身段，多好看；可是纱披得多长，怕踩了，身段就没了。”

音乐用大提琴　好比穿西装戴瓜儿皮

“用大提琴的问题，在最近开的座谈会上，争论得好凶！演员都参加了。争论主要有两个问题：一个是‘高腔’要不要谱腔；一个是中国乐器和外国乐器的问题，也就是加不加西洋乐器的问题。演员们都很气，有些老师说，这么一来简直就成了‘穿西装戴瓜儿皮’（瓜皮帽）。新音乐工作者的看法是，‘大小提琴无所谓，主要是看方式方法’。

“今天要求每一个演员都像郭兰英，是否合乎要求？我们的理论水平固然不够，可是有个十二年规划，是不？今天一下子就要求我们怎样怎样，那怎么成！我们一定要学习，可是新音乐工作者就是看不起艺人。

“青年同志们学音乐学得快，抓得快，唱得也快。可是旧曲牌的味道还没有抓得住，结果张嘴一唱就是‘歌’。像我的女儿，小舫（十六岁）就是这样，听起来真急人！把川戏昆曲唱成洋歌，是最容易走味的。

“现在好喽，争鸣了，老师们过去都不肯说话，怕不团结。其实过去是一团和气、顾虑重重的团结，就怕新音乐工作者多心。现在新音乐工作者也好了，老艺人有什么不愿意的，就请他们说出来。不像过去那种庸俗化的团结。

“川剧音乐还有一个问题，‘宗派问题’。照四川人的说法，川戏有成都、重庆、资阳、泸州这么几路。比方说最近死去的俞绍武先生的鼓，就有他的创造，跟以前的不同。他打的是花锣鼓，就跟过去说京戏里有‘海派’一样。可是花旦就需要‘花锣鼓’，打出来好听，当然他还有些没有完全搞得恰当的地方。代表老路的资阳的鼓，就是按老规矩打的。这几年来没有能把这几条河（川剧分资阳河、嘉陵河等几路戏）的音乐特点记录下来，综合起来，再求丰富。这个工作没有做，一下子，就先要求新的创造，就不行了。说来说去还是没有好好地清理遗产。

“我收到了观众好多封信，他们需要乐谱，他们质问我们，没有鼓师，就是有剧本，自己想演还是不行。一定要做出书来。最近出了一本《柳荫记》的川剧乐谱，就很好。”

有谱腔虽然好　不懂川剧咱个要得拢

“我个人的看法，在现在这个过渡时期，重要的是先把旧的清理一下。我这个想法是从各方面的观众意见里形成的。不但是戏剧界，人民也是迫切需要这样做的。

“我觉得新音乐工作者有他们的成绩，当然也有缺点。他们把重点搞成了次要的，把次要当成了重点了。过去遗产搞得少，专门搞配乐器。新音乐工作者在谱腔上是有成绩的。像张德成老先生的唱腔好听，照老法教，一句三天也学不下，有了谱就容易学了。像帮腔，过去是十分杂乱、五音齐发的，现在有了音阶，张口就准。

“演员过去多半没有读过书，什么音阶……都说不出，我们应该向科学进军，应该赶紧学。特别是接班人的新演员们，更应该丰富自己的音乐知识。可是这并不等于丢掉了自己的东西完全来学一套新的。可是在目前一般演员的音乐知识都不够的情况下面，新音乐工作者今天就要求我们达到某种水平。他们自己又不懂川剧。这咱个要得拢！

“我觉得高腔要谱腔是有问题的。我们有很多唱法，是没有一定的严格不变的腔的，全看个人临场情绪的掌握而定。我以为应该区别开来，有很多传统的老戏，在人民中间生了根的，就不一定非谱不可。

“关于配音问题，也应该注意多样化的发展。像有些神话戏、儿童剧的高腔，可以活泼些、适当的配音。今天我们有许多新观众，他们对音乐的欣赏也是有发展的，应该考虑到。当然我不是主张用外国乐器。”

服装应多样化小生不该全是梁山伯

“关于服装的问题，现在也有一些改变。接受了观众和专家的意见，男角的化妆改得多些，可是也有问题。像川剧里的一些袍带戏，袖子是比较大的。这种大袖子能使身段更美。像刘成基老师的《赠绨袍》，那大袖子舞起来多好看。现在是向京戏路子走了，袖子小了，就不好看了。还有帽子上的绒球，有些演员整了一脑壳的绒球，那实在是要不得。小生的褶子，过去用麻布做衬里，使起身段来，有线条、有棱角，现在都改成了京戏路子的缎子衣服，全身就都给裹起来了。

“川戏旦角的化妆变得最快。我从小学戏的时候还看见过清朝式样的化妆，网子包头连耳朵都包了起来。后面用一些珠饰。闺门旦比较漂亮些，戴一些翠花，梳个偏髻。京戏的‘大头’兴了不到几年，川戏就走上了下坡路，兴些小妆。这倒不是全国会演的影响，是老早就有了的。

“有人说川剧里的小生全是梁山伯，我看这也有道理，梁山伯和《玉簪记》里的潘必正就没什么两样。应该看不同的剧情换换服装。如果人物风流一些，穿件背心也没什么不可以，不能说这就是学的越剧。过去川剧的风流小生就穿‘鸳鸯褶子’（内外两件褶子，外面一件的小襟系在里面一件上面的一种打扮），这也是一种创造。

“应该注意多样化。一下子全改了或者一点都不改是不对的。《红楼梦》里的林黛玉如果梳上个大头就不顺眼。川戏过去的女衣原来是有不少式样的，今天条件好了，演员图好看，就跟管戏箱的同志争，专挑好看的穿，不是神仙也挑件云肩道衣穿。这就不好。

“女角化妆，我觉得：（一）不丢掉旧的艺术；（二）不妨碍舞蹈的条件下，适当地用一些新的化妆也是好的。

“新乐器也有不同的效果。像洋琴，就比较接近川剧（四川的民间曲艺里有‘洋琴’一种），像《红鸾袄》这样的牌子，用洋琴配，听起来就舒服。可是大提琴一出场，就只听见呜呜之声，演员的嗓子都给压下去了。有些戏里用了布景，我们换布景的本事又不够，就来个‘幕前曲’，观众不习惯，常常吵着要出去。”

旧曲牌受欢迎　川剧号称昆高胡弹灯

“清规戒律使我们不敢用很多好的旧曲牌，像《游龙戏凤》里的‘瓜子金’就是个好牌子，过去就不敢用。《芙奴传》（一个新整理出来的‘弹戏’，颇受欢迎）过去只用胡琴，现在加上了琵琶、三弦、提琴，也觉得吻合些。有些北方观众说，川戏号称‘昆、高、胡、弹、灯’，可是听起来全是高腔，只是‘吼’。不满意。后来他们听了多种多样的音乐，也满意了。”

上面就是我们随意漫谈的记录。也还提到一些别的问题，演员的生活问题和学习问题。她说目前感觉最苦恼的是时间不够，演出太忙，开会紧张，有些老师就无法教徒弟。青年演员早晨起来，早操、吃饭、开会、排戏……排得紧紧的，就是没有时间跟老师学戏。她自己早就想跟阳友鹤先生学《醉酒》，跟杨云凤先生学《打神告庙》（焚香记），到现在老师还是挤不出时间来。为了完成企业化的任务，演出一本戏，往往只有二十天左右的准备时间，连剧本都不熟，当然就谈不上什么表演艺术了。

这两点，给我的感触是很大的。后辈演员的接班问题，演员的进修问题，演出水平的提高问题，都是值得大大注意而往往是被忽略了的。审查一个剧院的工作，应该不只是看它演出了多少个剧目，而是看它演出了多少出好戏。像《柳荫记》《彩楼记》《玉簪记》这样水平的演出，最近在川戏里是难得见到了。当我参观重庆国庆节游行的时候，在行列里看到川剧院的队伍，高举着大牌，说明一年中间演了多少场次等等，和工厂增产的提法一样。我总觉得不全面，甚至是把不同业务的特点混淆了。上面提到的一系列问题，不仅是川剧独有，有些也是全国各剧种同样面临的问题。对此，也应该是引起更大的注意的。

（自重庆记）

法海的禅杖

关于金都大戏院合作剧团演出的《白蛇传》还有一些小意见。

非常重要的一场——“水斗”，被处理成为一出京戏里面的开场武戏，是不能令人满意的。

在这一折戏里，演法海的演员，大挥禅杖与白蛇、青蛇对垒，努力做出勇敢非凡的样子。“倒塔”一幕，法海又来大战，最后战败而遁，居然还有了一个“踝子”下场。

我想，法海被处理成武二花，是并不恰当的。这是一位妖法无边的妖僧，同时又是代表了封建势力的人物，如果只不过是一个武二花（相当于《安天会》中间的青龙、白虎之流），那么，他的封建势力代表的资格，岂不大大地削弱了么？连这样一位第三流的反动分子都打不过，白娘子不也显得太无能了吗？严肃的、生死的斗争岂不弄得有如儿戏了吗？

老戏《金山寺》，法海端坐台中，纹丝不动（好像《安天会》里的李靖一般），任凭白蛇哀恳、痛骂，他是不为所动的。打，有他的爪牙去打；水浸了，他只命徒儿将袈裟罩在山头，最后，当然还要使出他的法宝来。

这才像一个妖僧，一个死硬派，一座封建势力的大山。

同时，我还想谈一下越剧发展的趋向问题。

最近上海戏剧界大量演出第一届全国戏曲会演中的优秀节目，这是值得欢迎的。可是在改编成为越剧本的时候，似乎还未能很好地照顾到不同的地方戏的不同的特点。非常简单，只要我们从无线电中间听听《蝴蝶杯》，像大锣大鼓，四击头之类的点子都已经出现了。这与越剧的固有风格是不是协调的呢？

通过了第一届全国戏曲会演，我们应该对毛主席“百花齐放，推陈出新”的指示有更进一步的体会。每一个地方剧种的特点，是必须保留、发挥的。在这样的基础上，才能进一步汲取其他兄弟剧种的长处，把它有机地组织到自己的艺术形式里去，成为活的、有生气的血肉。这是一个需要劳动的工作。现在我们看到的，往往就是搬了过来。好像我们在这里并不是需要艺术家，只是抄袭家就够了。

合作剧团的《白蛇传》里的“盗草”“水斗”“倒塔”几场，就是从京戏和昆曲里搬了过来的武打（搬得还很不彻底，漏掉了重要的，比较吃力的很多东西）。在念唱中间，我们也听见了“扑灯蛾”“高拨子”，不是使我们感到丰富，而只是感到不协调。

我们的剧作家与导演并没有向越剧传统里去找寻、发掘这样的牌子与曲调，也没有进行作曲的努力，只是从昆曲、汉剧中间借用而已。

这样发展下去，只会损害越剧原有的风格和特点。希望大家努力把越剧从这条不健康的路上拉回来。

（《新民晚报》）

看《拜月记》

每逢看到一出久已不见演出的古典戏剧重新在舞台上出现的时候，总会有说不出的愉快。这种愉快和考古家发现一种从未前见的古物，藏书家找到断种的海内孤本，将军收复一座名城时的感受是一样的。南戏古本“荆刘拜杀”之一《幽闺记》的重见舞台，就给人带来了这样的激动，从此人民的舞台上就又找回了一个好节目。也许可以这样比拟罢，从祖先所遗留下的“窖藏”里，又发掘出来一笔新的财富。

剧本出现于元末明初那个动乱的时代里，虽然是喜剧，可是这里面却渗透了时代的声音。弋腔系统的一些剧种的特别善于表现这种气氛，是无可怀疑的。湘剧、川剧里的高腔都原无弦乐配音，只在高亢的独唱结尾时，出现打击乐器的合奏，同时又出现了和声的帮腔。这种处理方法的确有激动人心的力量。不论是湘剧里的散锣还是川剧里更为激越的一种“海笛”似的乐器，都能使观众感到剧中人物内心的激荡。这样的唱法，是独特的，有浓重的民族风格的，值得好好保存的。

这一次湘剧的演出，在音乐方面有了新的创作。有时候加一种“引首”似的调子，引起一段没有配音的唱词，同时，在结尾时，与“帮腔”同时出现了乐器的伴奏。这样的企图都是良好的。不过激越的心情必须用激越的乐音配合，不是恰合无间的配曲，却会削弱气氛与感情。中国的古乐器，也是各有其不同的功能的。有许多乐器是所谓庙堂之乐——如“笙”，表现柔和、庄严……这样的情感有余，但在衬托激越的心情时就无能为力。或者要创造新的更好的使用方法才能起作用。湘剧的音乐创造，是下了功夫的，但在整体的运用上，和粤剧、越剧、沪剧……却不无类似之处，有五音联弹之感。我觉得在今后改进时还需要付出更多的力量，使风格不雷同，作用更明确。

蒋世隆的伞是很有名的道具。明刻本《幽闺记》出色的插图里，就曾经多次描写了这伞。第一届全国戏曲会演里，曾经出现过川剧的“踏伞”和桂剧的“抢伞”，也都是《拜月记》第一折里的基本情节。如果拿旧有的印象和湘剧来比较，川剧桂剧就都比较繁复，而湘剧则是比较洗练的。

艺术创作是个极为复杂的问题。有时候情节处理得繁复与干净不是很容易就分别优劣的。这把伞，可以帮助仅有的两个人物在空落落的台上写出内心活动的过程。自然是应该加以利用的。同时有风有雨，这把伞也能用来写出自然气候的变化，进一步刻画人物的心情。有“踏”有“抢”，足见艺术家在这把伞上下过多少琢磨的功夫。有这么一个身段，蒋世隆和王瑞兰两背相倚，雨伞高举，人物像磨似的在原地旋转，小生的一只脚是抬起来的，伞是不停地转动的。这种表演，不只是技艺的炫示，其实也正是真实生活在舞蹈艺术里的高度提炼和美化。

同时，那件罗裙，在脱下、晒干的过程中也是有许多曲折的。这些，在旧印象里的川剧桂剧都较湘剧繁复。说好处，可以说刻画一对陌生的青年男女萍水相逢的复杂心情更为深入；说缺点，似乎不免有些脱离了原来的环境，兵荒马乱之中，他们居然有这样的闲情逸致来大搞恋爱，似乎有点不合理。但是又不能说这是不真实的。“乱世男女离合，本属寻常。”又正是极为普遍的现象。照我想，详尽深入的刻画是完全应该的，但不能使观众忘记这是在战争环境里进行的。如果使人产生一种错觉，以为在乱离之中，一对青年男女忽然出现在“桃花源”里，进行了一场恋爱，恋爱已毕，就又走入了刀光剑影的人间世，那就糟了。

湘剧的处理是更干净与洗练的，完全没有上述的这种缺点，虽然对比起来，难免有些使人不满足之感。

《拜月亭》的评价，在过去就一直有着很大的分歧，比较一致的看法是，剧本比较洗练，所用的语言也全是“本色”的语言。但是攻击它的却说：“既无风情，又无裨风教，歌演终场不能使人堕泪。”（王世贞语）

“风教”一点，是道学家的鬼话，不必详论；没有风情之说就完全不确，比如那把伞，就是能有若干戏可做的。只有末一点，似有可以商讨的余地，在剧场里我就听到一些议论，说这戏不免“平了些”云云。

所谓“平”，我想还是表演上的问题，不是指情节而言的。正相反，情节上倒是奇遇迭出的。

从表演上看，徐绍清老先生的王相国，戏并不多，特别是到了后来，他更没有了什么动作与言语。他完全成为被嘲笑的、落在尴尬境界里的人物了。但是，有谁会说他的表演太“平”呢？正是在平淡中，真实地写出了人物。不多的几个动作，几句话，就完全把人物的困难处境写了出来，又带着那么丰富的喜剧气息。他充分地感染了观众，却丝毫不曾破坏了人物。在今天的名演员里，特别是挂“白满”的演员里，能激动观众的人不少，可是善于保护人物的就不多。这是使人感触甚深的一点。同时，演蒋世隆的那位青年演员，当他在最后一场，感情充沛地唱出了妻子在招商客店被岳父逼走，欲见一面而不可得时，真是感动了观众，全场鼓掌了。应该说，这戏是并不“平”的。优秀的表演与优秀的歌唱，就能使戏剧动人，不陷入平俗之境，这不是很明白的吗？

最后，想谈一些服饰、身段方面的感想。

《双拜月》一场，两位女演员的服装与发式，完全是所谓“古装”。和越剧是完全一样的。我们在地方戏里非常希望看到有独特风格的创造，可惜的是看来看去全是梅兰芳先生三十年前创造的“黛玉葬花”式的装束。这个创造很了不起，但是不能想象，全国的舞台上都是这个样子以后的情景。我对湘剧的知识是极贫乏的，不知道曾经有过怎样的梳妆打扮，但在同一台戏里，那个媒婆不就是梳大头的吗？事实上比两位小姐看起来就舒服得多。

对于身段，我更是外行。但是也对舞台上风行一时的一般化的身段深有所感。在上海，流行过一种“技导”的职业，这些专家仿佛是一本本活的“身段谱”，排戏的时候，随意替演员分配一些身段，却很少想到身段的目的性，更不用说创造性的运用了。一出《游园惊梦》就可以解决所有的爱情场面表演的问题。两个女演员同台，就必然出现一些对称式的高矮身段，即使没有采花、扑蝶的情节也无所谓。在这种情况之下，一些瑰丽的地方戏舞台场景，独特大胆的处理方法，就往往像一阵清风似的，使人们的头脑清醒一下，恢复独立思考的能力，从而更好地进行创造。湘剧的“双拜月”给我们带来了一阵清风，虽然还不够强烈，总之，也还是可以使人们头目清醒的。

非常感谢湖南湘剧团远道到上海来演出，优秀的节目给观众带来很大的愉快。作为一个被激动了的观众，我愿意提出我更多的希望来，向我们敬爱的表演艺术家和优秀演员们要求更完美的舞台演出。至于说得不恰当的处所，一定很不少，我期待着同志们的指正。

（一九五六年八月二十四日
《新民晚报》，署名杨廷）

从《十五贯》谈起

昆曲传统剧目《十五贯》，在经过反复整理和改编之后演出了。这个优秀剧目的成功演出，给全国广大观众带来了极大的兴奋与喜悦。人们欣赏着这样优秀的古典戏曲艺术。人们从演出中间获得了深刻的现实教育。人们又重新认识、估价了这个古老的剧种——昆曲。还有很多问题留给人们思索：我们祖国丰富的文化遗产被埋没掉、没有及时地发掘出来的还有多少？为什么一个描写三四百年前故事的剧目，在今天来看还有这么丰富的现实教育意义？像过于执那样的官僚主义者在今天的社会里是绝无仅有呢，还是并不少见的？

昆曲是明代中叶在苏州一带盛行的戏曲。它是综合了元代以来的南北曲以及海盐、余姚、弋阳各地的腔调，加工提炼而成的。这个本来是地方性的戏种，曾经有过一个极为兴盛的时期，在明中叶以后直到清初这一二百年间，它成为影响几乎及于全国的大剧种。直到今天，我们还可以从京戏、湘戏、川戏……这些全国性或地方剧种里看到昆曲明显的影响和痕迹。这种影响包括了剧本、音乐、舞蹈、表演艺术这些主要的方面。

可是，在《十五贯》成功地改编上演之前，昆曲几乎已经衰微到近于灭亡的境地了。有不少的人对昆曲命运的看法是让它自生自灭；至于丰富的昆曲遗产当中，到底有多少值得保留、吸取、发扬的东西，一般的估计也是极不全面的。好像只有一些舞蹈身段和基本训练方法可以多少利用一下，别的就一无可取了。感谢毛主席“百花齐放、推陈出新”的英明政策，感谢用艰苦卓绝的精神正确执行了这个政策的浙江省昆苏剧团，使一出《十五贯》救活了这样一个古老的剧种。

《十五贯》是清初作家朱素臣的作品，那来源就更古。宋人话本里就有了同型故事的小说，明末伟大的俗文学作家冯梦龙又将这个题材改写编入短篇小说集里。

《十五贯》新本，是根据朱素臣的原作加以整理改编的，它克服了原作冗长、情节复杂而不鲜明、不妥当的词句这些弱点，把主题鲜明地提了出来。

主角况钟是实有其人的。这是明代一个被认为“包公再世”的人物。他奉命去监斩一对被诬为因奸杀人的青年男女，但是发觉了疑窦。他没有采取简单可靠的做官方法，朱笔一点，人头落地，案子就算结束了；他要“为民请命”，去见“都爷”，去“查勘”，和草菅人命却口口声声骂他“迂阔”的知县过于执斗争。总之，他费尽九牛二虎之力和官僚主义者斗争，才找到了真正的凶手，平反了这个冤狱。

看了这样一个古老的故事，却使人感到非常新鲜。正面人物况钟虽然是三四百年前的一个官吏，但是他和都爷、过于执这些家伙的斗争，却使我们联想到今天许多小品文、戏剧、小说里所写的和官僚主义分子斗争的情节。如果有差别，那应该说况钟这个人物是塑造得更为鲜明、成功的吧？

过于执之流只懂“察言观色”“揣摩猜测”，他们对这种做官秘诀是掌握得很巧妙的，他们对于人却缺乏起码的关怀。他们只关心自己的命运，对人民、国家是毫不在意的。粗看起来，这种人也并不坏，但是多少好人好事都在他们的手里无声地断送了。

《十五贯》里有很多发人深省的情节。那个大官僚都爷对于况钟这样一个“不识时务”的小小官儿，为了两个“蚁民”的性命，深夜到府里麻烦他是很不愉快的。况钟几次三番，才能见到都爷。封建官场的黑暗，真是刻画得淋漓尽致了。但是，府门有一面鼓，不管都爷怎样难惹，只要一敲，就是半夜里，他也只能从床上爬起来接见。今天，在人民的时代里，自然再不需要这面鼓了。可是设置在某处的“意见箱”，不还是有常锁不开的现象吗？接待人民群众的方法，不是还有很不完善的地方吗？……不是还有不少官僚主义分子，一手遮天，上下不能通气吗？

《十五贯》里有很多这种虽古老却新鲜、虽辽远却现实的地方，这就是这个剧本具有强烈的人民性的所在。这面镜子照彻了封建社会的现实，在今天却依旧不曾磨灭了它的光辉。

[来燕榭集外文钞] 之六

解冻

作为一个知识分子，记者连日旁听了几次中共上海市委召开的座谈会。有很多的见闻、有很深的感触，同样也感染到一个知识分子今天必然会有的激动。

记者连日在会上看到了多少老科学家、老工程师、老教授、老医生……他们的头上不是霜雪盈颠，就是鬓发稀疏了，从他们的老式金边眼镜和几十年前国外读书时做的半旧但仍十分整洁的衣装上，从他们和缓或激昂的不同语气里，从他们对待不同事物的不同态度里，可以清楚地看到近几十年来中国高级知识分子的留影。他们大抵在国家的大学、研究机关、医院、工厂……里面工作，在国家社会主义工业化的道路上，他们起着重要的作用。在他们背后，还有着千百个做着同样工作的人。这个队伍看来不算小，可是比起今天国家的需要来，可就远远说不上“大”。他们的力量必须充分发挥，丝毫浪费不得抵消不得；这个队伍必须更壮大，更坚实，工作得更好。

从他们身上，是可以清楚地看出中国知识分子的不同类型，不同风貌的。他们是那么冷静又那么激动；那么脆弱又那么坚强；那么狭小又那么恢宏；他们有那么浓郁的爱，可是又那么炽热的愤怒。开了几十小时的会，人们就仿佛在情感的海洋里游泳了几天。

他们叙述了七八年来在工作和生活上遇到的一些情况和自己的看法。他们在这些问题上的执着，是完全可以理解的。人们不容易忘记自己身上曾经有过的创伤，虽然这已经是过去的事了。人们习惯于从过去的事里总结经验，这倒应该说是一个好习惯。

他们严肃地提出了一些重要的问题，也严肃地提出了至今依然留在自己身上某种程度顾虑的原因。

许多知识分子愿意改造，可是不欢迎过去曾经出现过的一些不恰当的方法与手段。譬如，对有一些人以“改造者”自居，用“我来改造你!”的面貌来进行这个细致工作就明确地提出了抗议。这个问题牵涉到党群关系、团结问题，以及教条主义和宗派主义的思想和作风，是沉痛地被提了出来的。

由于过去阶级斗争的环境里，有些人习惯于对敌斗争的方式，有些人还没有学会辨别人民内部是非的能力，在批评的时候用各式帽子扣住对方；在辨别事物时用简单化的方法进行批判。这样，像牛顿这样的科学家，就因捉住一个“上帝”字眼爽快地被宣判为“唯心主义”；一顶反动帽子，就压垮了一位教授毕生研究的成果，一封读者来信就使新华书店拒绝发售一册厚厚的科学著作；一位老教授被比他儿子还小的年轻人们用牛头不对马嘴的方式“批判”得涕泪纵横。

提了意见，不经考虑就被用没有论证的演绎法一步步从反领导、反党，推论到反革命……特别是这种简单化的方法更笼罩了宗派主义的色彩时，就更容易伤害知识分子的脆弱感情。党员学生的升级留级教授不能做主，却要尊重人事科的意见；选派留学生要用“政治标准”来做最后决定……这样做的结果是什么呢？朱洗教授做了很形象化的回答：“你们要一棒打死，我们这些知识分子也还聪明，就不给你打；你要扣帽子，我们就不写，要写也写你们看不懂的书，让你们无从扣起。”换一句话来说，有些知识分子群中是有老骥伏枥的感慨的。

这些不愉快的经验，虽然不会彻底消灭得一些微小的后遗症都不曾留下，可是到底是过去的事了。

如果一个知识分子执着地、念念不忘地总是纠缠在这些过去的事情上面，那是不会引起人们的同情反而要惹人厌恶的。

我们今天的知识分子们却不是这样。

使我深深受到感动的是我们的知识分子的浓挚的爱国主义激情。

因为今天正是共产党在领导着全国人民建设社会主义的祖国，知识分子们对党也是热爱的。

人们都会理解自己对热爱着的对象的心情。自然有“增之一分则太长，减之一分则太短”的“溺爱”，可是更多的应该是“求全责备”的感情，忍受不住爱人身上有着些小瘢点的感情。

知识分子们从这种感情出发，对过去提出了严厉的批评，对将来提出了严格的建议。在会议上，有不少人几次使用了“大声疾呼”的字眼，那种声调和它所传达出来的思想感情是会使人闻之下泪的。

有那么许多复杂因素，造成了党群之间的隔阂。知识分子们热情地伸出了自己的手。他们要求和党员交朋友，交知心的朋友。沈克非教授说自己是好交友的，可是几年来始终没有能获得真正知心的亲密的党员朋友，他的亲挚的声音使人感到是真正的“求友之声”。王惟中教授主张，少开些大型的报告会，多展开些个人交往，草地上一坐，思想问题是能接触得更快、掘得更深，也解决得较为容易的。

祖国利益受到损害是绝对不能容忍的。从这个角度出发，知识分子愿意成为党的知心朋友，也愿意做党的严格的诤友。

在一些牵涉到高教部、卫生部的问题上，人们表示了愤慨。事前、事后人们对一些重大的措施都曾经热情地提供过意见，可是当这些意见被漠视或无视的时候，给国家带来了损失，人们的愤慨是完全可以理解的。人们称这种做法为“一意孤行”，人们说现在是“不怕管，只怕‘官’”。官僚主义完全应该遭到无情的抨击，用不着留给他们任何同情。

当卫生教育政策使医士与护士的培养发生问题的时候；当盲目设立规格一律的大学，雨后春笋似的研究机构，把有限的研究人才都摆在领导岗位上，从本来人力薄弱的地方抽去更多的人去搭别的空架子的时候；人们禁不住要对这种斫伤国家元气的做法表示愤慨了。

程孝刚老教授说的一个笑话是值得发人深省的。他说清官如果犯起错误来，是比贪官更为可怕的。因为贪官自己还有弱点，怕小辫子被人抓住，不敢放手而行；清官就不同，忠心耿耿，没有后顾之忧，一股牛劲干下去，如果他坚持的是一条错误的道路，那就不得了。

人们从每个角度说明了官僚主义的危害性之大和必须反对的决心。

人们细致地想到了一些看起来细小其实关涉甚大的问题。上海的图书资料、档案资料，还没有进行很好的抢救与整理工作，离开为向科学进军服务的目标自然更远。科技图书馆在上海市文化局领导之下，很难如期完成像提高读者人数百分之百这样主观安排的任务。老科学家为接班人焦虑，希望调给他们适当的干部进行培养；科技书籍的出版印刷发行问题，应该立即从极不科学的现状下面解脱出来。建议批评家们把各式帽子暂时入库，尽可能多用说理的方法进行论辩；编辑同志尽可能不使判决式的标题在报刊上出现。这样就可以造成一种祥和的气氛，便于进行自由讨论……

人们记起过去、正视当前的时候，同时心里也憧憬着未来的远景。一种浓烈的责任感是可以鲜明地感到的。有人说笑话，过去写论文还可以引几句马列主义的经典著作撑撑场面，现在不行了，怕逃不掉“教条主义”的封号，得靠真才实学了。知识分子本身得有知识，得有专长，是不是能赶上时代，永远做个人民需要的知识分子，也值得严重考虑了。特别是周总理做了关于知识分子问题的报告以后，受到了尊重、照顾，没有什么话可讲，现在轮到知识分子拿出货色来了。怎样报答党的这种无微不至的关怀，就使人感愧交并了。

也作为一个知识分子，旁听了这样的会议，是没有理由不被激动的。事先本来没有这样的估计，思想准备是知识分子中间流传其盛的“四大顾虑”之类的暗影，想不到人们这样热情地、诚恳地、健康地提出了问题。老年专家们提出的口号是老年人积极进行自我改造，努力培养青年专家，希望在不久的将来胜利会师。他们没有自卑地厕身于“人民自己的教师、工程师、医师”之外。

会议进行的那两天，上海还逗留着已经延迟得过久了的春寒，人们的焦急心情已经有些不耐了。开会的人们也正有着同样的心情。毛主席的讲话，像春天的太阳发出的温热，使停滞的冰河解了冻，知识分子们的爱国激情冲开了那些大大小小的冰块、冰碴，沛然莫之能御地冲激下来变成一股浩荡的激流。已经没有什么东西可以阻碍这道激流的通行了，这是不可能的事，大大小小的冰块冰碴早晚必然融解，化为激流的一部分。

让春天早些来吧！让激流的力量推动我们的生活快速前进吧！

（一九五七年四月二十一日《文汇报》）

从《春灯谜》说起

成都市川剧团到上海来演出，带来的剧目里有一出《春灯谜》。在一次座谈会上一位老先生提出了像这样的戏有没有演出必要的问题。理由是作者阮大铖在明末不但是与清流作对的阉党，到后来还做了汉奸。

这位老先生在大学里做教授，他说在编中国文学史的时候，因为同样的理由，阮大铖的《咏怀堂四种曲》也都在明清戏剧史里被除名了。

至于演出《十五贯》的昆苏剧团里有一折《狗洞》，虽然也是阮胡子所作《燕子笺》里的一折，他认为却是可以肯定的。那理由是这一折虽然是阮大铖的原作，但经过三百年来艺人的加工，已经和原作大有分别的原故。

这是一个很有趣味的问题。也正好揭露了一种思想风气，过去几年来在古典文学研究工作中，一种极有势力的思想风气。要肯定一部作品，就千方百计在作品里寻求“人民”字样，想就此找出它的人民性来；或者从作者的光荣或不光荣的事迹中寻找肯定或否定作品的理由。

其实这种思想风气也并不是解放后才开始的。像南宋有名的词人吴文英曾经和奸臣贾似道有过交谊，人们过去就作过“梦窗晚年与贾似道绝交辨”；爱国诗人陆放翁曾经与韩侂胄有过关涉，就来反驳这种说法；传说李清照曾经在晚年改嫁一个“驵侩”，就做长篇考证来为她洗刷。这种“爱屋及乌”的想法是有历史根源的，也是可以理解的。而且这些考证里也的确有很多是正确、有力的。

但是总不能否认这种看问题的方法，不完全是实事求是的；是孤立的，缺乏分析的。

还是回过来看看阮大铖吧。这个人物的行为可以肯定地说是恶劣的，但是他的内心世界则是复杂的。《咏怀堂四种曲》是他罢官以后索居金陵时所作，在他的主观意图里是很有些讽世刺俗的企图的。即以《狗洞》而论，那是骂荒淫无耻不学无术的官僚地主子弟的，正好揭露了晚明社会黑暗面的一角。三百年来艺人是有所加工的，但那规模却依旧是阮大铖的原装，并不曾在主题、结构上有什么大变化。如果说《狗洞》的应该肯定或否定只取决于艺人的加工或阮胡子的原作，那未免过于简单了。

我并不想替阮大铖辩护，对他的剧本也没有下过怎样的工夫、研究过它的思想性和艺术性。我只是想说，《咏怀堂四种曲》的出现是一个客观存在，只是闭起眼睛来是不能解决问题的。这四种曲子在清代三百年中屡次翻刻、再版之多仅次于《西厢记》和《玉茗堂四梦》，像《狗洞》和《春灯谜》直到今天就还活在舞台上，这是有原因的，而这个原因是值得分析的。

只闭起眼睛来“不见为净”的时代，是已经过去了的。

一九五七年五月二日

（原编者按：此稿一九五七年五月寄给文艺报社，

于九月退回，未用。）

九千岁

京戏《法门寺》里的九千岁刘瑾，陪着太后在大佛宝殿里打坐。听见民女在外面喊冤，勃然大怒，向侍立在侧的太监贾桂说道："惊了驾是孩儿你担呢，还是咱家我担?"接着下命令道："杀了去!"

不料太后老佛爷听见了，提出了异议："佛殿之地，岂有杀人之理!"

刘瑾立刻转过脸来，还是向那个贾桂喊道："佛殿之地岂有杀人之理!"接着声色俱厉地斥曰："谁的主意?"

贾桂自然说不出谁的主意，连那些拿着刀的工具——校尉们也说不出。当时的老百姓也只有挨刀或不挨刀的义务，自然也就说不出。

单凭这一点，我就敢断定京戏是现实主义的戏剧艺术。因为它所表现的虽是千百年前的故事，但那些人物，到今天在人民中间还是不时可以遇见的。

不同的是，今天我们的人民正在学习用一种新的方法来对付身边的刘瑾，而不只是乖乖地做他的工具或挨刀而已。

(原编者按：此稿于五月间写给《文汇报》"笔会"，未用。)

变脸

剧目开禁了，真是欢声动地。不过解铃还须系铃人，不由得不使人想起某局长来。他这几年一直在被称为“戏曲部”的中央文化部里从事领导工作的。解放初期，他公开提出意见，就开列了他认为大有问题、必须停演或大改的剧目名单，不只是十出二十出，而是几十几百出。

几年来戏曲改革工作，在他的意见里是可以找到注脚的。

但迄今为止，不曾听见这位同志对他的意见表示任何新的意见。

其实，这样的情况是极非个别的。有不少同志，提起“百花齐放、百家争鸣”的方针来，不但双手齐举、高呼赞成，而且给人一种印象，好像在若干年前，他就发明了这个方针似的，却全然忘记了几天以前自己的言行。

这真像川剧里变脸表演，用手一抹，红脸立刻变成蓝脸，白脸立刻变成绿脸。奇妙得使人要眨眼都来不及。

我并不希望这位同志或什么同志毅然担负什么行政责任。或逼他们做出沉痛的检讨来。不过想听听他们真诚的看法而已。沉默是一种无言的抗议；而随风转的议论更易于引起

“高热谵语”的感觉。这些，对我们的同志说来，都不是什么太好的事。

（原编者按：此稿于五月间写给《文汇报》
“群言堂”特辑，未用。）

一念之微

从前有一些专攻宋明理学的道学先生，讲究心性之学，口口声声忘不了心中一个“念”字。说得很是神秘，好像它是具有无穷的神力似的。后来就有一批“劝善”的先生们，专用迷信来进行威胁，要人们不做坏事，说即使在暗室里，这藏在心底的“念”，鬼神也往往是知道的。这些自然都是唯心论者的鬼话，不足凭信。

其实念头却是人人皆有的，如果不说得那么神秘和别有用心，也还是可以理解的。比方说：“全心全意为人民服务!”就是一种随时随地都不可忘记的好念头，它也的确能给人类带来很大的好处。

前两天程孝刚先生在座谈会里说过这么一段话：现在有些人嘴里常说：“成绩是基本的，错误是不可避免的。”话本来不无道理，不过“错误不可避免”是一种事实，不应该是一种“存心”。应该在全心全意地完成一件工作以后，大家来做总结时说；如果在事先出于从事某项工作的干部之口，就不免显得有些奇怪了。

请想，在旅客走上飞机的俄顷，飞机机师也照例说上这么一句“错误是不可避免的”。保险所有的乘客都要退票，因为没有人愿意尝试一下这样的错误。

这段话当时曾引起全场的大笑，其实倒是值得深思的。

我想，“尽量争取不犯错误”。倒是在这种场合比较合适的说法。

口口声声“错误是不可避免”的人，其实就是从来没有想到要把工作搞好，却不忘记预先给自己铺好下台准备的人。倒真的应该请他端正一下自己的念头，请他随时记住“为人民服务”的格言——虽然不必像道学先生那样再用鬼神来进行威胁。

（一九五七年五月五日《新民晚报》）

“拉郎配”

看了优秀的川剧《拉郎配》，满足地走出戏院。真是余味悠然，回思不尽。奇怪的是，想来想去，竟从封建社会皇帝选秀女的事情，想到今天的出版问题上来了。

这也可以说是最近掀起了讨论人民内部矛盾的热潮以后知识界的思想活跃情况。简直安不下心来，想来想去，总是离不开一些在报纸上经常出现的问题。

这些想法，在有的同志看来，可能是混乱的也说不定。不过即使是混乱思想吧，也一定有其所以产生混乱的现实基础。写出来引起讨论，也还是可以的吧。

首先想起的是前两年北京以及各地出版社的订定选题计划和约稿的情况。那倒真有些像《拉郎配》里的某些场景了。派出专人，携带巨款，登门求教，情词恳至，立订合同，当场付款，约期交件……这简直就跟《拉郎配》里王夏等人等在街上，见人便拉的情景一般无二。（自然，现在出版社的情况不同了，轮到作家送作品上门，由于“纸张困难”，出版社则三推四阻，冷若冰霜。）

当年皇帝选“秀女”的标准如何，不知道。不过总难像

“杂事秘辛”那样地订出很多细致的要求，严格得不下于好莱坞的“选美家”吧？于是那下面的执行情况也就可想而知。为了充数，我想到了后来大概很难顾到“秀”了，只要是个处女就罢。于是点名凑齐，如数上缴，如释重负，完事拉倒。

现在我们有些出版社，为了完成每年的出版计划，不管质量高低，字数多寡，只要印出一本本小册子凑满种数，就算完成任务的做法，和这种情形也就相差不远。

至于这些被送进宫的“秀女”们的命运如何呢？那也是很难设想的。自然有幸运的“秀女”，被正命为正宫娘娘和西宫娘娘，母仪天下。可是长门冷落，老死宫闱的就更多。很难说这些倒霉的人物都是活该，王昭君的故事，就提出了有力的反证。

这就令人想起目前出版界的另一种情景，正如白尘同志在给《文汇报》记者的信里所说：“印数奇少，广告一出，书已不见，昙花一现，永无再版之期！”

这可真害苦了读者，也拖垮了作家。书在市场上失去了受到读者公平考验的机会，不论质量高低，反正只能有一种命运。这样的做法而想使创作繁荣，真是比缘木求鱼还困难。

为什么古人诗集里有那么许多“宫怨”“长门怨”“长信怨”……那原因也是不难想象的。

可能这里的比喻是不恰当的。天下本来很少两种一模一样不同的东西，即使是双生子吧，也总还有些差异哩。所以在这里希望读了此文的今之君子“哀其意”，而不做细节上的诛求。我的意思只是想说，在读书界，也提倡一下《婚姻法》的精神，让读者和书的遇合也像少男少女们自由的会见，凭他们自己的心意，选择对象，订定终身。做介绍人的少管一些不必管的闲事就功德无量了。

（一九五七年五月七日《文汇报》）

肖天佐

最近在报纸上常常看见关于简笔字的不同意见，读了以后都深有同感。我觉得简笔字的推行，在步骤上太快了些。除了第一、二批简体字问题不大之外，以后的几批在颁行之前考虑的工作就不大够。缺点于是就难免出现。

简笔字最大的缺点，我想是违背了语言进化的规律。人类的语言，自从最初形成开始，发展到今天，是经过了很多变化的。这变化是日趋复杂，而不是日趋简单。正像小儿学语，最初只能使用最简单的形容词，成年了，中年了，老年了，他运用语言的技巧就越高明，简单的形容词不足以表现他日益复杂的感情，于是形容词就越来越丰富。能够记录这种复杂语言的作家，才被称作语言大师。

简笔字使很多本来各有明确意义的单词变得面目不清，使用者和阅读者同感困惑，实在是大有问题的事。因为这样一来，就会使我们本来十分丰富多彩的民族语言变得单调乏味了，客观上看，就成为一种倒退的现象。

曾经听见过这种偏激的话，有的作家不愿意改，理由之一是不愿自己的作品排印成书以后连自己都读不懂。

这样的问题还多着。

《文艺报》副总编辑萧乾同志的名字，根据简笔字应作“肖干”。不知底细的读者，会以为又出现了一位新作家，而且取了一个如此别致的名字。就在新近出版的一期《文艺报》上，封底的编委名单上写作萧乾，而正文中有一处则又作“肖干”，读者可能以为这是“老子一气化三清”哩。

成都市川剧院演出的《穆桂英》，番邦大将萧天佐出场时，小军后面撑了一面大旗，上面绣着一个斗大的“肖”字，这也是简笔字。观众是吃了一惊的。也许因为萧天佐是外国人，改一下是无所谓的吧，正像契诃夫又译柴霍甫的一样，如果在读者中引起混乱，也只能怨他们常识不足。

其实有关历史名物的简笔字，我觉得还是少用为妙。北京“正陽門”的门楼，依照此例也改为“正阳门”，故宫绘画院里的宋元名迹，也得加以删补了。这自然是笑话，但问题的性质倒是相同的。

（一九五七年五月六日《新民晚报》）

李娃及其他

新华书店内部，设有“作家近况”的招贴广告，那用意是很好的，它能使读者及时知道作家在搞些什么工作；对作家来说也起着很好的鼓励作用，能使他们感到一种温暖的督促。

作家师陀说，他就在“作家近况”里看到过自己的名字，始而惊喜、终于嗒然。原来那里写着师陀正在进行以游民改造为题材的《李娃传》的写作云云。

游民改造是上海市正在进行着的工作，改造的对象有阿飞、流氓……被旧社会毒害了的人们。虽然难免没有像郑元和那样堕落的人物，可是他们到底是二十世纪六十年代的活人，和唐代相距的确是过远了。

我在这里没有什么嘲笑新华书店布置“作家近况”的同志们的意思，虽然他们在这里弄错了。

作家师陀最近的确写了一个以游民改造为题材的电影剧本；《李娃传》却是一年多以前他在上海电影制片厂工作时提出的一个写作意图。这个意图被勒杀的经过我倒是记得的。当时领导上并不曾明白申述自己的意见，却暗示这样的题材不必搞。那意见的实质，据师陀自己的体会是这样的："李娃的身份是值得考虑的，你选了这样的一个人物来写，难道说我们古代的女性就只有妓女值得表现吗?"

一个常识不足，在工作中出了笑话，而且白纸黑字写了出来，使人一见即知其误，可以进行纠正；但另一个则是高高在上，用了捉摸不定的姿态，如此玄妙的文艺观点，一棒子打死了作家的创作意图。

说到这里又使我想起作家谷斯范的遭遇来了。谷斯范的《新桃花扇》被新文艺出版社退稿的理由是，他写的南明清流人物远不及反面人物马士英阮大铖等的生动，殊难对今天的读者发生教育作用云。

我不敢品评新文艺出版社编者的编辑思想，但是想把我们今天的读者都教育得和东林复社的朋友们一样的愿望，我觉得倒是有点危险的。

我自然也不敢保险未成形的电影剧本《李娃传》和已写成的小说《新桃花扇》就一定是怎样了不起的杰作。可是现在的情况是，连拜读一下的机会也没有。

除尽"恶草"之后，自然就只能有两种后果。到底是开遍了奇花，还是"白茫茫一片大地真干净"呢？恐怕那位电影艺术领导和出版社编辑，也还持有新鲜独特的见解的。

（一九五七年五月十日《文汇报》）

扎朴

从云南旅行回来，想写一些纪游的小文章，就先找了些记述云南风土、历史的旧书来看。首先想到的是桂未谷（馥）的《扎朴》。说来也巧，我在成都市上买到他一张画在泥金笺上的小画——《大明湖送别图》，又在昆明买到他的一张隶书屏条。字画都非常可爱，于是就对他发生了一种特别亲切的印象了。

《扎朴》共十卷，卷十是《滇游续笔》，是他在云南永平做知县时所写。一共六十八篇小文，说到了云南的山水脉络，民间传说，文物古迹，少数民族的语言历史、动植矿物……十分丰富。虽然在对待少数民族问题的看法上，还突不破历史条件的限制，其他许多方面的成就实在是值得佩服的。这一卷书不是游记，正相反，更多的是考据的味道。一个方言字眼，他也不肯放过，一定要在古书上找出根源来，有的说法极精，有的就难免有刻舟求剑之嫌。但是那种细心，真是不可及。他写了一篇《兰》，对云南的兰花做了详细的记载，一共记了三十多种，名种、产地、特色，记得都极详细。这在今天搞植物学的学者说来，也依旧是有价值的参考资料。

桂未谷是朴学家，为了说明他的朴学家风格，现在抄一段小文如下，题目只有一个字，“襁”。

> 皇氏论语义疏：“襁”者以竹为之，或云以布为之。今蛮夷犹以布帕裹儿负之背也。馥案：云南蛮妇以布裹儿背上，或居或行，儿不离背，无妨操作，胜于怀抱。未见用竹者。

这一条用目见的实事证明古书上的字义，是极精的。文字也简单明确。在今天的大理等处，也依然可以看到把小孩背在背上工作的白族妇女。和他一百五十多年以前所见的情形没有什么分别。可是关于后一点，用竹子做的襁，我却亲眼看到过，那是在四川重庆的北温泉。一位妇女，用竹子编的有些像装广柑但较大的篓子安放小孩，用布一兜系在背上。那天正好下雨，布遮在上面就正像一面篷，小孩在母亲的背上睡熟了。

照为《扎朴》作序的翁广平的说法，清代朴学家的考据之学是寓于下列四种学问之中的：“义理、经、史、辞章。”但桂未谷的兴趣却更广泛，他在自序里说笑话，说在北京的时候，和周书昌（也是山东人，有名的藏书家）一起去逛书店，看见好书善本都高高地放在架上，“俗书”就乱堆在门口的木板书摊上。周书昌说，“著述不慎，但恐落在此辈书摊上也”。又说，“宋元人小说，盈箱累案，漫无关要，近代益多。枉费笔札耳。今与君约，无复效尤”。桂未谷不同意这种看法，提出像《梦溪笔谈》这样的小说，还是很有益的。“说部非不可为，亦视其说何如耳。”

这种看法，实在是明智而通达的。

《扎朴》的前九卷，就是他到云南上任时坐在船上写的；第十卷为后来补作，最后他说：“周君往矣，惜不及面质当落书摊上不邪。”真是说得有风趣极了。

（一九五七年三月十一日《新民晚报》）

吴梅村逸诗

吴梅村诗初刻在康熙中，并不全。那原因是很容易明白的，明朝亡国以后，梅村刻集，自然不敢把他在明代所作的一些有奴虏字样的作品一起收入。这样，诗集就不可能是全豹了。

清末董授经（康）在北京买到《梅村家藏稿》的稿本，是梅村后人的编写本，在有清三百年中一直都不曾刊版，这个本子里就有许多不见于刻本的逸诗，董康把它刻入《诵芬室丛书》中，于是就成为今天梅村诗的一个最足本。

其实不曾发现的佚诗也还是有的。

有一部《吴越诗选》，是被清朝杀了头的魏耕、钱缵武、朱士稚三位所选的，顺治中冠山堂刻，里面所选的梅村诗就更有好几首是不见于刻本《家藏稿》的，而且大半是五古七古，有关晚明史事的作品。因为较长，不便抄录了。

现在想抄一首梅村所作的《仿高房山尚书绢本设色山水》上面的题诗：

曲槛疏寮抱柳塘，幽人寄迹水云乡。夕阳多处苹香净，小艇归来水气凉。闲却蒲葵风自引，坐观鸥鹭兴偏长。笑他□□何为者，触处纷纷有许忙。

诗后题云：“顺治丁亥夏六月，仿高尚书。梅村吴伟业。”

梅村写过《画中九友歌》，他的山水画成就也很高，而画迹流传又极少。这张原作不知道流传到哪里去了。原画旧藏义州李氏。我是从所撰《旧学庵笔记》里看到的，作者自属“凫道人”。

（一九五七年五月十二日《新民晚报》，署名范莱）

关于也是园古今杂剧

钱遵王是有名的藏书家。他所藏的一百多种元明古今杂剧在抗战初期发现。一下子出现了这么多孤本元明杂剧，真是一件惊人的事。当时郑西谛、孙楷第诸君纷纷作文考证，对版本和源流考订甚详。

孙楷第所撰《也是园古今杂剧考》里面有“收藏”“册籍”“版本”等诸章，有很大一部分是考订这部书的流传始末的，钩稽故籍，用力甚勤。照孙先生的排比，这书的流传次序是：钱曾——季振宜——何煌——顾氏试饮堂——黄丕烈——汪士钟。

这中间除去钱曾、顾氏试饮堂、黄丕烈、汪士钟四家曾经收藏此书，是确有所据之外，季何两家是否曾藏此书，大有问题。孙先生的证据，仅只是季氏书目里有一条“元曲三百种一百册抄”和何小山的五条跋文。这都并不是什么可靠的证据。这部书在钱曾和试饮堂两家收藏之间的流转经过，依然是一个谜。

偶读张超然《无闷堂集》（康熙原刻），却意外发现了一条“元明杂剧书后”，正谈到了这部书，真是高兴极了。原文云：

> 右元人杂剧百三十六种。明人百四十七种，又教坊杂编二十种。旧抄者十之八，旧刻者十之二。皆清常道人手校。悉依善本改正。中有一二未校者，乃陆君敕先取秦酉岩本校勘。朱墨烂然。先辈藏书，虽词曲之末，亦必校雠精密，毋敢草草，为可法也。清常归之东涧先生，先生归之遵王，遵王与余交好，述古堂藏书三万余卷，无一时俗本。装潢精好，吴中无出其右。往往谈及藏书，必歉然以为未足。惟语及元明杂剧，则自谓已备，无复挂漏。遵王殁，归之余。余鲁莽懒漫，读书惟观大略，阅诸老校雠，汗淫淫下也……

这一条重要的跋文，不知何以失落了。否则，有很多问题，是不待考证即能明确的，今传本元明杂剧共二四一种，其中抄本一七三种，刻本六十八种。但张超然得自也是园的，却有三〇三种之多。较今本多出六十二种，较黄丕烈收得时多出三十五种。这是可以供研究者参考的重要资料。同时陆敕先秦酉岩两家与此书的关系，也可以得到证明了。

（一九五七年五月十九日《新民晚报》，署名范莱）

谜底

抗战中间在昆明曾经发生过一件很多人都知道的故事。

在日机空袭中，同一学校的两位教授在逃警报的途中相遇了。

“你来干什么?”甲问。

“逃警报。”乙愕然答。

“你，”甲轻蔑地，用眼斜视乙，“用得着吗?”

乙默然。

那含义我想用不着再加注释了，说得一清二楚又有什么趣味呢?如果援用猜谜的程式，这里不妨加一个“文人相轻格”就是。

这已经是十多年前的旧事了。

十多年后在新中国的首都北京又发生了一件新的故事。

一位部长助理左叶在有国宾在场的公开场合里对一位新闻记者大呼：“滚开!”他在下“滚开”的结论之前，提出来的论据是“你重要还是我重要!”

呜呼!

事隔十年，地去万里。想不到谜底却在这里!

不过那个“文人相轻格”却不适用了。

到底该是什么格呢?

“天知道!”我在这里鼓起了最大的勇气，决不会顾虑有谁会把“唯心论”的帽子加在我的头上。

（一九五七年五月十六日《文汇报》）

谨以偏方献

《教育的诗篇》是一部出色的苏联影片。它描写了一个教育家怎样把一群被旧社会毒害了的流浪儿童教育成人。那坚忍的毅力真令人感动。

奇妙的是，使教育家的形象更为鲜明的是影片里的另外一个人物。这是一个国家教育机关的视察员。他熟读儿童心理学，闭起眼睛嘴里就像吟诗似的出来一大通教育“理论”，他拍桌瞪眼把教育家教训一通，说他那种教育法是离经叛道的，得把他关起来。他要亲自去处理这批孩子。可是当他走进孩子群中时，那一套“理论”全然失了效，结果被孩子们用扁担木棒赶得屁滚尿流。不是汽车开得快，性命都难保了。

不用说，官僚主义者看看这部影片是有好处的。

就在上海，也有着相类的教养机关的。我想那里的工作同志也一定用同样艰苦的精神进行工作的。这些同志的官僚主义应该比较少，不然就很难平安地住下去。我想，有些害着严重官僚主义病患的同志最好的学习改造场所也应该在这里。无妨请他们去管管孩子，看他们那一套老手法还吃不吃得开。孩子们自然都沾染了恶劣的阿飞习惯，可是他们的顾虑可能并不太多，碰上官僚主义是大抵不会买账的。他们抡起扁担来的刹那，也就是这些同志们顿悟的顷刻了。

谨以这样的偏方献之官僚主义的同志之前，不知可予嘉纳否？

（一九五七年五月十六日《新民晚报》）

帮腔

摘录其中几段：

这里存在着的还是那个老问题。应该相信人民，相信人民是有一定的欣赏水平和选择能力的。

改革本是好事，但看做法如何。

新音乐工作者热情地参加旧戏曲改革工作，本是值得欢迎的好事。在川剧来说，老艺人的唱腔，锣鼓牌子等有些就已经被记录下来，这都是值得称赞的好事。可是在别的地方，只凭激情，不加研究，就来进行改革，就难免不出乱子。我想这有点像一个被派在卫生站里工作的外科医生，满腔热情，急于工作。不等病人上门，出去随手一抓，一看这人的鼻子长得似乎有些不太顺眼，就马上开刀。不顾别人大喊大叫，进行“整容”。那结果起码是血流满面，弄不好鼻子就要给割掉。

（一九五七年五月十八日《新民晚报》）

“博”物馆

最近因为唐画《高逸图》问题的提出，人们对上海博物馆的工作，注意起来了。我自然也难免俗，最近又去看了一次。

当走进宋元明那间陈列室时，一看那雕版史料的专柜，依然放着那几张宋版残叶书影和明刻《玉茗堂四梦》等。

它们在那个玻璃柜里睡了大概有两三年了，我也前后看过了七八次。不管它的艺术、史料价值如何，多看也难免有些生厌。

在一年多以前，我曾经以观众的身份提过意见。后来答复了，说就要改进云云。但到现在还是那个样子。

这就不能不引起人们的怀疑。我国古代雕版艺术真的就是这样贫乏吗？宋版就只有两三种，明版就只有《四梦》！

在别的部门，恐怕也有同样的情况。因为我不懂，所以没有注意。总之，我以为博物馆的陈列工作，绝不应该就是这种“一劳永逸”法。

人民是希望多看看那些被打入“冷宫”“暖宫”“×宫”里的藏品的。虽然它们的价值在上海博物馆看来可能是“低下”的。

博物馆就是博物馆，应该改变那种一花独放的做法，不然是很难名副其实地“博”起来的。

（一九五七年五月二十五日《新民晚报》）

吹毛琐录

目前出版物中间有关古典文学的编辑处理工作，水平是很不高的。一些比较简单的常识性错误，几乎可以经常发现。谨举数例如下：

一九五六年十月号《人民文学》有陈涌同志的《为文学艺术的现实主义而斗争的鲁迅》一文。作者引了林有麟《素园石谱》的自序：

> 家有先人敝庐玄池石二拳，在逸堂左个，少时弦诵之暇便，居起之。每焚香静对，肃然改容，如见尊宿。……兩深苔屋，秋爽长林，风入棱波，哀玉自奏一篇，隐几莞尔不言……

这短短一段六十多字的引文中，就有五个错误：(一)“敝庐”下面漏去了逗点。(二)“少时弦诵之暇，便居起之”句中的逗点不该放在便字后面。(三)“兩深苔屋”的“兩”字，原本作“雨”。(四)“风入棱波，哀玉自奏。一编隐几，莞尔不言”里的四字句，被无端打乱了，成了“哀玉自奏一篇”。

（五）“篇”字原本作“编”。

这里，无论是作者还是编者，都不免过于草率了。毫不夸张地可以证明，他们在读这一段文字时，都不曾通过大脑。

上海古典文学出版社所出的《中国文学参考资料小丛书》之《青楼集》，“张怡云”条有一句云：“且歌‘云间贵公子玉骨秀’横秋水调歌一阕。”真是奇妙的水调歌，竟出现了八字句。其实应该是“云间贵公子，玉骨秀横秋”。

近来实在太忙，买书归来，没有时间通读，只是略一翻阅。这样的错误，也就是这样发现的。

最近《光明日报》刊载了陈寅恪先生的三首七绝，“丁酉上巳前二日广州京剧团及票友来校清唱即赋三绝句”，本来是四句一首的，却被连排下去，变成了一首十二句三换韵的奇妙的七言排律。同时在原诗的小注里，提到“李瑞清丈”“樊增祥丈”的地方，两个“丈”字都排成了“文”字。

编辑同志的工作是艰苦的，要发现错误，校正错误。像上面所举的杂志报纸和出版社，都是以文学、学术、古典为专业的。但偏偏在这些地方弄错了。可见目前出版的水平实在并不甚高。

编辑同志不在这些地方用功，却偏要去为王蒙的小说“加工”，为作家的文章“润色”。照我看来，是也应该归入“不务正业”里面去的。

（一九五七年五月二十六日《新民晚报》）

煞神的衍化

剧目开禁以后带来的良好后果，昨天晚上在天蟾舞台我是第一次明确地感到了。虽然三出戏里并没有一个禁戏。

《打棍出箱》是谭富英的杰作。过去几年却很少演出。虽然全戏并没有什么大禁忌，可是中间出现了一个煞神，就很有点麻烦了。

如果取消了这个煞神，戏可就演不下去了。文弱书生的范仲禹，怎能逃掉葛登云家奴的毒手呢?

这个煞神是来救护遭难的“文曲星”。看来情节确是有些不够现实，他的形象又是那么“怪”，在有些人看来就实在要不得。

于是我就看见了一种独特而“巧妙”的处理方法。

出来了一位义士，口称要到葛登云家去劫富济贫，“待我扮作煞神模样”，如此这般，照旧演了下去。出来的虽是“义士”，但其实还是那个煞神，因为他是早已“扮好”了的。只是那些烟火却不便再撒了。

戏虽然演了下去，可是别扭极了。没有烟火，虽然多少冲淡了神怪气氛，却使义士“劫富济贫”的目的性发生了问题。和一个“穷儒”开起玩笑来，把他吓得半死。这一切，是着实难以理解的。

昨天我看的就不是这种新法处理，依旧是老路演出。一切觉得很好。没有什么坏的后果，煞神虽然没有俊扮，可是我回家以后也没有做什么噩梦。

松香烟火也撒起来了。撒得很好。真能烘托强烈的气氛。范仲禹的那些身段，这才有了着落，煞神的身段之美，也真使人不忘。我没有看过钱金福，却看过钱宝森。昨天的煞神虽然身段的繁复厚重比不上钱宝森，却依旧可以显出那种拙重之美来。

说到这里，就不禁使人联想到近来我们许多同志身上沾染着极深厚的清教徒气味。在审美观念上也是如此，更加上浅薄浮嚣的风习，于是就酿成了一种恶趣。

煞神、钟道、火判的美是很少被理解了。连《三岔口》里刘利华的脸谱也被看作极为丑恶的形象。在这些同志们看来，似乎只有阿飞的小白脸才是美的极则。于是就让刘利华洗净油彩，涂上了满脸的雪花膏。

谭富英的范仲禹也的确相当出色，起码比起他前两年的表演要出色得多，一个吊毛，一个硬僵尸都那么干净。使人感到他像年轻了十年。

那些就是我鲜明地感到的良好后果。京剧艺术已经开始恢复了它的生机。

（一九五七年六月三日《新民晚报》）

废话

这几年来，不管是作家也好，广大的知识分子也好，讲话或写起文章来常有连篇的废话，令人想起“八股”的调调儿。

要消灭这种文风，可着实不易。因为它已经成为一种习惯，会下意识地、不自主地从嘴里笔下冒出来。

举一篇很结实的好文章为例吧，就是在这样的文章里也还是免不了有废话的。本报5月12日发表了杨貌同志所作的《京剧里的胡子》，作者开头就说：“京剧里挂‘胡子’的角色特别多，在生、旦、净、末、丑中，除掉了旦行之外，其余四个行当，大多与胡子结有不解之缘。”

这是不错的，几乎可以说是真理，但如果更明确一下会成为这样：“人类都有胡子，但只有女人是例外。”

如果这样写，编辑先生的大关是一定通不过去的。但往往一经化装，即可迷人眼目。八股为祸之烈也即在此。

但也许有人会提出抗议的。小孩和太监虽非女人，但也没有胡子。这自然是另一问题，不便深论。但作者已经用“大多”二字设了防，纵有这样的抗议，也可迎面打回。八股之得人喜爱，乐于使用之故也在此。

（一九五七年六月八日《新民晚报》）

陶庵张岱

浙江人民出版社出版的《西湖石窟艺术》卷首，有宋云彬先生一篇序。提到前后在飞来峰打毁杨琏真伽造像的两个人，一个是明朝人陈仕贤，关于另一位，宋先生说："到了清朝初年，有个四川人而侨寓钱塘的张岱，又在那里打坏过一些石像。"

这个张岱就是作《陶庵梦忆》《西湖梦寻》《石匮书》……的张宗子。他其实是山阴（绍兴）人。

为什么会把他当作四川人了呢？那是因为在他的著作里，往往自署"古剑"的缘故。《四库全书总目提要》（《西湖梦寻》条）里就说他是"家本剑州，侨寓钱塘"的。宋先生之说即本此。

张宗子在为自己作的墓志铭里也说："蜀人张岱，陶庵其号也……"但看他所写的几篇"家传"，则从他的高祖算起，都是山阴人。找不出一些川人的痕迹。（《家传》和《自为墓志铭》都收在《琅嬛文集》里，四库馆臣是没有见到过的。）

什么道理呢？我觉得这个问题和他对杨琏真伽的深恶痛绝，也还有一些关涉。

张宗子是明末的一位杰出散文家和史学家。保留在《西湖梦寻》和《陶庵梦忆》里的一些篇章，可以说是已经达到散文特写极高境界的作品。他本来是山阴世家，少年时代过着豪华的生活，甲申一变，国破家亡，他本人也穷愁潦倒了。上面所提到的两部作品，都是明亡以后他的回忆录。关于打毁杨琏真伽石像的记载，宋先生只引了《梦忆》里的《岣嵝山房记》，其实《梦寻》里的“飞来峰”条（卷二），记载得就更详细。而且对杨髡的仇恨，也表现得更强烈。道理很分明，因为杨琏是元朝的和尚，曾经发掘了赵宋在浙江的诸陵。在遗民看来，实在是最可恨的家伙了。

《西湖梦寻》就是这么一部浸透了浓烈的民族意识与爱国思想的作品，和《武林旧事》《梦粱录》比起来是有过之而无不及的。

遗民往往就要自讳。他的自署“古剑”，自称“蜀人”，应该说都是一种自讳。

四库馆臣当然是不能了解这种道理的。《梦寻》前面有金堡、李长祥、查继佐、祁豸佳、王雨谦五序，这五位都是遗民，是为清朝深恶痛绝的人物。但馆臣却看不出《梦寻》里的家国之感；没有将它列入禁书，那糊涂也是可想的。

张宗子应该说是明朝人，虽然他在清初还活着。只有四库馆臣才会自说自话地在他的名字上面加上“国朝”二字。他的打碎杨琏造像，也还是明朝末年年轻时候的事，同时他还提到另一位打毁杨琏造像的人物——田汝成。[《梦寻》是在他“阔别西湖二十八载”时的回忆录（撰于辛亥一六七一年）。]

照我看，张宗子不但是浙江山阴人，而且他的思想感情、身世、著作，也都够得上鲁迅先生所说“吾越乃复仇雪耻之邦；非藏垢纳污之地”（引王思任语）的“浙东人”的资格的。

（一九五七年六月八日《新民晚报》）

不薄今人爱古人

人民文学出版社把黄晦闻先生的《阮步兵咏怀诗注》重印了。这是一件值得称赞的事。这样的工作在我们的出版界中是做得很不够的。有很多垂老或已经不在世上了的学人的述作，对今天的读者还有很大的用处，他们的著作应该赶快再版，重印，以应急需。虽然这些作品都难免存在着一些缺点。

说有缺点，那大抵是存在于观点、方法上的。造成缺点的原因是他们生活的时代限制。至于他们的学识、功力就往往都不是我们今天的学者专家所能赶得上的。他们已经完成了大量的有价值的工作，应该好好地拿过来使用，不必束之高阁，由我们今天的专家从头一本一本地再做起来，费时事小，水平怕就先不够，人也没有那么多。

在这本《咏怀诗注》前面，人民文学出版社的编辑部加了一段“出版说明”，对黄晦闻的著作进行了介绍。最后说道：“虽未必完全正确，至少可以做读者的参考资料。”

这意思是可以理解的。但可惜失之笼统。对读者说不够负责，使人看了心里老大不安逸；对作者就更有些霸道，说你未必完全正确，但又没有具体的分析。反正作者早就“墓木已拱”，他是无从起来抗议的。

我看比较详细的分析，还是必要的。也不必怕说错了。经过群众的鉴定，是会逐步对著作做出公正的评价的。

类似的按语，在别的书上也还可以不时遇到。

这似乎就反映了一种思想情况。凡是过去学者的著作，大抵都有些靠不住，唯心主义的成分难免不存在，当自己还无力做出明确的判断时，就先马马虎虎地说上一句来保险。

这应该说还是一种比较“合理”的做法。更可怕的是装出一副正经面孔来，无的放矢地把一切古人都乱骂一通。反正你是活在封建社会里的，不说别的，你的身上就先带了三分邪气，骂一通绝不冤枉。

这种作风和封建时代的大老爷简直没有什么两样。“上堂来原被告一言不问，责打我四十板叉出头门。”萧恩的唱词就活画出了这副老爷面孔。

一位“戏曲批评家”，曾经凶横地把王国维骂为唯心主义者，把他对元曲的评价说得一文不值。事实上王国维的简单文言他就先没有弄清，更不必说六十四册的《静安遗书》他更不曾看过了。

王国维自然有“唯心主义”，不过他没有抓住，全从他的手指缝里溜掉了。

对于付出了辛勤劳动的先行者，表示一些诚敬之意，谦虚之心，是有好处的。

（一九五七年六月十三日《新民晚报》）

杂感

高尔基是流浪儿出身，在旧俄社会里到处流离，受尽迫害，终于变成为人民利益斗争的英勇战士。可是和他同时代的地主少爷们，“幸运”地在邸宅的育儿室里长大，吃的是鱼子酱，穿着名贵的皮袍，连风雪都见不着。结果却都变成了冈查洛夫笔下的奥布洛莫夫——废物。

知识分子有自己的特点。敏感、犹豫，的确要算是主要的一条。在鸣放之初，要打破他们的各种顾虑，也真花费了不少力气。批评要讲究方式方法，不要吓着他们。这些出之好心人的设想，原也言之成理的。但强调得过分了，却把今天的知识分子都当作了弱不禁风的林黛玉型的人物。说“气候”就是“乍暖还寒”，好像他们真的就那么容易伤风，对真理那么难于接受。

我看这种看法实在也并不怎样贴切。禁忌这么多，弄来弄去知识分子难免都被培养成“阿斗”，“生于深宫之中，长于妇人之手”，结果也不过是特等废物而已。

我想企图投身于火热斗争锻炼自己成为建设社会主义战士的知识分子，对好心人的这种过分关怀，一定是会谢绝的。

至于别有用心，想假借知识分子的弱点做招牌，玩什么别的花样者，则另当别论。知识分子虽然多半是文弱书生，遇见这样的场合，投袂而起，鸣鼓而攻，那倒是完全可以肯定的。

近来还经常听到这样的慨叹："整风进行得好好的，可恨偏偏从旁边杀出了这么几个莫名其妙的家伙，把整个局势都搞坏了。"

发出这样慨叹之声的，自然有一些是好心人，或老实人。他们的心好得就和不久前提出"力争鲜花、避免毒草"希望的人们一样。毒草是客观存在，闭起眼睛来解决不了问题。在思想战线上阶级斗争依然存在的今天，希望整风运动平平静静不起一点波澜，也只能是一种空想。

好心的同志，最好还是把自己的慨叹收拾起来。睁起眼睛，看准，搬去暗礁，这才是使洪流得以畅通的唯一良策。

发出慨叹的自然也还有另外的人。他们叹息的是那批家伙的愚蠢，手脚不细密，露出了尾巴，坏了大事。这些人也未免过于"天真"了。以为天下真能有一种可以瞒过人民眼睛的细密的手脚。

这些人如果一直这样"天真"下去，可以断言他们也非得一直叹息下去不可！

（一九五七年六月十五日《文汇报》）

梅花墅

三年前冬天的一个下午，偶然到旧书店里去看书，看到一本毛订的明刻皮纸旧书，上面朱墨笔校改得满满的。这是“茂苑许自昌玄祐父”所著的两本诗集，《咏情草》和《卧云稿》，都是万历刻本。就买了回来。仔细一查书目，不但近代藏书家中没有著录，连收明人别集最富的《千顷堂书目》里也不见。应该说是难得的罕见本了。

许自昌是明代一位有名的刻书家。他刻过李杜的集子，还刻过《太平广记》《甫里先生集》等，这些许刻书在市上还不难遇见。

他还是个戏曲作家。他所作的曲本，现存的有《水浒记》和《橘浦记》两种，还有改订的《节侠记》一种（题“梅花墅订”）。这三种曲子的原刻本，国内只存第三种。《水浒记》只剩下了汲古阁的汇刻本，《橘浦记》的原刻则只有日本有，我们见到的是影印本。

这样一位戏曲作家，又是刻印了大量书籍的出版家，他自己的著作却几乎没有人知道，实在是值得遗憾的事。

这一册诗集不但是原刻最初印本，同时还是许氏家传之本。有他自己和他的儿子许元方、孙子许虬、玄孙许心扆的藏印，还有崇祯乙亥许元方的手跋，康熙癸丑许心扆的手跋。朱墨校改则是他的儿子的手笔。大概是预备重刻，才进行润色的，改得很不客气，在玄孙许心扆的跋里就提出了不同的意见，说重刻还是保留原样的好，对这样的删改表示不太同意。这大概也是重刻未果的原因之一。

半个月以后，我又从另外一家旧书店里买到了一堆破烂蛀裂的旧抄本。问那书的来源，知道是从昆山角直镇人家买来的。这中间就赫然有许自昌诗的抄本，看那样子是明抄，前面还有许心扆的跋语、图记。我疑心这批书和上次买到的《咏情草》有关系，问了一下。果然，那一册也是由这家书估从角直得来，转售给另一书店的。

又过了半个月光景，苏州的一家书店里拿了一叠书来给我选。在这一堆书里就又发现了三册书，《秋水亭诗草》二卷，《唾余草》一卷，《樗斋诗草》二卷。也都是许自昌所撰，万历原刻，有他的印记。另外还有一册墓志铭行状，也是万历刻本，即许自昌父怡泉、母沈儒人的志状。这批书果然又是从角直来的，不过是到了苏州而已。

在我买书的经验中，像这样巧合的事是不多的。因之也就更感到有趣。这一批书大抵都是孤本了。由许家世守了近四百年，才在最近卖了出来，流散异地，最后却都汇集一处。这位著名的明代曲家的作品，又添增了七种，除了五种刻本，明抄有两种：（一）《霏玉轩诗草》；（二）《百花杂咏》。此外更收到许虬的《许竹隐诗》（旧抄本）三册和许虬媳赵兰好的《丹叶吟》（亦旧抄本）一册。

许家世居甫里的梅花墅，是有名的藏书家。在叶菊裳的《藏书记事诗》中有专章谈到他的家世，却有不少疏漏和错误。根据上面提到的“志状”，可以得到初步的纠正。这几通“志状”的作者是陈继儒、赵宧光、钱允治，都是著名的作者。又过了一个月，还是那家苏州书店，给我送来了两本稿本《甫里许氏家乘》。是康熙时编定的，其中有刻本，有写本，合订在一起，却也未曾刊行。许氏家世，在得到这两册书以后，就得到了最后的确定。

（一九五七年八月十九日
《新民晚报》“无所不谈集”）

澹生堂的藏书

数年前在估人许见澹生堂主人祁承㸁家书数十通，系明代绵纸折子本，如梵夹，每通十余开，行楷极腴美。内容大抵谈家庭琐事，中有一通系谈及藏书者，曾留影二张，为谈藏书故实之绝好资料，兹摘抄并加注如下：

藏书事宜书付二郎四郎奉行：

我一生功名富贵，皆不能如人。而独于藏书一事，颇不忝七八代之簪缨。此番在中州所录书，皆京内藏书家所少，不但坊内所无者也。

而内中有极珍极重大之书，今俱收备。即海内之藏书者不可知，若以两浙论，恐定无逾于我者。以此称文献世家，似为不愧。

这里所说的二郎是祁凤佳，四郎是祁彪佳。按承㸁共五子，见《澹生堂集》卷十五所撰“先祖考……蒙尔府君……行实”。澹生堂的抄本书，是极名贵的。可惜流传至今，已稀若星凤。我年来就公私藏家目录统计，一起也不过百种不到。

从这信里知道，他所抄的书大抵是在明代即已难得的了。他在中州所录之书，我疑心可能是从开封藩府抄来，是借的万卷堂的底本。这批书在明末一次黄河决口时全部损失了。明代浙中藏书有名者有四明范氏天一阁，会稽钮氏世学楼，祁承㸁都以为比不上自己，可见得意之至：

只是藏书第一在好儿孙，第二在好屋宇。必须另构一楼，迥然与住房书室不相接联，自为一境方好。但地僻且远，则照管又难。只可在密园之内外，裁度其地。汝辈可从长酌定一处来。

按，密园系祁氏的家园，《澹生堂集》里曾有《密园记》。下面一段，所谈系建筑书楼的详细规划，极有史料价值：

我意若起楼五间，便觉太费，而三间又不能容蓄。今欲分做两层，下层离基地二尺许，用阁栅地板，湿蒸或不能上，只三间便有六间之用矣。前面只用透地风窗，以便受日色之晒，惟后用翻轩一带，可为别室检书之处，然亦永不许在此歇宿，恐有灯烛之入也。楼上用七架，又后一退居，退居之中，即肖我一像。每月朔日，子孙瞻礼我像，即可周视藏书之封锁何如。而此楼之制，既欲其坚固，又欲其透风，须我与匠人，自以巧心成之，但汝辈定此一处，可吩咐筑基也。

这一段专谈书楼设计。澹生堂早已毁了，记载中只有赵昱的《春草园小记》里提到一些，也语焉不详。现在天一阁还在，可以参看。设计虽不同，但建筑要求却大体相差不远：

> 发回书共八夹。内有河南全省志书二夹，不甚贵重，此外皆好书也。有一夹特于陕西三十八叔印来者。若我近所抄录之书，约一百三四十种，共两大卷箱。此是至宝，自家随身携之回也。

这里可以看出明代藏书家的眼光和今天是大不相同的。地方志在他们看来是并不怎样可贵的。

> 我仕途宦况，遗汝辈者虽少，而积书已直二千余金之外。汝辈不知耳。只如十余年来，所抄录之书，约有二千余本，每本只约用工食纸张二三钱，亦便足五六百金矣。又况大半非坊间书，即有银亦无可买处。故汝辈不但以体父之心，所当珍重谨守，即以物力计，非竭我二十年之心力，捐二十年之余赀，不易致也。

从这一段里可以看出明代抄书的成本，是很好的经济史料。这封信写于万历末年，祁氏的藏书，大部收于此十年中，也约略可以估计澹生堂抄本书的大致数量。今天留下来的，最多也不过四五百本而已。还有一点，澹生堂的抄本书，大抵都是雇工代抄的，祁氏自己并未细加校对，因此今日所见，大抵都有很多误字，抄而不校，其实是不能算作合乎标准的善本的。唯一可贵之处，是保留了许多孤本面目。如宋元人集，大抵都还是足本而非四库辑本，是可重也。原信还有一半，是谈书橱做法的，今略去。

（一九五七年九月二十四日
《新民晚报》“无所不谈集”）

我的集外文

——《来燕榭集外文钞》后记

一九九八年《黄裳文集》出版后，我就想搜集历年所作未曾收拾的集外文。荏苒数年，赖热心的朋友相助，才粗具规模，虽遗漏必多，但到底也有了一大堆，连自己看了也不禁吃惊。当然，少时所作，不免草率幼稚，还夹杂了某些失误，但我不想修正、扬弃，一概保存原貌，因为这毕竟是我过去真实心影所寄。对旧作，我是愧则有之，却并不悔。笔墨一经付之刊印，即成公器，是洗刷不尽、躲闪不来的。同时，在编纂之余，也时时引起一些回忆与感慨，也想随宜做些记录，以便读者，并为自己留个纪念。

一

我是从小就喜欢弄笔的，更有强烈的发表欲。在天津南开中学读书时即已如此了。手头还保留了几册三十年代出版的《南开初中》和《南开高中》，其中就有我的投稿。据为南开百年纪念所刊发的几种纪念集所收或未收，知道我的投稿竟有五六篇之多。有书评，有游记，有译文，我介绍了俞平伯校刊的张岱《陶庵梦忆》，郑振铎的《佝偻集》，游记有《忆娘子关》，论文有《五代的词》，还有一篇译文《诗经中关于〈日蚀〉的诗》，是 Arther Waley 的原著。这些文字都作于一九三四至三六年间。从中可以看出我的喜好和受到老师孟志孙先生的影响，竟萌发了研究“国故”的野心。这里只收了一篇《旅绥杂忆》，此文如与四五十年后所作的记游文字对读，不难发现其间的香火因缘，自然，幼稚是幼稚得很的。

南开中学被日寇炸毁以后，我逃来上海，继续在上海中学就读，后来又考入交通大学的电机系。但积习难改，仍不时作些短文，向报刊投稿。因而认识了《文汇报》副刊“世纪风”的编者柯灵，随后又成为熟识的朋友。我前后向他所编的报刊，从“世纪风”起，到《大美报》的“早茶”“浅草”，《正言报》的“草原”，直至《万象》月刊，战后的《周报》和《中央日报》的副刊“文综”投稿，前后也有七八年光景。可以说是无役不与。在某一意义上也许可以说是引我走上文坛之一人。在我写于一九四三年冬的《白门秋柳》里有一节话：

又想起了朋友 K 在一张报道商情的报纸上编着的一个副刊，那正是“一·二八”以后，上海几乎是万籁无声的了，那一张小报上却还经常有短短的杂文在发表。有一次在记载电影女明星“晋京觐见”的消息之后，附了一句“不禁有‘烟笼寒水月笼沙’之感”，被嗅觉灵敏的吧儿闻到，K就被挤下来的事。

文中所说的K就是柯灵，他本姓高，那张小报是《商情午报》。柯灵曾请我承包了一整版副刊，设有六七个栏目，用不同的笔名，还手写了如《菰蒲丛话》之类的刊头，制成锌版。前后不过一月，得稿费一百元（当时投稿的报酬每篇不过三五元）。从旧日记里查到，我写的文字有《谈赛金花》，时为一九四二年五月四日。所用笔名有“虞荔”等。这张小报各大图书馆都不藏，当然辑佚的工作也只好断念了。

我最早给“世纪风”的投稿是《玲玲》，署名宛宛。刊出于一九三八年八月四日。这是一篇“掌篇小说”，也就是今天的“微型小说”。《玲玲》完全是一篇“拟作”，范本是林徽因所选《大公报》短篇小说选中杨季康（绛）所写的《路路》。我读了以后佩服得了不得，就想照猫画虎地来一下。题目、结构、气氛都相似，只是换了新的故事而已。其余的几篇有的有事实依据，有的则出于空想。几篇散文多半是对北国风光的怀念或现实社会相的速写。总之都是些徒具形式而缺少文学品格的东西。写得倒是不少，但不是为了稿费，只是满足发表欲而已。

这时因投稿而相识的有《鲁迅风》和《萧萧》的编者文载道（金性尧）和《宇宙风乙刊》的编者周黎厂，就是写过抗日杂文的吉力。我为后者写了一篇《读书日记》，署名赵令仪。文章是模仿鲁迅先生的《马上日记》的，连笔名也是先生用过的笔名。当然又是“画虎不成”。但因此却与黎厂相熟了。《蠹鱼篇》本是给《乙刊》的投稿，不料未及发表，杂志就停刊了，向黎厂索回原稿，却回说找不到了。但事实当然并非如此。

当时是珍珠港事变之后，日寇及伪方势力已侵入租界。学校从借用的震旦大学搬到中华学艺社，教室宿舍局促在一起，又屡屡停课，开学无时。政治压迫不断袭来，交大随时有改换招牌之虞。这时我已不大听课，只是舍不得震旦出色的图书馆，经常在那里读书，借阅了差不多全部《四部丛刊》的《续编》和《三编》，并做了大量的读书笔记，记得曾抄下王国维的《清真先生遗事》等。我对旧书的兴趣是此时养成的。那时过从颇密的有南开中学老师李林先生（巴金的哥哥），经常到霞飞路五十九号他家去玩，一起遛书摊，听工部局乐队的演奏。此外，就是和南开旧友黄宗江等混在一起，经常出入于宗江兄妹所居和平村一号的一角小楼和兰心剧院的绿屋（Green Room）之间，熟人有李德伦、丁力（石增祚）亦即“荤斋”等，过着龚定庵所说“醉梦时多、醒时少”的日子。大家都觉得上海住不下去了，我是想到重庆交大去续学，宗江则希望到重庆去演戏。当时商定一行四人间关入蜀，我与宗江外还有南开同班周杲良和宋希（亦即宋淇 Stephen C. Soong，林以亮之弟）。办法是委托“广大华行”（地下党组织）经办，要点是得交一笔旅费。杲良是叔弢先生的儿子，他要到成都的“燕大”去读书；宋希是宋春舫的儿子、宋奇之弟，都不成问题，宗江也获得了地下党的资助。

只有我得自行筹措，其时父亲新逝，家境困难，当然就成了一个难题。这当儿周黎厂出现了，说是正在筹办一种刊物，已经“迷失”了的《蠹鱼篇》又找到了，打算就编入创刊号。还广泛征稿，稿费从优，并极力要我多写。在那种环境下要办一种刊物，其背景不问可知。忽然抖了起来的黎厂，意气风发，一反过去的落魄颓唐。他当然不肯说出其中奥秘，但我明白，这样的朋友是惹不起的，但又躲不开。这时，我曾写过电影剧本，托柯灵卖给他工作所在的金星电影公司；写过小说，也托他向平襟亚兜售，柯灵是我熟识于文化圈唯一可信托的朋友，但都不成。实在走投无路了，这时周黎厂正逼稿甚紧，当时年少气盛，不免有点狂，气闷之余，就想如能从敌人手中取得逃亡的经费，该是多么惊险而好玩的事。于是下了卖稿的决心。

我和宗江是在“一·二八”周年的日子离沪的。路上走了一个多月，一九四三年初到达重庆。不久得到柯灵的上海来信，告诉我周黎厂在《古今》周年纪念号上发表了《一年来的编辑杂记》，是一篇“妙文”，其中有大段文字提到了我，但内容却不便详说。还是战后返沪才设法找来一读，现将有关章节引用如下：

> 在这里，我要补充一下《古今》初期那位帮忙最多的作家了。
>
> 这位作家是一个名不见于经传的脚色，我无须在这里提出他的尊姓大名，所谈的只是他的文字和他与《古

今》的关系罢了。他的年龄很轻，到今天总还不满二十五吧，而且更出奇的，还是一位最著名大学中电机工程科学生，然而读书之多，文字之好，不独我自愧不如，即在今日上海文坛中，不论成名与未成名的，也很难和他颉颃。然而能够赏识他的人，却实在不多，我在《宇宙风》编辑时代，他已经用各种笔名写文章了。《古今》决定要办，我想只有他最有用处，经过几度的接洽，他便答应写了。但是条件却非常多，稿费之类，总是斤斤较量，一些不留余地。我极力忍耐，请他帮忙。所以因为交稿付款的关系，我们常常见面，但是我们始终不成为朋友。他的行踪，似乎有些秘诡。而且我看得出，他并不十分看得起我，他替我写文，只是卖文而已，绝对没有因此而成为朋友的意思。然而我还是看重他的文章，不独私衷钦佩，而且还到处为他延誉。我自认自己是有些傲骨的，平时为人少许可，独有对于他的文章，却五体投地，自叹不如。因为多产的缘故，他有时也不免抄旧书，但也不着痕迹，其聪敏和才华，真是难得得很的。

他似乎很厌弃上海，常常说要走，但又常常不走，结果是一声不响地一走了之。好久之后，一位朋友去向他讨所借的书籍，已是人去楼空了。我觉得很寂寞，像这样奇特的朋友，在我是不曾有过的，我想起他的时候，真觉得有些茫然，好像庐山一样，我始终不曾知道他的真相。

在最近，他才从途过徐州的时候，给我一张明片，寥寥几个字，又不着地址，使我无从回信，但因此，方使我知道他已北上了。

他在《古今》所写文字的笔名很多，如南冠、楮冠、鲁昔达、何戡、吴咏、韦禽之类，都是他的，《古今》虽时有名角登场，但要说谁是主要的班底，使《古今》造成今日的风格，不用说，便是用这许多笔名的他了。

当此执笔写周年纪念号文字之际，南北作家，珠玉纷投，独独少了这位草创的功臣，在我心愿，实在有些异样的不妥，他虽在《古今》尚有数篇存稿，但用完就没有了。他在过南京时，据明片说，有一篇《白门秋柳图记》寄给《古今》，却不见收到，恐怕已遗失了吧。倘使他在北国有机会看到了我这篇文字，他一定不吝再行赐文，我在这里企予望之。

黎厂在这里所说，大体上还是平实的，是对彼此交往的真实感受。只是他看到我途过徐州，就猜我已北上，却猜错了。在《古今》上发表的那些文章，都是在短时期中赶出来的。初不及料，竟开了一种风气。在沦陷区，能有这样一份专谈旧人往事、掌故佚闻的刊物也不坏，等到抬出了伪府渠魁，杂志因之而更加红火，图穷而匕首见，狐狸尾巴终于露了出来，我最初的怀疑也得到了确证，原来这一切都是题中应有之义。

与黎厂数十年不相见，直至八十年代后期，才有机会在宴会上相遇，这时他已恢复了旧名周劭，彼此已没有什么话可说了。没有好久他就逝去，这一段奇异的有如捉迷藏似的遇合也就此结束了。

二

在《古今》上发表的那些文章，几乎都取材于我的读书笔记。当时在我家附近，徐家汇的一条小街上有一家旧纸铺。我从那里买得了许多新文学出版物和杂七杂八的报刊。从《东方杂志》《国闻周报》《小说月报》到《文学》《作家》《中流》……还有《大公报》文艺副刊的合订本，北平图书馆和山东图书馆的馆刊种种奇奇怪怪的刊物，都是写有关《四库》等文的取材所自。写朱彝尊少年恋情的一篇，根据的是《马阁老洗冤录》的作者姚大荣的论文，不记得是否出于《东方杂志》，原藏久已失去，因而校读旧文时发生很大困难，终不敢保证引文有无错误。《谈李慈铭》是读了《越缦堂日记》（前期部分）的札记。谈清末政局和历史人物诸篇则是仿徐凌霄兄弟随笔之作，草草不足观，目的只在骗稿费而已。

当时曾与宗江合作，写了一本《南国梦》，是量体裁衣专为演员而作的话剧本。准备工作做了不少，读了大量野史，特别重视有关南唐李氏小朝廷的故事。剧本写成放在和平村楼上的妆台上，未及演出，终于失落了。但素材仍在，就用此写下了《龙堆杂拾》和《再拾》，着重写了历代王朝的亡国惨痛，说是借古讽今，也没有什么不可以。

关于周作人，在《古今》上竟留下了三篇文字。当时周作人刚刚落水，成为轰传一时的新闻人物，当然也是我们的关注所在，特别是几位从北平来沪的燕京学生，在DD'S咖啡馆中闲聊中也多以此为话题。我们对周还抱着“卿本佳人”的惋惜之感，特别留意他出版的几本新书。看见他怀念陆放翁的打油诗，对炒栗子故事的再三提起，觉得他很有点像吴梅村，却远不及梅村反省得爽直痛快，正如他自己所说，好像有虫在心里蛀似的。一九四一年出版的《药堂语录》中有一则《许敬宗语》，转述一件故事：“唐太宗征辽，坐飞梯临其城，有应募为梯首。城中矢石如雨，而竟无为先登。英公指谓中书舍人许敬宗曰：‘此人岂不大健。’敬宗曰：‘健要是不解思量。’太宗闻而欲罪之。”知堂下断语说：“贤哲设教，惟恐人之不解思量，英雄则恐人解思量，盖如此便不易得健者供驱使，俗所谓愚民政策无他，实只是使人毋思量而已。”当时我读了吃惊，觉得知堂白天开门“从政”，夜间闭户读书，竟是两个境界。读书时头脑何其清醒，仍旧保持骂韩文公、坚持独立思考的立场，与白天的所作所为全然异趣，为不可解。一九四六年在南京老虎桥，我又问过他这个问题，他竟若无其事地淡淡答道：“白天那只是演戏。”这是对“双重人格”明白的自供。又过了若干年，重读此书，乃更大惊，林彪所号召的“理解的执行，不理解的也要执行，在执行中加深理解”不正是知堂指出的“英雄见解”么？

综上所述，周作人是个具有双重人格的人，是不是可以说即是地道的“两面派”呢？读其书与观其人是不可混为一谈的两码事。就看他毕生终未就落水一事有过真诚的忏悔可知。

二周都是我爱读的作者，但我敬重的是鲁迅。

鲁迅一生反对思想专制，直至晚年还与周扬等“奴隶总管”做殊死的斗争，以维护独立的思想。而周作人则被一九二七年的血腥屠杀所吓退，在《永日集》里宣布“闭户读书”，但独立思考的宿志依然存在，提出过中国传统文化中不灭的思想上的“三灯”。后来即使被捆在林语堂一起，成为倡导晚明小品的祖师，也还说出过不同的意见。一般读者不大注意的一次思想上的交锋，是在钱锺书批评《中国新文学的源流》时，说在历举晚明作家作品时，不该漏掉了张大复的《梅花草堂笔谈》。周作人做出了回应。认为不应将大米白面与“不知何瓜之子”的苏式零食混同看待，不失为清醒的见解，可见其对晚明小品的真知。此后即埋头于苦雨斋中发议论，直至落水以后还不改旧习，时有良知发现，写出《许敬宗语》那样的笔记。活得艰难而辛苦，真是一种悲剧。

一个是不识“大体”，被捉将官里去，坐在牢房里还是写，一个则将剑戟森严、腥臭逼人的虎狼窟穴看作安乐窝，一头扎进去，偷偷地在写。二周所走的不同道路大抵如此。

近来有研究者说，有一种异于“鲁迅传统”“胡适传统”的所谓“周作人传统”存在。还开出一张文化人的大名单，说这批人都是浩浩荡荡地默默地沿着周作人的思路前进，看情形未免有点滑稽。名单包括老中青三辈人，其中有钱锺书与孙犁在，因为钱有《管锥编》，孙有《书衣文录》，周有《知堂书话》，就觉得他们是走着同一条道路了。绝不顾及他们读的书是否相同，他们的研究方法、着眼所在是否一致，他们的文风有无差别。像这样匆遽地来做比较文学研究，可能有些欠思量吧。

此外，关于周作人的博览，似乎论者一致佩服得五体投地，绝无异辞。这一节似乎也应有一种清醒的认识。中国古文献的浩瀚，恐怕没有谁敢说是真正的“博览”，不过比较而言，知堂读书的方面较宽、见书较多而已。从知堂的自叙和书话可以看出，他晚年着重阅读的以清人笔记为多，且多为冷僻的著作。非但所见不能说广，而且如他自己所说，往往“看来看去只看了个该死!”披沙拣金，推荐过他所满意的佳作也实在无几。不但读得辛苦，收获也并不多。有人曾听知堂亲口说过，“这方面的著作（指中国笔记类），他几乎都看过”，这显然是夸大之词。有一部《拜环堂文集》，知堂得到一册残本，很是珍重，摘抄介绍了许多。此书的崇祯刻全书，我就买到过。此类明清易代著作，不知凡几，他见过的寥寥数种而已。凡此，都可以帮助我们破知堂不可及的“博览”之惑。其实，无论怎样高明的大师宿儒，其学养都有其局限，切不可持盲目崇拜的态度。

三

一九四二年入蜀以后，写作不多。有几封通信，发表在上海的《万象》上，都已收入《锦帆集》和《集外》。在重庆，可投稿的地方好像只有《新民报》，也发生过投稿关系，记得编者是姚苏凤。文字不多，也无从搜集。此时曾写过几篇《芭蕉院随笔》，那是一九四三年的暑假，我从九龙坡的学校来到小龙坎的无线电器材厂，半工半读，工作是制图。借住在一处种有芭蕉的小小院落，记得曾碰上日寇的空袭，炸弹就落在近在咫尺的嘉陵江里。在轰炸声中写文章，自是别有一番情趣。

接下去就是“征调”、从军，做“翻译官”。在北碚住过一阵子，听过复旦老师林秀清的课，萧珊和林是同学，因而打趣过我是她的“晚辈”。这当儿坐茶馆之余，曾写过几篇《夏坝随笔》，无从搜寻，只落得个“有目无书”。

后来到了昆明，先分配在“炮校”工作。住在铅皮屋顶的房子里，寂寞得很。托在联大的同学在图书馆借得一函《越缦堂日记》，闲时坐在茶馆里看书。一落座就惊得桌面上的蝇群轰然飞起的印象依然在目。书还没有读完就接到去桂林的命令，一大函书只好托人送还联大图书馆。

在桂林时，有过写取名为《凤》的剧本的意图，没有来得及下笔，就又上了前线，这还算不得前线，但已没有执笔的兴致与余闲了。紧接着是“湘桂大撤退”，又回到桂林、昆明，转赴印度的兰伽，住了八个月，只写了一篇《关于翻译官》，寄给《大公报》，不用。只好放在箱子里，后来发表于《周报》，用作了《关于美国兵》的后记。

回国后又分派到贵阳，原子弹落下、日寇投降的大喜讯是在贵阳的帐篷中听到的。然后是解散、复员。在重庆九龙坡的交大宿舍里又住了许久，欲归不得。此际《周报》创刊，柯灵来约稿，就开始写《关于美国兵》的连载。文章多半是在茶馆的烛光下写成的。至今我对四川的茶馆依旧怀着美好的感情。文章写得很快活，人物、故事、感慨……像开了龙头的自来水，不停地从笔端奔出，着实使我感到了写作的快乐。

不久，由柯灵介绍，我参加了《文汇报》，成为一名记者。参加了政协会议、整军方案的签字仪式……最后回到上海，转赴南京，依旧是一名记者。晚上用长途电话向上海报头版新闻，白天则是跑新闻。新闻需跑，这个字眼真是下得好，真切而生动。于是我就拿了一张地图，在南京城里走来走去了。除了必要的新闻点外，又访问了许多名胜遗迹。这也怪不得我，南京真的像是个古董铺子，无论走到哪里，总会碰上古老的、有趣的、引起遐想的去处，引起无端的感触。于是我这个记者，就又变成徐霞客那样的人物了。

不久，我又被调回上海，来编一个叫作“文教版”的版面。这时发生了一件小事。有一篇《李广田访问记》，是投稿。当时还没有请被访问者审稿的习惯，就这样发表出来了。《访问记》中涉及了抗战中戏剧运动的问题。也涉及了吴祖光的作品《风雪夜归人》。其时在《新民晚报》编副刊的正是祖光，晚报发表了对这篇《访问记》的批评，作为编者，不甘缄默，于是就写了反批评，就是那篇《关于抗战期间的戏剧作品的思想问题》。理由虽然简单，说出来时却是理直气壮的。早从鲁迅先生的文章里，知道梁实秋是什么人，而他偏又在重庆发表过《与抗战无关》的“高论”，已经为罗荪等人加以批判了。《风雪夜归人》说的是与抗战无关的故事，当然不应得到崇高的评价。何况抗议之声又出于作者所编的副刊上，更是不该了。此文未发之前，柯灵曾来劝阻，但年少气盛的我，哪里听得进。回想因此一纠纷而引起两张站在同样进步立场并肩战斗的报纸的笔战，确是一件不该发生的事。一九五四年我偕内人入京，于栖凤楼晤见祖光、凤霞夫妇，回首前尘，相逢一笑。这件公案就算过去了。

柯灵为此事大不高兴，以副总编辑身份，将我调离“文教版”的编务，转而去编新设的娱乐版“浮世绘”（这个刊名也是我建议取用的）。正是塞翁失马，在这块新园地里我写了两个连载。

副刊初创，稿件奇缺。只有自己动手。我毛遂自荐，写了《旧戏新谈》和《金陵杂记》两个专栏。《新谈》结集后交开明书店印行，印了两版，解放后又印了三次；《杂记》解放后印了两次，步入“读图时代”后又被梳妆打扮印行过三四次。感谢读者，五十年后还没有忘记这两本小书。

我的另一本书《关于美国兵》是由柯灵交给上海出版公司印行的。耽搁了许久，出版时时势大变，因而引来了《时代日报》的批判，作者何其（听说是适夷）责问出版者为什么在此时此地出版这样一本书。李平心读了要为我打抱不平，后来还是我自己写了反批评文章，就是《多余的辩解》。文章写得剑拔弩张，充分表现了年轻人按捺不下的火气、一碰就跳的特点。至于论点，到今天也依然没有什么变化。有趣的是，何其说问题在于“此时此地”出版，却不说连载当时读者的反应。还说有光荣奋斗历史的《周报》社不该印行此书。这就不能不联想到柯灵在八十年代发表的一篇记《周报》的长文，其中只字不提《关于美国兵》，连在《周报》上发表过许多文字作者的姓名也不见，大约是怕因此而玷污了《周报》的光荣历史吧。

还有一件有趣的事，最近我发表了几篇《拟书话》，本以为是新想出来的题目，查旧报，在一九四七年同样的题目已在《文汇报》上出现了。那时唐弢也在《文汇报》，在“文化街”上开始写“书话”，因故告假缺席，我就出来代作几日。原来这个新鲜的题目，已经有了近六十年的历史了。

《文汇报》被扼杀以后，我在《时与文》等几家刊物写了些文史随笔，在《时代日报》上写了不少篇杂文，因为用了不同的笔名，查不出了。《失题》等三篇是编《锦帆集外》删余的残稿。

全国解放，我又回到《文汇报》，与唐弢同写短评，唐写有关社会问题的评论，我则写文艺方面的短评。又同编副刊“锣鼓”，唐不大到报社来，只是“遥领”，我则负责发稿。

一九五〇年四月四日，我在副刊上发表了一篇《杂文复兴》，不想引起了一场不大不小的风波。当时夏衍是掌管上海意识形态的长官，他又是老报人，看到这篇不合时宜的杂文，以为可能引起祸端，立即打电话给唐弢，转告我设法弥补。我遵命又写了一篇《再论生产救灾》，赶忙发表。不料为时已晚，补救无效，各种棍子已打上门来，围剿一阵之后，由雪峰写了结论性的批判文章，并在电台上向全国广播。终于在共和国建国之初，宣布了鲁迅式杂文的死刑。雪峰当时一面起劲地写《鲁迅回忆录》，一面又回过头来向鲁迅背上捅了一刀。此中玄机，我至今还参详不透。那阵势，颇有点像随后而起的《武训传》《红楼梦》批判的雏形。幸而没有引起高端的注意，嚷嚷一阵也就过去了。正如“风乍起”，“吹皱一池春水”。当然，批判似乎也没有什么长久的效果。如果一批就倒，那还是鲁迅的杂文么？

一场风波过后，我还是随时写些短文，发表在《新民报》《文汇报》《亦报》……上，用了些不同的笔名，搜寻时十分困难。这前后，曾随报社老板严宝礼去过香港，又从海路归来，到了北京，欢欣鼓舞地领略了蓬蓬勃勃的开国气象，留下了几篇速写。

一九五六年《文汇报》复刊，归队的我奉命去西南旅行采访，写了些通讯。带了一束宣传部门的介绍信和巴金给我的写给沙汀等的信件上路，历时三月，只写成一组《入蜀记》，这里收存了除已收集的《浣花草堂》《新婚夫妇》以外的篇章，这是一次“壮游”，重返旧游之地的昆明，更远适滇西，历经大理、喜洲、玉龙雪山诸境，直至中缅边界，看遍了点染苍山的“风花雪月”和云南少数民族的风俗、服饰，本想续写记游的篇章，可是没有机会从容着笔，立即碰上了难忘的一九五七年的春天，是风涛激荡的另一番景象了。

一九五七年的《文汇报》故事，不可能在这里细说，只好借一组佚文略窥梗概。那是新时期以后的事了，组织上发还了一大批我写的检查、交代、认罪书……中间夹入了一册报社编印的供批判用的我写于五七年春的文字，据说徐铸成也有同样的一本，但未见。其中所收多半是我用笔名发表在《新民晚报》上的《无所不谈集》的短文，却未收《吴梅村逸诗》《关于也是园古今杂剧》两文，可见在主编者看来，这些还够不上“毒草”的规格。真应该谢谢小册子的编者，他为我省掉许多工夫，尤其是那些未见天日的短文，没有这本小书，恐怕免不了淹没的命运。转载时保留原状，以存一时文献，还破了不收新闻报道之例，将《解冻》也一并收入。因为这是批判的重点。

四

最后一部分是论剧文字。五十年代初，我与丁力在《新民晚报》合编了“新影剧”副刊，我在那里开了个“三改随笔”的专栏，讨论“戏改”中改人、改戏、改制的问题。同时在《文汇报》上又拾起了《旧戏新谈》的旧题目。排日看戏，开座谈会，起劲得很。记得我曾写过一篇《不许有空白》的短评，主张全市大小剧院，不同剧种，必须响应号召，配合运动，一个时期内必须上演同一主题的剧目，不许有任何空白。可见脱离实际、盲目跟风、极左倾向之严重。但在讨论过程中，也逐渐发现不断出现奇谈怪论，不能不表示异议。譬如当时有人主张在舞台上废止跪拜，说这是反动落后的封建礼节，必须清除。细细想来，如照此办理，许多传统剧目就演不下去了。如《探母》中的“见娘”一折，难道能用鞠躬代替跪拜么？

这些在今天看来纯属笑话的“争论”，在当时确实出现过。这是“戏改”初期普遍存在的现象，因此有关记录似乎也不失其文献价值。

五

一九四二年冬，为了驱遣客中寂寞，忽然写起无题诗来，前后得若干首。仿郁达夫办法，写成两篇《西行诗纪》。于诗后缀以小注，记当时经历、心情。一篇发表于《万象》，一篇发表于一种报纸。未留底稿，日久遗忘。亏得热心的朋友相助，竟为搜得，遂成完璧。查旧日记，还有未收的几首，并录于下。

莱菔生儿芥有孙（借苏句），美人秋晚怨黄昏。姿容此日成隔世，难却眉间远黛痕。

生小娇姿别样亲，花间着此似珠人。沅湘淼淼凌波逝，留绾人天梦洛神。

（一九四三年十二月作）

已迟寻梦厌芳时，此日君来岂所期。堪慰寂寥江上语，最怜凄咽露间诗。憨痴犹是娇颜色，絮语难祛比世疑。一曲当筵不堪忆，江乡摇落感秋词。

（一九四七年六月二十一日作）

野菡临水袅余香，欲取荷衣摄晚凉。行脚相将兴未已，滞人日子夏初长。怅无翠袖翩跹舞，赖有黄冠自在方。虎爪冰泉石骨滑，与持一盏共君尝。

（一九四七年七月廿日杭州作）

陌上花时遗翠钿，隔船人语倍缠绵。移舟鸟语惊罗啧，小住人疑是谪仙。笑拟芙蕖余别艳，眉似春山比更妍。相逢漫道无人识，消息还应在柳边。

（一九四七年七月廿二日湖上泛舟作）

避地离群喜索居，才人风致近何如。鸥盟未谐湖山约，言笑都因壁垒疏。近宇梵声回晓静，迎人翠色到阶除。烹茗遗我春时茗，雪浪翻时味更余。

（一九四七年七月廿三日，灵隐道中）

腼腆（或作“婉娈”）曾看醉后姿，杜兰风里好春时。漫夸弄玉纤纤手，来点遥青淡淡眉。欲语燕然先绾笑，小持庄靓许酬私。更谁解奏江南曲，飘絮临风荡作丝。

（一九四七年十二月廿日作）

是为最后作。计始于一九四二年，迄于一九四七年。前后凡五年。此后无诗。

二〇〇四年十二月十六日写讫

图书在版编目（CIP）数据

来燕榭集外文钞．下/黄裳著．-- 济南：山东人民出版社，2022.2
（黄裳集．创作卷．XVI）
ISBN 978－7－209－13315－9

Ⅰ．①来… Ⅱ．①黄… Ⅲ．①散文集—中国—当代 Ⅳ．①I267

中国版本图书馆 CIP 数据核字(2021)第 116299 号

来燕榭集外文钞（下）
LAIYANXIE JIWAI WENCHAO（XIA）
黄裳 著

主管单位 山东出版传媒股份有限公司
出版发行 山东人民出版社
出 版 人 胡长青
社　　址 济南市市中区舜耕路 517 号
邮　　编 250003
电　　话 总编室（0531）82098914
　　　　 市场部（0531）82098027
网　　址 http：//www. sd－book. com. cn
印　　装 天津图文方嘉印刷有限公司
经　　销 新华书店

规　　格 16 开（160mm ×230mm）
印　　张 26
字　　数 258 千字
版　　次 2022 年 2 月第 1 版
印　　次 2022 年 2 月第 1 次
ISBN 978－7－209－13315－9
定　　价 68.00 元